ZS-Gastronomic Mysteries

MICHAEL BOND

MONSIEUR PAMPLEMOUSSE GREIFT EIN

Ein Kriminalroman
für Feinschmecker
mit Rezepten
von Paul Bocuse,
Michael Guérard,
Vincent Klink,
Pierre und Jean Troisgros
und Roger Vergé

Aus dem Englischen von
Werner Richter

Zabert Sandmann

ZS-Gastronomic Mysteries

Titel der Originalausgabe:
Monsieur Pamplemousse on the Spot
Hodder & Stoughton, London, Sydney, Auckland Toronto, 1986

ISBN 3-924678-26-x

Satz: Reinhard Amann Fotosatz, Aichstetten
Druck und Bindung: Franz Spiegel Buch GmbH, Ulm
Printed in Germany

»Operation Soufflé«

»Verzeihung, Monsieur.«

Monsieur Pamplemousse fuhr zusammen, als plötzlich direkt neben ihm eine Gestalt in Abendkleidung auftauchte. Indem er rasch seine Taschenbuchausgabe der gesammelten Werke von Sir Arthur Conan Doyle in den Falten des schneeweißen Tischtuchs verbarg, das ihm über die Beine hing, fand er die Beherrschung wieder und vollbrachte im Bruchteil einer Sekunde den gedanklichen Sprung vom kargen Mobiliar der Baker Street 221^{B}, London/Großbritannien, in die fraglos weitaus weniger harte Realität seiner üppigen Umgebung im Speisesaal von Les Cinq Parfaits, Haute-Savoie/Frankreich.

Er senkte den Kopf, um die Gegenwart des Kellners zur Kenntnis zu nehmen, aber nicht unbedingt willkommen zu heißen, und wandte dann seine Aufmerksamkeit mit etlichem Widerstreben von den Abenteuern des Sherlock Holmes ab, um sich auf eine crèmefarbene Karte zu konzentrieren, auf der die verschiedenen Genüsse des *menu gastronomique* verzeichnet waren. Während er die Speisekarte betrachtete, war er sich nur allzu bewußt, daß ein weiteres Augenpaar auf der anderen Seite des großen Panoramafensters zu seiner Rechten jede seiner Bewegungen verfolgte, und er verrückte seinen Stuhl ein Stückchen gegen den Uhrzeigersinn, um dem beharrlichen Blick zu entrinnen.

Fast augenblicklich stürzte, auf ein kaum wahrnehmbares Signal des *maître d'hôtel,* ein ganzer Schwarm von

Menu Gastronomique

Potage cressonier au ris de veau
Brunnenkressesuppe mit Kalbsbries

Zutaten für 4 Personen

150 g Kalbsbries
100 g feingeschnittene Frühlingszwiebel
1/2 l kräftiger Kalbsfond
1/8 l Sahne
1/8 l Weißwein
1 TL Mehl
1 Messerspitze Kreuzkümmel
1 TL Butter
1 Sträußchen feingehackte Brunnenkresse
Salz und Pfeffer

Vorbereitung:
Das Bries wässern, parieren, blanchieren und anschließend nochmals von den Zwischenhäuten befreien und in kleine Teile zupfen.

Zubereitung:
Das Bries mit den Frühlingszwiebeln in der Butter anschwitzen. Mit dem Kalbsfond ablöschen und ca. 2 Minuten gut durchkochen. Das Bries aus der Brühe nehmen und warmstellen. Brühe abschäumen und durch ein Sieb passieren. Den Weißwein mit dem Mehl gut verrühren und in die Brühe geben. Aufkochen und anschließend 10 Minuten köcheln lassen. Sahne und Kreuzkümmel dazugeben. Erneut ganz kurz aufkochen, gehackte Brunnenkresse und Kalbsbries dazugeben und servieren.

Omble de fontaine aux pimprenelles
Bachsaibling mit Pimpernelle

Zutaten für 4 Personen

2 Bachsaiblinge filetiert
1/8 l Weißwein
30 g Butter
2 EL Crème double
1 feingehackte Schalotte
1 Sträußchen Pimpernelle
4 Pimpernellestengel

Unterkellnern zu seinem Tisch, legte das Besteck wieder symmetrisch vor ihm auf, drehte den Teller, so daß das Parfait-Logo wieder gerade stand, schob die Blumen in der Vase ein wenig zurecht und zog dann den dunkelgrünen Samtvorhang ein paar Zentimeter nach links, womit der Ausblick auf einen Teil des Genfer Sees, auf das diesig verhangene Vorgebirge des Massivs dahinter und einen wenig ansehnlichen Zaungast im Vordergrund versperrt war.

So rasch wie die Entourage herbeigeeilt war, trat sie auch wieder diskret in den Hintergrund zurück, doch rascher noch erschien auf der anderen Seite des Fensters wieder die große, feuchte, frisch mit Vaseline eingeriebene Schnauze und stupste energisch gegen einen neuen Abschnitt der Glasscheibe.

Monsieur Pamplemousse seufzte. An diesem Abend war Pommes Frites mehr als nur »ein bißchen schwierig«. Mit Schaudern dachte er daran, wie die Fensterscheibe aussehen würde, wenn erst die Strahlen der Morgensonne hindurchschienen.

»Pardon, Monsieur.« Der *maître d'hôtel* beugte sich ein wenig vor. »Darf ich Sie auf eine geringfügige Änderung der Speisekarte hinweisen? Das *Soufflé Surprise* ist aus.«

»Das *Soufflé Surprise* ist aus?« Langsam wiederholte Monsieur Pamplemousse die Worte, als könne er seinen Ohren nicht recht trauen. »Aber das ist unmöglich.«

Zu behaupten, er habe sich durch die sechs oder sieben vorigen Gänge mühsam und nur mit einem einzigen Ziel im Sinn hindurchgearbeitet, nämlich jene Kreation zu kosten, für die Les Cinq Parfaits weithin berühmt war, wäre gewiß kraß untertrieben, ja eine unverzeihliche Beleidigung gewesen. Jeder Gang war die pure Perfektion: nicht nur ein einzelner Höhepunkt, sondern eine ganze Kette großartiger Gipfel; jede Speise war *per se* der Inbegriff der

Zubereitung:
10 g Butter in einer großen Pfanne erhitzen. Die feingehackte Schalotte dazugeben und glasig dünsten. Die Saiblingfilets mit der Innenseite nach unten in die Pfanne geben und ca. 1 Minute braten, wenden und mit der Hautseite nach unten ebenfalls 1 Minute braten.
Filets herausnehmen und warmstellen.
Den Bratensatz mit dem Wein ablöschen und auf die Hälfte einkochen lassen. In eine kleine Kasserolle geben und mit der restlichen kalten Butter und der Sahne aufschlagen. Zuletzt die fein gehackte Pimpernelle unterziehen.

Anrichten:
Die Sauce auf 4 vorgewärmte Teller verteilen. Die Saiblingfilets darauflegen, mit einem Zweig Pimpernelle verzieren und rasch servieren.

Granité au vin de Saint Emilion

Zutaten:

450 cl Saint Emilion
1/2 l Wasser
200 g Zucker
16 cl Trester
1 EL Zitronensaft
2 EL Orangensaft
2 weiße Pfirsiche
1 Sträußchen frische Minze

Vorbereitung:
Die Pfirsiche im kochenden Wasser, dem ein Spritzer Zitronensaft zugefügt ist, blanchieren und abziehen. Wasser und Zucker aufkochen, bis der Zucker sich gelöst hat. Abkühlen und einen Teil der Flüssigkeit über die Pfirsiche gießen, bis sie gut bedeckt sind. Die Hälfte der Minze dazufügen und ca. 4 Stunden im Kühlschrank marinieren.

Zubereitung:
Die Flüssigkeit von den Pfirsichen abgießen und zum Rest der Zucker-Wasserlösung geben. Die Pfirsiche in eine Schüssel geben und gut abdecken.
Zu der Flüssigkeit die restlichen Zutaten geben, gut vermischen und in das Gefrierfach geben, bis ein harter Eisklotz entsteht.

Anrichten:
Die Pfirsichhälften in jeweils ein vorgefrostetes Glas geben und mit einem Löffel Granité vom Eisklotz schaben und darübergeben. Mit einem Minzeblättchen verzieren und servieren.

Vollkommenheit und bot gleichermaßen Befriedigung und lustvoll-quälenden Vorgeschmack auf die Genüsse, die da noch kommen sollten. Würde er seine Mahlzeit an dieser Stelle beenden, so gäbe es kaum Grund zur Beschwerde. Es war ein denkwürdiges *dîner* gewesen. Dennoch, und um die Gebirgsanalogie noch weiter auf die Spitze zu treiben: es gab eben nur einen Mount Everest. So weit gereist zu sein, ohne den höchsten Gipfel erklommen zu haben, den das *Soufflé Surprise* nun einmal verkörperte, wäre denn doch eine arge Enttäuschung.

Er war versucht zu fragen, warum man ihm, wenn es denn aus sei, eine Speisekarte vorlege, auf der in deutlichen Druckbuchstaben zwischen *fromage* und *café* die beiden Worte *Soufflé* und *Surprise* zu lesen seien. Damit streute man ja obendrein noch Salz in die Wunde.

Er sah sich in dem gut besetzten Restaurant um. »Da wird es heute abend in Les Cinq Parfaits viele betrübte Gesichter geben.«

»*Oui*, Monsieur.« Der Ober teilte seinen Kummer sichtlich.

»Was haben Sie also statt dessen?«

Mit einer Miene, die, falls dies möglich war, noch etwas verlegener schien als zuvor, wies der Ober auf einen großen Servierwagen, der gerade in ihre Richtung heranrollte.

»Wir haben eine Reihe von Sorbets nach Art des Hauses. Monsieur könnte ein *panaché* nehmen – eine ganze Auswahl, wenn es beliebt.«

»Aber ich habe schon ein Sorbet gehabt«, erwiderte Monsieur Pamplemousse leicht verstimmt. »Das war zwischen dem *omble* und den *quenelles de veau*.«

Und es war auch ganz ausgezeichnet gewesen – ein *granité au vin de Saint-Emilion*, hergestellt mit etwas weit Besse-

Quenelles de veau au beurre et aux cerfeuil
Kalbsklößchen in Butter und Kerbel

Zutaten für 4 Personen

200 g Kalbsnuß
100 g Butter
150 cl Crème double
1 Ei
1 Eiweiß
Salz
Pfeffer
1 Messerspitze Muskatnuß
1 Sträußchen gezupfter Kerbel

Zubereitung:
Das Kalbfleisch in Würfel schneiden und zweimal durch die feine Scheibe des Fleischwolfs treiben. Das durchgedrehte Fleisch in einen Mörser geben und kräftig stampfen. 50 g Butter, verquirltes Ei und Eiweiß, Crème double und die Muskatnuß dazugeben und mischen, bis eine glatte cremige Masse entstanden ist. Mit Pfeffer und Salz abschmecken. Durch ein Sieb passieren. Nochmals kräftig mischen, mit Folie luftdicht abdecken und kaltstellen.
Mit einem Teelöffel kleine Klößchen abstechen und in einem großen Bräter in reichlichen Abständen plazieren. An einem kühlen Platz 30 Minuten ruhen lassen.
Eine Viertelstunde vor dem Servieren mit kochendem Salzwasser aufgießen, bis die Klößchen reichlich bedeckt sind. Bei schwacher Hitze köcheln lassen, bis die Klößchen frei schwimmen. Dann aus der Garflüssigkeit heben, abtropfen lassen und warmstellen.
Die restliche Butter erhitzen und klären.

Anrichten:
Die Klößchen auf vorgewärmten Tellern verteilen, mit der Butter übergießen und mit den Kerbelblättchen bestreuen.

rem als dem *vin ordinaire*, wenn ihn sein Urteil nicht trog, mit einem *Grand Cru Classé*, außerdem hatte man Orange und Zitrone hinzugefügt, und die Garnitur des Desserts war ein frischer, heller, mit Minzeblättern aromatisierter Pfirsich gewesen. Ein Gaumentupfer ersten Ranges. Auf dem Notizblock, den er in einer Falte des rechten Hosenbeins verborgen hielt, hatte er ihm die volle Punktezahl verliehen.

»Vielleicht *fruits de saison*? Wir haben wilde *framboises*... die Mädchen aus dem Dorf haben sie eben erst bei Sonnenuntergang am Berghang gepflückt. Sie sind von ihren Schürzen noch ganz warm...«

»*Fruits de saison*?« Ohne die Stimme zu heben, gelang es Monsieur Pamplemousse, genau die richtige Portion von Verachtung darin anklingen zu lassen.

»Vielleicht eine *crème caramel*, Monsieur?« In die Stimme des Obers legte sich bereits ein erster Anflug von Verzweiflung. »Aus den Eiern unserer eigenen Hühner, die seit dem Tag ihrer Geburt mit nichts anderem gefüttert werden als nur dem...«

»Eine *crème caramel*?« Als Monsieur Pamplemousse bewußt wurde, daß er sich langsam anhörte wie ein alternder Schauspieler, der jeden Satz der Komik halber zunächst einmal nachäffte, versuchte er es auf einem anderen Weg. »Haben Sie denn nichts mit dem Wort *pâtisserie* dabei?«

Schon als er die Frage stellte, kannte er die Antwort. So erklärte sich auch das Fehlen vieler der sonst üblichen Lekkerbissen im Verlaufe dieser Mahlzeit. Ein Mangel, den er zuvor allerdings mit einer gewissen Erleichterung registriert hatte, da er sich bei jeder Schlacht, in der sein Geist gegen das Stoffliche antrat, vor deren Ausgang fürchtete.

Der Ober beugte sich über den Tisch, um einen imaginären Brotkrümel zu entfernen. »Ich bedaure, Monsieur,

Faisan aux noix et au limon
Fasan mit Walnüssen und Limone

Zutaten für 4 Personen

1 Fasan
2 grob gewürfelte Schalotten
1 TL grob gewürfelter Speck
1 EL Walnüsse
1/4 l Bordeaux oder Burgunder
Saft von einer Limone
2 Messerspitzen geriebene Limonenschale
20 g Butter
Salz und Pfeffer

Vorbereitung:
Die Keulen an den Gelenken durchtrennen. Bruststücke auslösen. Unterkeulen und Rückenknochen grob hacken und in etwas Butter mit den Schalotten und dem Speck anrösten. Mit dem Rotwein ablöschen. 30 Minuten köcheln lassen, durch ein Sieb passieren und auf die Hälfte einkochen lassen. Die Walnüsse grob hacken und in einer Pfanne ohne Fett hellbraun rösten.

Zubereitung:
Die Fasanenkeulen und -brüste in Butter von beiden Seiten jeweils 4 Minuten auf kleiner Flamme braten. Die Bruststücke aus der Pfanne nehmen und warmstellen. Die Keulen benötigen auf jeder Seite eine weitere Minute Bratzeit. Anschließend ebenfalls warmstellen.
Das Bratfett vorsichtig abgießen und den Bratensatz mit 1 EL Wasser ablöschen. Den Knochenfond dazugeben und um die Hälfte reduzieren. Limonensaft und Schale mit den gerösteten Nüssen in die Sauce geben, mit Salz und Pfeffer abschmecken.
Die Fasanenstücke in der Sauce kurz aufwärmen und mit kleinen Gemüsen auf vorgewärmten Tellern anrichten.

Fromages

Framboises des bois à la crème chantilly
Waldhimbeeren mit frischer Sahne

Zutaten für 4 Personen

500 g Waldhimbeeren
Puderzucker
Flüssige Sahne

Anrichten:
Die Himbeeren in 4 Schälchen anrichten und mit dem Puderzucker überstäuben. Dazu die flüssige Sahne in einem Kännchen reichen.

aber die *pâtisserie* ist heute abend nicht von der Qualität, die wir von Les Cinq Parfaits unseren Gästen zu servieren uns in der Lage sehen.« Er senkte die Stimme noch etwas mehr. »Was das *Soufflé Surprise* angeht... pfff!« Ein leises Pfeifgeräusch, das ein wenig an einen unrühmlich in sich zusammenfallenden Heißluftballon denken ließ, entrang sich seinen Lippen. Einen Moment lang sah es so aus, als wollte er noch etwas hinzufügen, doch er entschied sich dagegen, wohl weil ihm klar geworden war, daß er ohnehin schon zuviel gesagt und seine Vertrauensstellung mißbraucht haben könnte.

Monsieur Pamplemousse beschloß, nicht weiter in ihn zu dringen. Er bestellte die *framboises* und machte es sich bequem, um die Angelegenheit zu durchdenken. Ganz offenkundig stand es nicht zum besten in den Küchenräumen von Les Cinq Parfaits, und wenn es dort nicht zum besten stand, dann brachte ihn dies in ein Dilemma.

Eigentlich war er ja nur in halboffizieller Funktion hier, es war eine Art Belohnung seitens seiner Chefs, der Verleger von *Le Guide*. Der Aufenthalt war nach dem erfolgreichen Abschluß eines Auftrags im Loire-Tal von seinem dankbaren Direktor für ihn arrangiert worden. Trotzdem verstand sich der Besuch von Les Cinq Parfaits selbstverständlich inklusive seiner Beurteilung des Restaurants; man wünschte zudem seine Meinung in einer Sache zu hören, die bereits seit einiger Zeit die Überlegungen seiner Vorgesetzten in Anspruch nahm. Für ihn war die Arbeit nicht mehr weit, wenn Essen auf dem Tisch stand.

Ebenso wie *Le Guide* den Ruf des Doyens der französischen Gastronomieführer hatte, so galt gemeinhin Les Cinq Parfaits auch als das beste der besten Restaurants in Frankreich, was in den Augen der meisten Menschen gleichbedeutend war mit: das beste der Welt.

Wie ein Juwel lag es in den Hügeln östlich von Evian und bot eine wunderschöne Aussicht über den See; an den Wänden hingen Photographien von den Großen und Bedeutenden, den Reichen und Berühmten der Welt, die alle ihre Pilgerfahrt zu seinen allzeit geöffneten Türen unternommen hatten. Präsidenten kamen und gingen, Königshäuser stiegen auf und wurden gestürzt, doch Les Cinq Parfaits schien dazu ausersehen, seine illustre Stellung für alle Ewigkeit einzunehmen.

In einer Gegend, die sich eher jenen widmete, deren Taillenumfang dringend der Verringerung bedurfte oder schon jenseits aller Hoffnung war, und wo infolgedessen die *cuisine* im allgemeinen eher nach *basse* als nach *haute* tendierte, hatte sich Les Cinq Parfaits als Ausnahme von der Regel erwiesen und war hervorragend gediehen. Seit vielen Jahren besaß es drei Sterne im Michelin, die maximale Mützenzahl im Gault-Millau und gehörte zu dem knappen Dutzend von Restaurants in Frankreich, die die allerhöchste Auszeichnung durch *Le Guide* errungen hatten: die drei Kasserollen. Es galt als offenes Geheimnis, daß es nur eine Frage der Zeit sei, bis einer der drei miteinander konkurrierenden Gourmetführer den Anfang machte und Les Cinq Parfaits eine weitere, ganz besondere Auszeichnung verlieh.

Und gerade hier lag das Dilemma. Erwies sich ein derartiger Bruch mit der Tradition nämlich als Fehlschlag, so wäre der Verlag, der ihn verantwortet hatte, natürlich sofort jeder Kritik preisgegeben. Zu zaudern hingegen, nur der zweite zu sein, das hieße, sich der Anschuldigung auszusetzen, eher Nachahmer denn Anführer zu sein. Es war ein kniffliges Problem, das keinen Fehler erlaubte.

Wenn drei Kasserollen Perfektion bedeuteten, würde eine vierte für etwas noch Absoluteres stehen müssen. An der Leistung dieses Abends gemessen, gereichte jedoch zumindest einer der »*cinq Parfaits*« – entweder Monsieur Albert, der Vater, oder einer seiner vier Söhne Alain, Edouard, Gilbert und Jean-Claude – dem Namen der Familie nicht ganz zur Ehre.

Monsieur Pamplemousse sah sich im Speisesaal um. Wie in den meisten Restaurants dieser Klasse schien es mehr Personal als Gäste zu geben. Seine Notizen und Karteikarten würden ihm später die genauen Zahlen verraten, doch schätzte er die Kapazität des Raumes auf etwa sechzig *couverts*. Alle Tische waren belegt, viele von ihnen vermutlich seit Wochen, wenn nicht seit Monaten im voraus bestellt; die *clientèle* war international. Die Kellner wechselten mit lässiger Routine zwischen französisch, englisch und deutsch hin und her.

Die Zeremonie des Lüftens der silbernen Servierteller-deckel war in vollem Gang. Kein Gericht gelangte ohne Abdeckung in den Speisesaal. Mochten noch so viele Gäste um einen Tisch sitzen, unter den Kellnern galt es als Todsünde, beim Auflegen nachzufragen, wer nun was bestellt habe, und das Aufheben aller Deckel im Unisono war eine dramatische Geste, die das gastronomische Äquivalent eines Applauses einzuheimsen nie versäumte.

Am Nachbartisch vollbrachte ein Kellner, der gerade einer Gruppe von Gästen die gesamte Speisekarte in perfektes Deutsch übersetzt hatte, die gleiche Fleißaufgabe für eine andere Familie auf englisch. Den Gesprächsfetzen, die Monsieur Pamplemousse bei ihrem Eintreffen aufgeschnappt hatte, war zu entnehmen gewesen, daß die Tochter eines der Internate der Gegend besuchte. Die sprachliche Ausbildung dort ließ jedoch sichtlich zu wünschen übrig.

An einem kleineren Tisch dahinter saß ganz allein ein

junges Mädchen. Das blonde Haar, ihre helle Hautfarbe und die Tatsache, daß sie der Familie am Nebentisch zur Begrüßung zugenickt hatte, ließen darauf schließen, daß sie ebenfalls Engländerin war. Vermutlich auf demselben Internat wie deren Tochter. Sie konnte nicht viel älter als achtzehn oder neunzehn sein.

Er fragte sich, was sie hier tat. Sie wirkte seltsam fehl am Platze und irgendwie unruhig, als warte sie auf jemanden, rechne aber gleichzeitig fest damit, versetzt zu werden. Er verspürte den irrationalen Impuls, zu ihr hinüberzugehen und sie zu fragen, ob er ihr irgendwie behilflich sein könne, doch er beherrschte sich, weil er befürchtete, sie werde seine Vorgehensweise falsch interpretieren – was die übrigen Gäste ganz bestimmt tun würden. Die Menschen dachten eben immer gleich das Schlimmste. Ein- oder zweimal sah er rasch auf und ertappte sie dabei, wie sie ihn anstarrte, fast im selben Moment die Augen niederschlug und errötete, was ihr gut zu Gesicht stand.

Holmes hätte schon längst alles über sie gewußt. Er hätte sich im Geiste ein komplettes Bild von ihr gemacht, aus irgendeinem Detail, das damit zu tun hatte, wie sie ihren Gürtel trug oder ihr Kleid auswählte.

»Für heute abend ausgeliehen, mein lieber Watson. Und zwar in großer Eile. Man merkt es daran, daß es nicht ganz zu ihrem Nagellack paßt.«

Widerstrebend riß er sich von der Szene los und wandte sich wieder seinem Buch zu. Die Lektüre verknüpfte das Angenehme mit dem Nützlichen und gehörte zu seinen Urlaubsvorsätzen – sie bot ihm Gelegenheit, sein Englisch zu verbessern und gleichzeitig wieder einmal mit einer seiner Lieblingsromanfiguren zusammenzutreffen.

Die Geschichten hatten denkbar wenig mit seinen eigenen Erfahrungen an der Pariser *Sûreté* zu tun, und doch lag eine gewisse Faszination in ihnen, der er sich nicht entziehen konnte. Besonders die Erzählung, die er gerade las – *Der Hund von Baskerville* – war ein gutes Beispiel. Schon auf der zweiten Seite hatte Holmes nach kurzer Untersuchung eines Spazierstocks den Schluß gezogen, der Besitzer sei ein Landarzt, der seine Ausbildung an einem großen Londoner Krankenhaus genossen, den Assistentenposten dort jedoch bald aufgegeben hatte; auch jetzt noch sei er unter dreißig, recht leutselig, etwas zerstreut und außerdem Hundebesitzer, wobei das Tier größer als ein Terrier und kleiner als ein Mastiff sein müsse.

Beim nochmaligen Lesen der Stelle wurde Monsieur Pamplemousse an Pommes Frites erinnert. Er blickte sich um, doch die Schnauze drückte sich nicht mehr gegen die Fensterscheibe. Es bedurfte nicht des scharfsinnigen Talents eines Sherlock Holmes, um zu folgern, daß sein eigener Watson verdrossen seiner Wege gegangen war, und obgleich es nicht seine Entscheidung gewesen war, Pommes Frites von der Mahlzeit auszuschließen, verspürte er dennoch abrupte Gewissensbisse.

Bei der Ankunft in Les Cinq Parfaits war er bitter enttäuscht gewesen, daß Hunde dort neuerdings *interdit* waren. Die Direktion hatte das Verbot verhängt, nachdem ein zu Gast weilender Industriekapitän eines Abends vom Dobermann eines erbosten Aktieninhabers angefallen worden war. In gewissem Maße hatte er für das Verbot sogar Verständnis, aber es war etwa so, als wollte man den Touristen verbieten, auf den Eiffelturm zu steigen, nur weil irgendwann einmal jemand dabei ertappt worden war, wie er unter dem Turm eine Bombe legen wollte; schwer zu akzeptieren und kaum zu erklären, jedenfalls nicht einem Wesen, dessen Denkvermögen auf derart verschlungenen Pfaden nicht folgen konnte.

Dabei erging es den vierbeinigen Besuchern von Les Cinq Parfaits keineswegs schlecht. Der Hundezwinger hinter dem Hauptgebäude war mustergültig angelegt, der Service einwandfrei und die Personaldichte nahezu ebenso hoch wie im Restaurant selbst. Das Stroh wurde zweimal täglich gewechselt, und die Auswahl an Gerichten servierte man auf Porzellantellern mit dem Kronensignet des Hotels. Selbst pfotentaugliche Klingelschnüre hätten Monsieur Pamplemousse dort nicht überrascht. Bei fünfzig Franc pro Tag, Vollpension und *service compris*, war das Preis-Leistungs-Verhältnis unglaublich günstig.

Trotzdem war es doch nicht das gleiche wie am selben Tisch zu sitzen, jedenfalls hatte Pommes Frites das Ganze in die falsche Kehle bekommen, und zwar genau so, wie es Monsieur Pamplemousse befürchtet hatte.

Pommes Frites besaß eine recht einfache Lebensanschauung. Schwarz war für ihn schwarz. Und Weiß war weiß. Die kürzeste Entfernung zwischen zwei Punkten war die gerade Linie, und Restaurants waren dafür da, daß man *in* ihnen aß, »ohne Ansehen von Rasse, Fellfarbe oder Belligion«. Zutrittsbeschränkungen aufgrund von Diskriminierungen jeglicher Art lagen jenseits seines Begriffsvermögens.

Auch Monsieur Pamplemousse mußte sich eingestehen, daß ihm die Gesellschaft von Pommes Frites fehlte. Nicht nur das schöne Gefühl, wenn sein Partner ihm hin und wieder den warmen Kopf auf den Fuß legte oder seinen behaarten Körper gegen das Bein schmiegte, vermißte er, sondern auch dessen Ansichten zur Speisenfolge, die dieser zumeist mit einem Stirnrunzeln oder einem diskreten Wedeln des Schweifes übermittelte.

Pommes Frites hatte für Gerüche und Geschmacksfarben die Empfindlichkeit der Bluthunde; sein Spürsinn war schon früh, während seiner Ausbildung bei der Pariser Polizei, entwickelt und auf Reisen kreuz und quer durch Frankreich mit seinem Herrn weiter geschärft worden. Zwar wußte niemand etwas davon, aber es gab eine Menge Restaurants, die ihre Aufnahme in *Le Guide* Pommes Frites' Geschmackspapillen verdankten, und schon deswegen hätte Monsieur Pamplemousse sehr viel darum gegeben, dessen Reaktion auf die Mahlzeit, die er eben verzehrt hatte, auf dem Notizblock verzeichnen zu können.

Er starrte aus dem Fenster zu den Lichtern von Lausanne hinüber, die auf der Schweizer Seite des Sees glitzerten. Mitten auf dem Wasser pflügte langsam ein Passagierdampfer zurück nach Genf. Er sah auf die Uhr. Es war noch nicht einmal zehn. Er hatte das Abendessen früh begonnen. Also blieb noch Zeit für einen kleinen Bummel, ehe er zu Bett ging. Vielleicht sollte er Pommes Frites auf einen extra langen Spaziergang mitnehmen, um die Situation ein wenig auszubügeln. Im Kofferraum des Autos lagen noch Kekse für den Notfall. Beim Zurückkommen würde er als besondere Überraschung die Schachtel aufmachen.

Er sah auf, als ein Kellner mit einem Silbertablett auf ihn zusteuerte, auf dem sich nicht, wie man hätte erwarten dürfen, das Schälchen mit den wilden Himbeeren befand, sondern statt dessen ein Teller, auf dem ein einsamer blaßblauer Briefumschlag lag. Er runzelte die Stirn, denn er erkannte die Farbe des Hotelbriefpapiers. Wer wollte ihm hier eine Nachricht zukommen lassen?

Als der Kellner gegangen war, nahm Monsieur Pamplemousse ein Messer und öffnete den Brief, wobei er sich bewußt war, daß ihn die Gäste am Nachbartisch neugierig beobachteten. Der Brief enthielt ein Blatt weißes Telexpapier mit einem rosa Durchschlag darunter. Die Botschaft war kurz und bündig; ja, sie bestand aus einem einzigen Wort. Das Wort lautete *ESTRAGON*.

Die Behauptung, daß Monsieur Pamplemousse beim Erfassen der Nachricht sichtlich erbleichte, wäre einer Schmähung sowohl seiner Fähigkeiten im Verbergen seiner wahren Gefühle als auch der gedämpften und indirekten Beleuchtung gleichgekommen, die der für die Innenausstattung verantwortliche Architekt ersonnen hatte. Schon in Anbetracht der bisweilen astronomischen Höhe der Rechnungen filterte man hier Erbleichen jedweder Ursache durch Lichtstrahlen ab, die wohlweislich den wärmeren Tönen des Spektrums entströmten.

Dennoch spürte er, wie sich sein Puls beschleunigte, als er die Nachricht sorgfältig wieder zusammenfaltete und zwischen die Seiten seines Buches schob, um die Stelle zu markieren, an der er gerade war. An Weiterlesen war jetzt nicht zu denken. Wäre er Sherlock Holmes gewesen, hätte er vermutlich in der Hoffnung, seine rasenden Gedanken mit dem Allheilmittel der Musik zu besänftigen, nach der Violine gegriffen. Statt dessen tat Monsieur Pamplemousse das Zweitbeste: Er griff nach Löffel und Gabel. Wieder näherten sich Kellner seinem Tisch. Es wäre doch jammerschade, die Anstrengungen all dieser Dorfmädchen mit den prallen Schürzen verderben zu lassen.

Die *framboises* waren ohne Fehl und Tadel, und Monsieur Pamplemousse fügte lediglich noch etwas Sahne hinzu.

Das Wort *ESTRAGON* konnte nur eines bedeuten: es mußte irgendein Notfall eingetreten sein.

Um etwas Privates konnte es sich nicht handeln. Er hatte Doucette kurz vor dem Abendessen angerufen. Sie war mitten in ihrer Lieblingsserie gewesen, und er hatte gegen die Hintergrundgeräusche des Fernsehers anschreien müssen. Und wenn es um Privatangelegenheiten ging, hätte das Telephon wohl ohnehin ausgereicht.

In seiner ganzen Zeit bei *Le Guide* war das Notfall-Codewort sehr selten verwendet worden. Das letzte Mal, an das er sich erinnern konnte, war schon volle zwei Jahre her: als jemand Truffert aus der Normandie dabei beobachtet hatte, wie er beim Taxieren eines Restaurants in Nizza in einem Exemplar von *L'Escargot*, der Hauspostille der Mitarbeiter von *Le Guide*, geschmökert hatte. Damals war die Hölle los gewesen. Die Anonymität der Gutachter war ein geheiligter Grundsatz, der niemals gebrochen werden durfte. Und es waren Köpfe gerollt.

Doch seinerzeit war der Code in umgekehrter Richtung benutzt worden: für einen Notruf von draußen ans Hauptquartier. Monsieur Pamplemousse konnte sich an keinen Fall erinnern, bei dem die Zentrale selbst die Losung ausgegeben hätte. Er fragte sich, ob es sich womöglich um einen generellen Alarm handelte. Vielleicht warteten überall in ganz Frankreich die Kollegen so wie er auf ihren *café* und fragten sich dasselbe.

Die erste Tasse kam und ging die Kehle hinab. Eine zweite schlug er aus, erhob sich und steuerte auf die Tür zu. Dabei fing er einen Blick des blonden Mädchens auf. Sie errötete und sah auf ihren Teller, als wäre sie sich bewußt, daß ihr seine besondere Aufmerksamkeit galt.

Auf dem Weg kam er an zwei Tischen vorbei, an denen die Gäste auch gerade gezwungen waren, ihre Entscheidung bezüglich des letzten Gangs zu revidieren. Auch sie schienen nicht eben erfreut darüber. Der *maître d'hôtel* wäre ihm vermutlich nicht einmal dankbar, wenn er stehenbliebe und die *framboises* empföhle – obwohl es sicherlich die besten gewesen waren, die er je gekostet hatte. An diesem Abend würde die Küche all ihre Vorräte aufbrauchen. Daß *ein* Gericht ausging, war schon mehr als hart. Gingen dann aber auch noch die Zutaten für ein zweites zur Neige, so grenzte dies an eine Katastrophe.

Im Foyer sah er sich nach einer Telephonzelle um. Er hielt es für keine gute Idee, den Apparat auf seinem Zimmer zu benutzen und dabei womöglich jemanden mithören zu lassen – nicht ehe er wußte, worum es überhaupt ging. Man hatte in Les Cinq Parfaits zwar längst ein automatisches Selbstwählsystem, doch hegte er ein altmodisches Mißtrauen gegen Hoteltelephone.

Er leerte sein ganzes Kleingeld auf das Brettchen, steckte ein paar Münzen in den Schlitz und wählte die Nummer der Zentrale. Schon beim ersten Läuten wurde abgehoben.

»Ah, Monsieur Pamplemousse.« Es war eine Stimme, die er nicht erkannte. Normalerweise hatte er kaum je Kontakt mit der Nachtschicht. »*Monsieur le directeur* erwartet ihren Anruf schon. *Un moment.*«

Der Direktor ging noch schneller an den Apparat als die Vermittlung. Er mußte die ganze Zeit über mit der Hand auf dem Hörer dagesessen haben.

»Pamplemousse? Ist Ihnen etwas passiert? Weshalb dauert das denn so lange?«

»Leider ließ der *café* ein wenig auf sich warten, Monsieur.«

»*Café*!« Am anderen Ende der Leitung war ein Geräusch wie eine mittelstarke Explosion zu hören. »Sie haben noch auf den *café* gewartet?«

»*Oui, monsieur le directeur.*« Monsieur Pamplemousse beschloß, größte Vorsicht walten zu lassen. Der Tonfall klang ganz und gar nicht freundlich. »Angesichts der Bedeutsamkeit Ihrer Nachricht hielt ich es für klug, keinen Verdacht zu erwecken, weshalb ich mich nicht in allzu großer Hast vom Tisch entfernen wollte.«

»Ah!« In dieser Antwort kamen verschiedene Gefühle zum Ausdruck: Ungläubigkeit und Mißtrauen, die jedoch, wenn auch mit einigem Widerwillen, einem grantigen Respekt Platz machten. »Gut gedacht, Pamplemousse. Gut gedacht.«

Monsieur Pamplemousse stieß einen erleichterten Seufzer aus. Man mußte fix sein, wenn man es mit dem *directeur* zu tun hatte. Wie ein Boxer tat man immer gut daran, die nächste Bewegung schon vorauszuahnen.

»Wie war Ihr Essen?« Aus dem Klang der Stimme durch das Telephon war klar, daß die Antwort auf diese Frage schon von vornherein feststand. Nicht zum erstenmal empfand Monsieur Pamplemousse Ehrfurcht vor der Tüchtigkeit der Leute von *Le Guide*. Dennoch fragte er sich, wie die Neuigkeit über Les Cinq Parfaits so rasch dorthin gedrungen war. Im Geiste malte er sich die Einsatzzentrale aus: den großen Tisch in der Mitte des Saales, die erleuchtete Wandkarte mit den vielen kleinen Fähnchen, die jede für einen Inspektor standen und von jungen Damen mit langen Stäben verschoben wurden. Gedämpftes Licht. Gedämpfte Gespräche unter dem Personal, während die Berichte nacheinander eintrafen. Heute jedoch war kein normaler Abend.

»Es ließ eine Menge zu wünschen übrig, Monsieur. Besonders zum Abschluß hin.«

»Es ist eine Katastrophe, Aristide. Eine Katastrophe erster Ordnung.«

»Jedenfalls ziemlich unerfreulich, Monsieur«, gab Monsieur Pamplemousse vorsichtig zurück und ertastete sich einen Weg durch das Minenfeld der Gedanken des Direktors. »Es war ganz und gar nicht erfreulich. Wie Sie sich vorstellen können, hatte ich große Erwartungen. Vielleicht« – hier versuchte er, einen fröhlichen Ton anzuschlagen, – »vielleicht sieht man daran nur wieder einmal, daß eben nichts auf dieser Welt je vollkommen perfekt sein kann.« Vom Schweigen am anderen Ende der Leitung ermutigt, fing Monsieur Pamplemousse an, das Thema weiter zu vertiefen. Der Direktor war sichtlich angespannt. Er bedurfte einiger beruhigender Worte. »Ein *soufflé* macht ja noch keinen Sommer, Monsieur. Es wird andere geben.«

Es entstand eine lange Pause. »Haben Sie getrunken, Pamplemousse?«

»Getrunken, Monsieur? Ich hatte einen *apéritif* vor dem Essen – einen Kir –, und danach ein oder zwei Glas Sancerre mit dem *omble*, dann einen bescheidenen Côte Rôtie und schließlich noch ein Glas Beaumes-de-Venise zur Nachspeise. Auf einen *liqueur* habe ich verzichtet...«

»Wissen Sie, weshalb ich Ihnen das Telex geschickt habe?«

»Wegen des *Soufflé Surprise*, Monsieur?«

»Nein, Pamplemousse.« Die Stimme im Hörer erinnerte plötzlich an einen bellenden Hund. »Es ging mir *nicht* um das *Soufflé Surprise*.« Wieder entstand eine Pause, diesmal eine noch längere. »Andererseits haben Sie ja eigentlich recht. Es geht sehr wohl um das *Soufflé Surprise*.«

Monsieur Pamplemousse beschloß, gar nichts zu sagen. Offensichtlich hatte er, wenn auch ganz unwissentlich, irgendwie ins Schwarze getroffen. Mitten ins Schwarze sogar. Indem er alle Vorsicht in den Wind schlug, stieß er die Tür der Telephonzelle mit dem Fuß ein Stück weit auf, da die Hitze seine Verwirrung nur noch verstärkte. Als der Direktor nun fortfuhr, schwang in seiner Stimme ein neuer Respekt mit.

»Ihre Zeit bei der *Sûreté* war nicht umsonst, Aristide.«

»*Merci*, Monsieur. Das sage ich mir auch immer gern.«

»Sie haben eine Art, die Probleme immer direkt an der Wurzel zu packen. Schlagen sich eine Bresche durch den Urwald. Es ist tatsächlich ein großer Glücksfall, daß wir ausgerechnet Sie in diesen Tagen zu Les Cinq Parfaits geschickt haben. Pamplemousse...« Der Direktor machte eine Pause, und Monsieur Pamplemousse hielt sich für die nächsten Worte fast instinktiv gut fest. »Pamplemousse, wenn ich Sie nach der Definition für den Begriff ›flüssiges Gold‹ fragen würde, wie würde sie lauten?«

Da sich Monsieur Pamplemousse nun endlich auf sicherem Boden glaubte, zögerte er keinen Augenblick. »Das wäre wohl ein Sauternes, Monsieur. Ein Château d'Yquem. Wahrscheinlich der 45er. Es ist mir zu Ohren gekommen, daß der 28er und der 37er zwar immer noch ganz hervorragend sind, inzwischen aber bedauerlicherweise ein wenig abgebaut haben. 1945 gab es dort eine recht frühe Ernte, und...«

»Aristide!« In der Stimme des Direktors lag ein leise flehender Ton, als wollte er damit etwas mitteilen. »Aristide, es handelt sich hier leider um eine sehr ernste Angelegenheit. Denken Sie noch einmal nach.«

Monsieur Pamplemousse durchdachte das Ganze noch einmal von vorn. Es kam ihm der Gedanke, daß der Direktor ihn vielleicht auf die Probe stellen wollte. Möglicherweise dachte er an einen deutschen Eiswein – das Kapital, das Winzer aus etwas schlugen, was unter anderen Bedingungen und in anderen Gegenden eine Katastrophe wäre: Wein aus dem Saft von Trauben, die bis zum ersten Frost an der Rebe geblieben waren. Diesen Trank nun könnte man tatsächlich ›flüssiges Gold‹ nennen. Er zermarterte sich das Hirn, bei welchen berühmten Jahrgängen dies besonders gut ausgegangen war.

»Wird es wenigstens schon warm, Monsieur?«

»Nein, Pamplemousse.« Durch den Hörer drang ein lauter Seufzer. »Es wird überhaupt nicht warm. Es ist ganz kalt. Aber die momentane Temperatur ist gar nichts im Vergleich zu den Temperaturen, mit denen zu rechnen ist, falls dieses Problem nicht bald gelöst wird. Denn dann wird es sehr kalt werden. Dann wird *uns allen* sehr kalt werden.«

»Ich habe gehört, daß der Besitzer von Château d'Yquem auch seinen 67er in den höchsten Tönen lobt...«

»Pamplemousse! Wollen Sie endlich aufhören, andauernd von Wein zu sprechen. Die Sache hat mit Wein nicht das geringste zu tun.« Monsieur Pamplemousse verstummte, als der Direktor sein Sinnieren abrupt unterbrach. Er hörte den warnenden Ton heraus, und wie ein Berufsspieler, der zunächst einmal das Geschehen an den Tischen beobachtet, beschloß er, vorerst abzuwarten, wie sich das Spiel entwickelte, um so ein Gespür dafür zu bekommen, wie die Kugel rollen würde, ehe er seinen nächsten Einsatz wagte. Der Direktor ging inzwischen in eine völlig andere Richtung.

»Erinnern Sie sich an den Winter 1947, Pamplemousse?«

»Das war ein sehr kalter Winter, Monsieur. Ich war damals neunzehn, und zum erstenmal längere Zeit von zu Hause fort. Ich wohnte in Paris, und ich weiß noch, wie ich in meinem Zimmer bibberte und mir wünschte, wieder in der Auvergne zu sein; dort hatte man wenigstens Holz zum Feuermachen. Zu essen gab es damals nur wenig, und die Innenseite meines Schlafzimmerfenster war mit Eis überzogen.«

»Es ist gut möglich, daß Ihr Schlafzimmerfenster im nächsten Winter erneut von innen zufriert, Pamplemousse, wenn Sie nicht rasch handeln. Rasch, präzise, und mit allergrößter Diskretion.

Hören Sie mir zu, und hören Sie *genau* zu. Die Wände haben Ohren, wie Sie wohl wissen, und ich möchte das, was ich zu sagen habe, nicht noch einmal wiederholen.

In vier Tagen werden Sie in Les Cinq Parfaits erleben, wie man einen roten Teppich auf den Eingangsstufen auslegt, einen roten Teppich, der sich über die gesamte Strecke vom Haupteingang bis zum Hubschrauberlandeplatz auf der Schmalseite des Gebäudes erstreckt. Im Laufe seiner Geschichte hat dieser rote Teppich die Schritte eines regierenden Monarchen von Großbritannien sowie mehrerer Präsidenten der Französischen Republik gelenkt. In letzter Zeit wurde sein Velours nahezu irreparabel vom Gewicht eines Mannes zusammengepreßt, der so unermeßlich reich ist, daß man es kaum beschreiben kann: eine *Grosse Légume*, die dank dem Segen Allahs das große Glück hat, auf einem der umfangreichsten Ölvorkommen der Welt zu sitzen.

Jedes Jahr besucht er Les Cinq Parfaits als Gast Frankreichs, um dort das vorzunehmen, was man einen ›Einkaufsbummel‹ nennen könnte, und dabei in allem zu schwelgen, was das Haus an Üppigem und Sahnigem auf der Speisekarte zu bieten hat. Und besonders angetan ist er jedesmal vom *Soufflé Surprise*.«

Monsieur Pamplemousse beschloß, den Stier bei den Hörnern zu packen.

»Mit Verlaub, Monsieur, ich habe bereits alles verstanden, was Sie sagen wollten. Sie wollten sagen, daß dieser V.I.P. – *Grosse Légume*, wie Sie ihn zu nennen beliebten – als Gast Frankreichs, als ein für unseren zukünftigen Wohlstand ziemlich wichtiger Gast, während seines Aufenthaltes hier gehätschelt und verwöhnt werden und es gemütlich haben soll. All das verstehe ich, wenn ich es auch nicht unbedingt billige. Nur verstehe ich nicht ganz, was es mit meinem eigenen Aufenthalt in Les Cinq Parfaits zu tun haben könnte.«

»Weil Sie, lieber Aristide, im Augenblick gar nicht in Les Cinq Parfaits sind. Sie glauben vielleicht, daß Sie dort sind, aber dem ist nicht so. Im Grunde müßte man wohl eher sagen, daß sie in Les Quatre Parfaits sind. Es fehlt nämlich ein Parfait. Einer der Brüder – Jean-Claude –, eben jener, der für das erwähnte *soufflé* zuständig ist, hat sich in Luft aufgelöst. Ganz plötzlich, und ohne die geringste Spur zu hinterlassen.«

»Eine sehr schlechte Nachricht, Monsieur, da stimme ich Ihnen zu... aber zweifellos doch ein Fall für die hiesige Polizei...«

»Nein, Pamplemousse, das ist *kein* Fall für die örtliche Polizei. Die örtliche Polizei ist unter allen Umständen herauszuhalten. Es gibt da höchst komplizierte Mechanismen, und in diesen Mechanismen wirken wieder viele kleinere, ebenso komplizierte Mechanismen, und alle zusammen müssen ständig geölt werden. Und ohne den fortwährenden guten Willen von *Grosse Légume* – hier muß ich wohl erwähnen, daß die Geschwindigkeit, mit der er seine sagenhaften Reichtümer angehäuft hat, in keinem Verhältnis zum Ausmaß seiner Menschenfreundlichkeit steht, allenfalls in einem reziproken – könnte Öl hier bald außerordentlich knapp werden. Es wäre gut möglich, daß es dann in kältere Klimazonen als die unsere umgeleitet wird.«

»Aber Monsieur, wenn dieser... diese Person nun ohne ihr spezielles *Soufflé Surprise* auskommen muß, so ist das doch keineswegs das Ende der Welt. Gewiß könnte doch ein anderes Mitglied des Personals eines zubereiten? Einer der älteren Brüder? Oder, falls das nicht geht, könnte jemand von auswärts geholt werden. Girardet zum Beispiel? Der wäre jedenfalls in der Nähe.«

»Aristide, hätten Sie Tizian gebeten, Ihnen einen Monet zu malen, oder bei Picasso nach einem Renoir gefragt? Wir haben es hier schließlich mit der Kreation eines Genies zu tun.«

Monsieur Pamplemousse verstummte. Der Direktor hatte natürlich recht. Sie sprachen über das Werk eines Künstlers, der auf dem Gipfel seiner Schaffenskraft stand. Solche Dinge lagen jenseits der Reproduzierbarkeit.

»Pamplemousse!« Wieder unterbrach die Stimme des Direktors seinen Gedankengang. »Wenn ich sage, daß es um eine ernste Angelegenheit geht, dann meine ich, daß die Angelegenheit *sehr* ernst ist. Wer weiß, wo das noch hinführt! Jeder der Brüder ist ein Experte in seiner besonderen Kunst. Heute gibt es kein *Soufflé Surprise*. Morgen könnte es der *omble* sein. Und übermorgen dann das *ris de veau aux salsifis*. Es ist ein Problem, das gewissen Personen an höchster Regierungsstelle eine Menge Kopfzerbrechen bereitet. Insbesondere einer ganz bestimmten ›gewissen Person‹, deren Namen ich aus Sicherheitsgründen mich zu nennen nicht der Lage sehe...«

»Eine gewisse Person«, griff Monsieur Pamplemousse die Redewendung auf, weil er sich nicht ins Bockshorn jagen lassen wollte, »die keine Million Meilen weit entfernt ist?«

»Nein, Pamplemousse.« Erneut schien der Direktor Schwierigkeiten beim Atmen zu haben. »Eine ›gewisse Person‹, die in diesem Augenblick keinen halben Meter weit von mir entfernt sitzt. Und überdies mit Ihnen sprechen will.«

Unwillkürlich nahm Monsieur Pamplemousse Haltung an, als nun eine zweite Stimme aus dem Hörer drang, klar und schneidend: eine Stimme, die er sofort erkannte. Eine Stimme, die er bis zu diesem Moment immer nur im Radio oder im Fernsehen gehört hatte.

»*Oui*, Monsieur.« Seine eigene Stimme klang vergleichsweise fern.

»*Oui*, Monsieur. Ich verstehe, Monsieur.

Es wird mir eine große Ehre sein, Monsieur.

Ganz ohne Frage, Monsieur.«

»So, nun begreifen Sie wohl die Tragweite der Situation, Pamplemousse?« Dies war wieder der Direktor; er klang jetzt wesentlich lebhafter und hatte kaum weniger Autorität im Tonfall als der vorige Sprecher. Seine Stimme war jetzt die eines Mannes mit einer Mission. Die Stimme eines Mannes, wie Monsieur Pamplemousse sich nicht zu spekulieren versagen konnte, der die Möglichkeit einer feierlichen Ehrung in naher Zukunft förmlich zu erahnen schien. Ein Verdienstkreuz vielleicht, oder die Aufnahme in die *Légion d'Honneur*?

»Ab sofort werden Sie nur noch direkt mit der Zentrale in Kontakt treten. Ich werde die Telephonvermittlung Tag und Nacht besetzen lassen. Das Codewort für ihren Auftrag lautet ›Operation Soufflé‹. Ich habe bereits mit Monsieur Albert Parfait gesprochen. Er wurde instruiert, Ihnen in jeder Hinsicht behilflich zu sein. Falls Sie sonst irgend etwas benötigen, sagen Sie es nur, und Sie sollen es haben. Ansonsten schlage ich vor, daß wir unsere Gespräche auf das Allernotwendigste beschränken.«

»*Oui*, Monsieur.«

»Ach, und Aristide...« Die Stimme des Direktors wurde einen Moment lang weicher. »Falls... nein, nicht falls – *wenn* unsere Mission zu einem erfolgreichen Abschluß gebracht worden sein wird, dann dürfen Sie sich eine Flasche des Château d'Yquem bestellen... vom 45er Jahrgang. Ich werde das gleich mit Madame Grante in der Buchhaltung klären. Ihr P39er-Formular wird nicht wieder so lange brauchen. *Au revoir, et bonne chance.*«

»*Au revoir*, Monsieur.«

Monsieur Pamplemousse hängte ein und blieb noch einige Sekunden lang gedankenverloren in der Zelle stehen. Nun war es wohl vorbei mit der ruhigen Urlaubswoche in Les Cinq Parfaits. Gut, daß Doucette nicht mitgekommen war, wie sie ursprünglich geplant hatten. Sie hätte an alledem wohl kaum Spaß gefunden.

Nachdem er das restliche Kleingeld eingesteckt hatte, stieß er die Tür auf und sah sich vorsichtig um. Es kam ihm vor, als wäre er stundenlang in der Telephonzelle gewesen, dabei konnte es sich höchstens um ein paar Minuten gehandelt haben. Im Speisesaal sah noch alles genauso aus wie eben, als er hinausgegangen war: gedämpftes Licht, hin und her huschende Kellner, das stetige Raunen der Tischgespräche. Wenn die Gäste geahnt hätten, was für Stürme sich rings um sie zusammenbrauten...

Als er die Eingangshalle durchschritt, musterte ihn der *commissionnaire* fragend und trat dann beiseite. Die automatische Glastür öffnete sich geräuschlos.

Die Luft draußen war kühl. Ihre beißende Frische war ein erster Vorbote des Herbstes. Flutlichter, die hinter einem Mäuerchen verborgen waren, warfen einen ätherischen Schein auf ein Beet mit spätblühenden Rosen. Ein farbig angestrahlter Springbrunnen wechselte gerade von Rot nach Grün. Das Schwimmbecken dahinter war menschenleer. Von Pommes Frites weit und breit keine Spur.

Monsieur Pamplemousse zog eine Ultraschall-Hundepfeife aus einer Innentasche, setzte sie an die Lippen und blies mehrere Male kräftig hinein. Das Ergebnis war höchst zufriedenstellend. Irgendwo hinter dem Hotel brach ein wahres Pandämonium los: ein wildes Gebell und Gejaule und Geheul, das ein seliges Lächeln auf die Lippen jedes Mitgliedes des hiesigen Hundezüchterverbandes gezaubert hätte. In das schrille Kläffen von Papillons und Pekinesen mischten sich Beagles und Spaniels, die ihrerseits gegen die Wolfsspitze anbellten. Er erkannte einen oder zwei Airedales und etwas, das wie ein Labrador klang; was aber durch sein Fehlen geradezu auffiel, war das tiefere, vollkehlige Anschlagen eines Bluthundes, der auf den Ruf seines Herrn antwortet.

Das Ganze bewies mehrere Dinge zugleich: Die Pfeife funktionierte tatsächlich – seit er sie erstanden hatte, war er sich dessen nie ganz sicher gewesen. Außerdem aber bewies es, daß Pommes Frites, im Augenblick jedenfalls, nicht an seinem Posten war. Vielleicht ging sein Groll doch tiefer als befürchtet, oder er hatte sich aus irgendeinem anderen Grund davongemacht, der nur ihm allein bekannt war.

Monsieur Pamplemousse starrte nachdenklich auf die Büsche, als hegte er insgeheim die Hoffnung, sie würden sich jäh teilen, um seinen Freund und Ratgeber in seine Arme zu entlassen. Doch in den Büschen teilte sich rein gar nichts.

Mit schwerem Herzen und einem Gefühl böser Vorahnungen steckte er die Pfeife wieder in die Tasche und kehrte, Watson-los, ins Restaurant zurück.

Ein Fremder in der Nacht

Schwer auf einen Stock gestützt, erhob sich Albert Parfait von seinem Stuhl, schob eine große Flasche ohne Etikett, die mit einer klaren Flüssigkeit gefüllt war, über den Schreibtisch und schwankte dann unsicher, als er das Gleichgewicht zu bewahren suchte. Anders als bei der Flasche, die unten wesentlich breiter war als oben, stand es in seinem Falle mit der Gewichtsverteilung viel ungünstiger, und einen Moment lang sah es fast so aus, als würde er rücklings in seinen Stuhl zurückplumpsen.

Monsieur Pamplemousse widerstand dem Impuls, ihm zu Hilfe zu eilen. Da er selbst in der Auvergne geboren und aufgewachsen war, begriff er den Drang zur Eigenständigkeit des anderen, der ebenfalls aus einer Gebirgsgegend stammte.

Seine Zurückhaltung blieb nicht unbelohnt. Monsieur Parfait entspannte sich letztendlich und schwenkte den Stock in einer triumphierenden Geste, die seinen Besucher, die schemenhaften Gestalten hinter der getönten Scheibe zwischen seinem Büro und der Küche und die Flasche auf dem Tisch gleichermaßen einbezog.

»*Encore!*«

Monsieur Pamplemousse folgte der Aufforderung ohne Zaudern. Für gewöhnlich war er kein großer Freund von *eau-de-vie*. Hätte er die Wahl gehabt, so wäre ihm ein Armagnac lieber gewesen, aber die Gelegenheit, noch ein Gläschen *Poire William* zu verkosten, wollte er dennoch nicht einfach auslassen. Nach dem einigermaßen deprimierenden Telephongespräch mit dem Direktor konnte er eine kleine moralische Stärkung ohnehin gut gebrauchen.

Die Flasche gab ein zufriedenes Glucksen von sich, als sich das Glas nochmals füllte; die Birne im Innern blieb höchst verlockend eingeschlossen, unerreichbar. Aus dem Fehlen jeglichen Etiketts schloß er, daß es sich um die Hausmarke von Les Cinq Parfaits handelte. Vermutlich war es Aufgabe des jüngsten Küchengehilfen, die leeren Flaschen im späten Frühjahr über die langsam Fleisch ansetzenden Früchte zu stülpen. Im Herbst dann, wenn die Birnen reif und ausgewachsen waren, wurde jemand anders damit beauftragt, sie samt Flasche vom Baum zu schneiden und den Branntwein dazuzugießen. Und noch etwas später bekamen andere, wie jetzt er selbst, die glückliche Gelegenheit, das Ergebnis all dieser Anstrengungen zu genießen. Es lag eine Logik in der Abfolge dieser Tätigkeiten, die seine mathematische Ader ansprach. Bei aller Mühsal besaß das Leben zweifellos auch seine lohnenden Seiten: Gerade wenn die Lage am schwärzesten aussah, geschah meist etwas Unerwartetes und stellte das Gleichgewicht wieder her. So war er nun fast schon wieder gespannt darauf, was das Schicksal als nächstes für ihn auf Lager hatte.

Bequem in seinem Sessel zurückgelehnt, spürte er nach dem ersten Schluck die Wärme in sich aufsteigen, während er darauf wartete, daß sein Gastgeber erneut das Wort ergriff. Die ausladende Geste von Monsieur Parfaits Gehstock hatte eine Großzügigkeit ausgedrückt, der er sich nur ungern widersetzen mochte, weil er den Hotelchef nicht beleidigen wollte.

Er sah sich im Zimmer um. Hoch oben an der Wand zu seiner Rechten hing eine gerahmte Photographie in Sepiatönen. Es war das Original zu kleineren Versionen in Postkartenformat, die in der Eingangshalle ausgestellt waren und dort ebenso auf Andenkenkäufer warteten wie die Gläser mit *confiture* nach Art des Hauses oder die signierten Exemplare der Speisekarte – heutzutage beinahe obligatorische Markenzeichen eines erfolgreichen Restaurants.

Das Photo zeigte eine kleine Gruppe, die vor einem weiß getünchten Steingebäude in Positur stand. Einer aus der Gruppe, der einzige erwachsene Mann im übrigen, trug eine Soldatenuniform, und der Kleidung der anderen nach zu urteilen, mußte das Bild während des Ersten Weltkriegs entstanden sein, in jenen Tagen, als »Les Cinq Parfaits« einfach nur »Mère Parfait« hieß. Über ihren Köpfen ließen sich gerade noch die Worte *CAFÉ RESTAURANT* entziffern, und auf der rechten Seite, neben einem ziemlich kleinen Fenster, trennte nur ein Perlenvorhang in der Eingangstür den Speisesaal von der Straße.

Das alte »Parfait« war noch etwas ganz anders gewesen, und in dem heutigen Gebäude, das man all die Jahre hindurch immer wieder erweitert, angebaut und verbessert hatte, nicht mehr wiederzuerkennen. Statt Perlenschnüren gab es nun Glastüren, die sich auf die geringste Bewegung hin automatisch öffneten und schlossen. Pommes Frites hatte bei der Ankunft ein Chaos ausgelöst, weil durch seinen Schwanz, der in Vorfreude auf die von seinem anderen Ende hoffnungsvoll erwarteten Genüsse heftig gewedelt hatte, ständig die unsichtbare Lichtschranke der Automatik betätigt worden war. Das Lächeln des Empfangspersonals war daraufhin bald eher frostig denn freundlich gewesen.

Monsieur Parfait las die Gedanken von Monsieur Pamplemousse. Er wies mit dem Stock auf die bräunliche Photographie; im Mittelpunkt stand eine ältere Dame mit verschränkten Armen. Sie besaß enorme Ähnlichkeit mit ihm: der gleiche dunkle, italienisch anmutende Teint, die gleiche Nase. Sie sah aus wie jemand, der sich von niemandem etwas gefallen ließ.

»Das ist *grand-mère*. Der mit der Uniform ist mein Vater. Zwei Monate später ist er gefallen – ich habe ihn kaum gekannt. Die Frau neben ihm ist meine Mutter. Und das hier«, – er deutete auf eine kleine Gestalt zwischen den beiden, – »das bin ich. Seit damals hat sich eine Menge verändert.« Er machte eine Geste in Richtung der Küche. »Nicht zuletzt da drin. Zu meiner Zeit war da alles voller Rauch und Dampf, Hitze und Lärm. Jetzt sieht es dort eher so aus wie in einer Klinik. Überall rostfreier Stahl, blankpolierte Fliesen und Dunstabzüge. Man braucht auch nicht mehr zu brüllen, wenn man will, daß die anderen einen hören.«

Wieder zeigte er auf die Flasche, die auf dem Tisch stand. »Damals war ich wie diese Birne: ich konnte die Außenwelt sehen, aber niemals dorthin entkommen. Die Umstände hielten mich gefangen.« Er sprach ohne jede Spur von Groll, trotzdem fragte sich Monsieur Pamplemousse, ob das diese Feststellung begleitende Achselzucken Reue ausdrückte.

Erneut wurden seine Gedanken erraten. »*Comme ci, comme ça*. Alles hat eben seine Vor- und Nachteile. Was da nun besser war? Schwer zu sagen. Zu jener Zeit war ein Küchenchef das Letzte vom Letzten. Natürlich gab es Ausnahmen – Carême, Brillat-Savarin, Escoffier –, aber das waren Genies, die man verehrte wie Angehörige von Königshäusern. Und viele ihrer unbedeutenderen Kollegen verdienten es wohl auch nicht, daß man sie besser behandelte.

Heutzutage sind Köche wie Filmstars. Die Leute bitten uns um Autogramme. Wir müssen ebenso sehr Diplomaten wie Geschäftsleute sein. Wir müssen etwas von Umsätzen und Verdienstspannen und Cash-Flow verstehen. Kochen ist nur eine der Künste, die wir beherrschen müssen.

Ich sage Ihnen, in jedem Chefkoch steckt heutzutage ein kleiner Buchhalter. Unser Umsatz hier zum Beispiel liegt leicht über zehn Millionen Franc pro Jahr... aber in diesem Jahr habe ich allein für Trüffeln schon fast eine Viertelmillion ausgegeben. Fünfzigtausend haben wir für Blumen abgezweigt, zweihunderttausend für die Wäscherei. Stellen Sie sich das mal vor! Wenn meine gute alte Großmutter wüßte, daß ich an einer signierten Speisekarte mehr verdiene als an einem von Jean-Claudes *soufflés*, würde sie sich im Grabe umdrehen. Und was den Hubschrauberlandeplatz angeht – den hätte sie bestimmt für ein Werk des Teufels gehalten.

Alors! Man muß eben mit der Zeit gehen. Als ich klein war, verbrachte ich jede freie Minute in der Küche. Eine bessere Ausbildung hätte ich mir gar nicht wünschen können. Mit vierzehn hatte ich alles schon einmal gemacht. Und dann bekam ich die Chance, bei Fernand Point in Vienne in die Lehre zu gehen. Er hat mich dazu inspiriert, die Kochkunst zu perfektionieren. Mit weniger war er nicht zufrieden: nichts war so vollkommen, daß es sich nicht noch verbessern ließ.

Dann heiratete ich. Meine Frau schenkte mir vier Söhne, und wir waren glücklich wie im Paradies. Dann, eines Tages... peng!... hatten wir einen Autounfall.« Er beugte sich vor und berührte sein Bein. »Ich hatte noch Glück. Mir ist nichts weiter passiert als das hier. Aber meine Frau war auf der Stelle tot. Nun mußte ich die Kinder großziehen. Ich war fest entschlossen, daß sie nicht nur genauso gut werden sollten wie ich, sondern noch besser. Als für sie die Zeit kam, in die Welt hinauszuziehen, sorgte ich dafür, daß auch sie ihre Lehre bei großen Meistern absolvierten.

Wir leben jetzt im Zeitalter des Spezialistentums. Wenn ich ein Haus kaufen will, gehe ich zu einem Anwalt. Wenn ich beim Verfassen eines Kochbuchs sichergehen will, daß ich nicht aus Versehen fremde Urheberrechte verletze, gehe ich zu einem anderen Anwalt. Also habe ich Alain, meinen ersten Sohn, zu Barrier geschickt, wo er die Demut lernte. Es gibt keine wahre Größe ohne eine Spur von Demut. Er ist jetzt unser *saucier.* Edouard ging zu Bocuse, der, wie ich, ein Schüler von Point ist. Edouard wurde der *rôtisseur.* Gilbert bekam von Chapel beigebracht, seine Phantasie spielen zu lassen... er ist heute unser *poissonnier*...«

»Und Jean-Claude?«

»Ach! Jean-Claude!« Monsieur Parfait hob den Blick himmelwärts. »Im Leben gibt es immer auch eine Ausnahme. Jean-Claude ging seinen eigenen Weg. Er war anders als seine Brüder. Von seiner Großmutter hatte er den Sturkopf geerbt, und von seiner Mutter das Talent. Auf seine Weise ist er ein Genie, obwohl es mir nicht im Traum einfiele, ihm das zu sagen – das wäre gar nicht gut für ihn. Auch seine Brüder sind alle außergewöhnlich begabt, aber es kostete sie viel Mühe und harte Arbeit, die Fähigkeiten zu erlangen, die sie jetzt besitzen. Bei ihm dagegen waren diese Fähigkeiten immer schon da. Er ist ein echtes ›Naturtalent‹ – ein wirklich kreativer Geist. Wir hätten sicher auch ohne ihn unsere drei Sterne im Michelin, unsere Hauben und Kasserollen... aber *mit* ihm... wer weiß? Seine Stärke liegt darin, daß er unseren Gästen immer gerade dann, wenn sie ans Ende ihrer Mahlzeit kommen und meinen, nun könne sie nichts mehr überraschen, etwas serviert, das alles Vorangegangene noch bei weitem übertrifft.

Eines Tages wird er das Geschäft übernehmen – wenn er etwas gesetzter ist; er hat zweifellos alles, was man dazu braucht.

In einem Restaurant wie Les Cinq Parfaits zu essen, sollte in vielerlei Hinsicht einem Konzertbesuch oder dem Lesen eines guten Romans ähneln. Der Anfang sollte die Aufmerksamkeit fesseln und den Wunsch zum Weitermachen wecken. Der Mittelteil muß so etwas wie innere Befriedigung verschaffen. Und danach braucht man einen Abschluß, der nicht nur das Gefühl vermittelt, daß es der Mühe wert war, sondern auch Lust aufs Wiederkommen macht.«

»So wie das *Soufflé Surprise*?«

»So wie das *Soufflé Surprise*. Es ist Jean-Claudes bislang größte *création*. Fragen Sie ihn, wie er es zubereitet, und er wird nur die Achseln zucken. Wenn Sie in ihn dringen und ihn fragen, welche geheimen Zutaten er dafür verwendet, dann wird er vermutlich lachen und das Thema wechseln. Zum Beispiel sagt er: ›Hören Sie, heute muß Mittwoch sein. Woher ich das weiß? Na, ich höre in der Ferne Kinder spielen. Die haben am Mittwochnachmittag immer frei.‹ Ebensogut hätte man Beethoven fragen können, wie er mit nichts als einem Klavier und einem leeren Blatt Papier vor sich die Neunte Symphonie komponieren konnte.« Albert Parfait tippte sich an den Kopf. »Die ›geheime Zutat‹ existiert nur hier oben.«

Monsieur Pamplemousse fühlte sich an ein anderes berühmtes Restaurant erinnert – an das »Pic« in Valence. Lange Zeit hatte er an der besonderen Geschmacksnote des Kir herumgerätselt, den man dort großzügig aus Krügen ausschenkte. Er war dann einigermaßen erstaunt gewesen, daß der Kunstgriff in nichts anderem bestand als einem Extraschuß Dubonnet. Vielleicht war Jean-Claudes

»geheime Zutat« etwas ebenso Einfaches. Er beschloß, den Stier bei den Hörnern zu packen.

»Das *soufflé* ist auch der Grund meines Kommens. Jean-Claudes *soufflé* – beziehungsweise dessen Fehlen – gibt in gewissen Kreisen Anlaß zur Besorgnis.«

Monsieur Parfait musterte ihn lange und grimmig. »Davon habe ich gehört. *Die* machen sich Sorgen um ihr *soufflé* – ich dagegen mache mir Sorgen um meinen Sohn.«

Monsieur Pamplemousse erwiderte den Blick schweigend. Albert Parfaits Verhalten strafte seine Worte Lügen. Er gab sich nicht wie ein Mann, der sich Sorgen machte. Seit Beginn ihres Gesprächs hatten sie sich über Gott und die Welt unterhalten. Zu sagen, man hätte das Thema des verschwundenen Jean-Claude behutsam umschifft, wäre eine Untertreibung gewesen. Es schien fast, als bemühte sich der andere, nicht darüber zu reden. Wäre die Idee nicht so abwegig gewesen, hätte man den Verdacht bekommen müssen, Monsieur Parfait wolle Zeit gewinnen. Aber Zeit wofür? Als *patron* von Les Cinq Parfaits hatte man gewiß genug Grund, Kopfschmerzen zu bekommen. Nach Parfaits eigener Schilderung war der Weg zur Spitze langwierig und mühsam gewesen; doch je höher man kletterte, desto tiefer der Fall, und so etwas konnte über Nacht geschehen. Da gab es durchaus Präzedenzfälle.

Das einzige Zeichen von Besorgnis hatte der Händedruck zu Beginn vermittelt. Er war kräftig, aber unerwartet feucht gewesen. Und die Feuchtigkeit hatte eine innere, keine äußere Ursache gehabt. Wie das übrige Gebäude war auch Albert Parfaits Büro auf eine Raumtemperatur von 20°C klimatisiert.

»Sie werden mir die Äußerung hoffentlich verzeihen, aber Sie scheinen nicht übermäßig beunruhigt über die Nachricht, daß Ihr Sohn verschwunden ist.«

»Manchmal, Monsieur Pamplemousse, kann der Schein wohl auch trügen. Wie Sie habe ich mein ganzes Leben lang die Kunst vervollkommnet, meine wahren Gefühle zu verbergen.«

Monsieur Pamplemousse nahm den darin versteckten Tadel mit Gleichmut entgegen. »Sie wissen natürlich, weswegen ich hier bin.«

Monsieur Parfait neigte ein wenig den Kopf. »Ich wurde heute abend davon in Kenntnis gesetzt. Wir haben großes Glück. Wirklich ein Wink des Schicksals.« Er entspannte sich wieder etwas. »Nun, da Sie vor mir sitzen, erkenne ich Sie selbstverständlich wieder. Ich habe Ihr Bild ja oft genug in den Zeitungen gesehen. Allerdings hatte ich geglaubt, Sie seien nicht mehr aktiv tätig...«

»Man bittet mich von Zeit zu Zeit noch immer um meine Mitwirkung.« Monsieur Pamplemousse erwiderte dies so rasch, daß sein Gegenüber gar keine Zeit hatte, sich über den Grund für die frühe Pensionierung näher auszulassen. Ihn überkam dabei jedesmal ein peinliches Gefühl. Das Wort *Variéte* schien in den Menschen immer gleich die schlechtesten Assoziationen zu wecken: Fügte man dann noch die inhaltsträchtigen Begriffe *Paris* und *Tänzerinnen* hinzu, waren sie meist nicht mehr zu halten. Das war etwa so, als wollte man dem Prüfer vom Finanzamt erklären, warum man für Recherchen zu einem Handbuch über Kälteforschung nach Südfrankreich habe fahren müssen. Hätte man ihn im Adamskostüm auf einem Himalayagipfel erwischt, so hätte das eine Woche lang in der *Bombay Times* Schlagzeilen gemacht und wäre danach allenthalben vergessen worden. Aber in der Tänzerinnengarderobe der *Folies-Bergère* – niemals.

»Zuerst dachten wir ja, Sie kämen von einem dieser Gourmet-Führer. Daß ein Mann allein in Les Cinq Parfaits speist, ist eine Seltenheit. Wenn wir dann sehen, wie er hier ein bißchen kostet... dort ein wenig probiert... sich einen Tisch aussucht, von dem aus er alles gut beobachten kann, was rings herum vorgeht... dann kommen wir schon auf solche Gedanken. Alain war der Meinung, Sie gehörten zu Michelin, aber dann haben wir gesehen, daß Sie Pirelli-Reifen fahren, somit schied diese Möglichkeit aus. Edouard tippte auf Gault-Millau – vor allem, als Sie sich vom *omble* nachgenommen haben. Mich selbst hat eigentlich vor allem Ihr Hund irritiert. Das paßt nicht ins Bild. Niemand von einem der Führer, so dachte ich mir, würde einen Hund mitbringen. Er ist wohl Ihr... Assistent?«

Monsieur Pamplemousse nickte. »Wir sind praktisch unzertrennlich. Zu einigen meiner denkwürdigsten Entscheidungen hat er ganz wesentlich beigetragen.« Kulinarisch gesehen stimmte das sogar; und er konnte sich nur schwer vorstellen, bei irgendeinem Fall ohne Pommes Frites auskommen zu müssen. Stillvergnügt überlegte er, was Albert Parfait wohl sagen würde, wenn er sich über die wahre Identität dieser beiden Gäste im klaren gewesen wäre. Es gäbe ihm bestimmt Anlaß zu gesteigerter Transpiration.

Es war ihm gar nicht bewußt gewesen, daß er derart im Zentrum der Aufmerksamkeit gestanden hatte. In Zukunft mußte er vorsichtiger sein. Vielleicht sollte er bei der nächsten vierteljährlichen Versammlung den Vorschlag unterbreiten, allen Inspektoren eine geeignete Begleiterin zuzuteilen. Man könnte vielleicht sogar eine feste Auswahl an »geeigneten Begleiterinnen« für jede Gelegenheit als eine Art Bereitschaftsdienst einstellen. Madame Grante würde bei dieser Vorstellung bestimmt feuerrot werden.

»Wenn Sie ihn doch hereinbringen müssen – falls es

wichtige Spuren zu verfolgen gibt –, so tun Sie dies bitte. Ich vertraue hier auf Ihre Diskretion. Wir möchten natürlich nicht, daß andere Gäste denken, wir würden Sie irgendwie bevorzugen.«

»Seien Sie sicher, Monsieur Parfait, daß weder Pommes Frites noch ich Ihr Vertrauen mißbrauchen werden. Was die Spurensuche angeht, so wird sich das noch zeigen, aber wir versuchen jedenfalls, uns nach Möglichkeit zurückzuhalten. Ich vermute, die hiesige Polizei ist noch nicht informiert worden?«

»Nein, Gott sei Dank. Wir möchten nicht, daß die mit ihren schweren Stiefeln durch unser Hotel poltern. Das wäre gar nicht gut fürs Ambiente. Die jetzige Lösung ist viel besser. Mit ein wenig Glück merkt niemand etwas.«

Monsieur Pamplemousse verkniff sich die Bemerkung, daß eine ziemlich große Portion Glück nötig war, damit es nicht bald *jeder* merkte. Denn es stünde dann garantiert in allen Gazetten.

»Wann haben Sie Ihren Sohn denn zum letztenmal gesehen?«

»Heute früh um acht Uhr. Als ich vom Markt in Thonon zurückkam. Er sagte mir, er wollte zu einem Lieferanten in die Berge fahren. Es gibt dort ein Kloster, wo sie *fruits du vieux garçon* für uns herstellen – das ›Obst des eingefleischten Junggesellen‹. Der Name hat Jean-Claude schon immer gut gefallen.«

»Ist er mit dem Auto gefahren? Und von einem Unfall hat man nichts gehört… vielleicht hat er eine Panne gehabt?«

»Ja, das ist eigenartig – es ist nämlich ein langer Weg, aber sein Wagen steht noch in der Garage. Er muß es sich anders überlegt haben.«

»Dann kann er nicht allzu weit gekommen sein. Außer

er ist mit dem Zug woandershin gefahren und hat sich verspätet. Wo ist hier der nächste Bahnhof?«

»In Evian. Aber ich habe dort schon nachgefragt. Es hat ihn niemand gesehen.«

»Hätte er denn einen Grund zum Verschwinden? Gibt es irgend etwas, das ihm Anlaß gäbe, von zu Hause fortzugehen, ohne jemandem davon zu erzählen?«

Wieder dieses kurze, fast unmerkliche Zögern. »Was für ein Grund könnte das wohl sein?«

Das beantwortete die Frage nicht, aber Monsieur Pamplemousse beschloß, es anders zu versuchen. »Er wohnt hier auf dem Gelände?«

»Alle meine Söhne wohnen hier. Alain, Edouard und Gilbert sind verheiratet und haben ihre eigenen Häuser auf dem Grundstück. Jean-Claude und ich haben jeder eine Wohnung im Hauptgebäude.«

»Und er hatte keinerlei Sorgen?«

»Nicht daß ich wüßte. Allerdings ist er nicht gerade jemand, der über Probleme redet. Das Leben ist für ihn zum Leben da. Er kann nicht genug davon bekommen.«

»Und so etwas wie heute ist noch nie vorgekommen?«

»Er hat seine Arbeit. Und er ist ein Profi. Er würde die anderen nur sehr ungern in Schwierigkeiten bringen.«

»Darf ich mich in seiner Wohnung umsehen?«

»Wenn Sie glauben, daß es von Nutzen ist.«

»Im derzeitigen Stadium kann alles von Nutzen sein.«

»Ich lasse Ihnen den Weg zeigen.« Monsieur Parfait packte seinen Stock mit festem Griff und warf einen Blick auf die Uhr auf dem Schreibtisch. »Wenn Sie bitte entschuldigen, daß ich Sie jetzt sich selbst überlassen muß. Aber mein Beruf erfordert neben allem anderen auch noch das Talent eines Schauspielers. Es gibt da eine Vorstellung, die ich jeden Abend geben muß, und zwar nicht nur einmal, sondern gleich mehrfach. Die Gäste erwarten von mir, daß ich meine Runde mache.«

»Wie ich höre, rechnen Sie gegen Ende der Woche mit dem Eintreffen eines eher problematischen Publikums«, bemerkte Monsieur Pamplemousse.

»Erinnern Sie mich nur nicht daran.« Albert Parfait verzog das Gesicht. »Es ist nicht gerade etwas, worauf ich mich freue. Die Vorhut ist schon eingetroffen. Sie können drüben im Wald ihre Wohnwagen stehen sehen. Am Freitag kommt dann der gesamte Hofstaat. Ich kann Ihnen nicht einmal ansatzweise beschreiben, was für Probleme uns das wieder bereiten wird. Aber wenn ich erwähne, daß wir im letzten Jahr einige Mitglieder seiner Leibwache dabei erwischt haben, wie sie versuchten, in einem der Bungalows ein ganzes Schaf zu grillen, dann bekommen Sie vielleicht eine leise Ahnung davon. Können Sie sich das vorstellen – da bucht jemand einen Aufenthalt in Les Cinq Parfaits und will sich dann seine Mahlzeiten selbst zubereiten!«

»Es ist tatsächlich kaum zu glauben.« Er überlegte, was für ein Symbol man sich bei *Le Guide* dafür ausdenken würde. Ein umgedrehtes Lamm am Spieß vielleicht – mit einem roten Schrägstrich quer darüber, um anzudeuten, daß so etwas hier *interdit* sei? Michelin wäre in seinem Element.

»Wäre es denn nicht möglich, daß Sie im nächsten Jahr einfach *complet* sind?«

Monsieur Parfait packte seinen Stock noch etwas fester und ließ einen kurzen Moment lang seine wahren Gefühle erkennen. »Das wäre durchaus möglich«, sagte er verbittert. »Es wäre sogar höchst verlockend. Aber wenn Sie Ihre Frage umformulierten und von mir wissen wollten: ›Wäre es klug?‹, dann lautet die Antwort mit ziemlicher Sicherheit nein. Es zöge einfach zu viele Komplikationen nach sich. *Entre nous*: es würde zu viele Leute vor den Kopf stoßen. Leute mit sehr gutem Gedächtnis. Es gibt nämlich, sagen wir es so, viele komplizierte Mechanismen.«

Monsieur Pamplemousse überdachte die Bemerkung, ehe er etwas erwiderte. Diese Feststellung hörte er nun schon zum zweiten Mal an diesem Abend.

»Und die müssen wohl immer gut geölt sein?«

»Es gibt eine ganze Menge Dinge im Leben, die mit guter Schmierung besser funktionieren«, gab Monsieur Parfait schlicht zur Antwort. »Und dann gibt es auch einige, die ohne Schmierung sofort knirschend zum Stillstand kämen. Öl hat viele verschiedene Verwendungsmöglichkeiten. Es hilft mit, daß sich die Welt weiter dreht, und es besänftigt die stürmische See. Und wir alle hier würden zweifellos ziemlich hohen Seegang bekommen, wenn ich auf den Gedanken käme, in dieser Angelegenheit bockig zu werden. Es gab einmal eine Zeit, da hätte ich es vielleicht trotzdem getan, aber ehrlich gesagt bin ich inzwischen so alt, daß mir das ganz egal ist. Außerdem muß ich an die Zukunft meiner Söhne denken.«

Er drückte eine Klingel. »So, jetzt muß ich an meine Arbeit gehen. Ich wünsche Ihnen – nein, ich wünsche uns allen – gutes Gelingen.«

Monsieur Pamplemousse leerte das Glas, steckte sein Notizbuch ein und erhob sich, um mit Parfait zur Tür zu gehen. »Ich werde mein Bestes tun. Mehr kann ich nicht versprechen.«

»Falls Sie irgend etwas brauchen – ganz egal, was es ist, dann lassen Sie es mich wissen.«

Der Händedruck, der diese Bemerkung begleitete, war ebenso fest wie beim Hereinkommen. Aber diesmal war er absolut trocken. Der kritische Moment, falls es einen gegeben hatte, war vorüber.

Es klopfte.

»*Entrez.*« In knappen Worten gab Monsieur Parfait seine Anweisungen an einen der beiden kohlschwarzen sudanesischen Pagen weiter, die normalerweise neu eintreffende Gäste auf ihre Zimmer geleiteten. Erst dann lockerte er seinen Griff um die Hand von Monsieur Pamplemousse. »*A bientôt.*«

»*A tout à l'heure.*«

Während Monsieur Pamplemousse hinter dem Pagen einen langen, mit weichen Teppichen ausgelegten Korridor entlangging, der zu beiden Seiten mit Vasen voll frisch geschnittener Blumen gesäumt und mit diskret unaufdringlichen Gemälden ausstaffiert war, spürte er ganz deutlich, wie sich ein Augenpaar geradezu in seinen Nakken bohrte. Unter dem Vorwand, sich die Nase putzen zu müssen, blieb er stehen und drehte sich halb um. Eben noch rechtzeitig sah er Albert Parfait in sein Bürozimmer zurückhuschen. Offensichtlich gab es für ihn noch andere Dinge zu regeln, ehe er seine Runde durch den Speisesaal in Angriff nehmen konnte.

War es nur Einbildung, oder war da etwas Verstohlenes an der Art gewesen, wie Parfait sich bewegt hatte? Etwas Verstohlenes – und noch etwas anderes, das sich vorerst nur schwer benennen ließ. Unruhe vielleicht? Schuldbewußtsein? Monsieur Pamplemousse archivierte die Episode im Hinterkopf, um später eventuell darauf zurückzukommen.

Als sie draußen auf einen kurzen Pfad kamen, der am Restaurant vorbei zu den Wohnräumen in einem Nebengebäude führte, spürte er wiederum, daß ein Augenpaar seinen Weg verfolgte. Er fragte sich, wer eigentlich den Alarm ausgelöst hatte, denn ein unbestimmtes Gefühl sagte ihm, daß jemand anders als der *patron* von Les Cinq

Parfaits dafür gesorgt hatte, die Nachricht von Jean-Claudes Verschwinden weiterzuleiten. Ja, es schien beinahe, als wäre es Albert Parfait weitaus lieber gewesen, wenn niemand davon erfahren hätte. Vielleicht gab es in dem hohen Seegang, von dem er zuvor gesprochen hatte, noch bisher ungeahnte Strudel und Strömungen; es galt also, höchste Vorsicht walten zu lassen, um nicht selbst hineingerissen zu werden.

In der Luft lag der schwere Duft von Herbstblumen; die Beete zu beiden Seiten des Pfades waren aufs sorgfältigste gepflegt. Er vernahm ganz in der Nähe das leise pulsierende Zischen eines Rasensprengers. Dann kam ein lautes Klatschen aus der Richtung des Schwimmbeckens. Jemand mußte beschlossen haben, nach dem Essen noch ein Bad zu nehmen. Monsieur Pamplemousse hoffte, daß der Schwimmer nicht ebensoviel gegessen hatte wie er selbst, denn sonst bestünde Gefahr, daß er nie wieder auftauchte. Als er um eine Ecke bog, hielt er ganz instinktiv nach Pommes Frites Ausschau.

Der Page, der darin geübt war, Wünsche zu erahnen, ehe sie überhaupt ausgesprochen waren, wies auf ein Waldstück hinter dem Hotel. »Vielleicht ist er dort drüben, Monsieur. Ich habe ihn vorhin in diese Richtung verschwinden sehen.«

Monsieur Pamplemousse knurrte. Wenn Pommes Frites »wäldern« gegangen war, konnte es lange dauern, bis er wiederkam. Wälder übten auf Pommes Frites eine fatale Faszination aus, wahrscheinlich weil er die meisten Stunden außerhalb seiner Dienstzeit am Montmartre zubrachte, wo es abgesehen von dem kleinen Weinberg in der Rue Saint-Vincent nicht allzu viel Wald gab.

»Der ist sehr lieb, ihr Hund.« Auf dem Gesicht des Pagen erschien plötzlich ein breites Grinsen, das von einem

Ohr zum anderen ging. Pommes Frites war sichtlich nicht untätig geblieben: er hatte einen neuen Freund gefunden. Er hatte ein großes Talent, am richtigen Ort die richtigen Freunde kennenzulernen. Bestimmt hatte er seine Anwesenheit auch dem Küchenpersonal kundgetan und einigen Kellnern dazu. Die nächsten Worte des Pagen bestätigten diesen Verdacht.

»Und einen ganz ordentlichen Appetit hat er auch. *Pouf! Sapristi*!«

»Ja, er verträgt einiges.«

»Er sollte aber aufpassen.« Der Page zeigte erneut in den Wald hinein. »Da drüben wohnen die *bicots*. Die mögen keine Hunde. Es sind *fouillemerdes*.« Es war deutlich, daß er sich selbst eine Million Lichtjahre entfernt von den Insassen der Wohnwagen sah, deren Dächer in einer kleinen Lücke zwischen den Bäumen gerade noch sichtbar waren.

Monsieur Pamplemousse betrachtete ihn mit Interesse. Das Wort »*fouillemerdes*« kannte er bisher nur in einer Bedeutung, nämlich als Name für die Leute, die bei den Bücherständen am Seine-Ufer in Paris das Angebot durchwühlten; aus diesem Grund waren die Bücher meistens in Plastik eingeschlagen. Als sie endlich an eine Tür kamen und der Page nach den Schlüsseln suchte, sah Monsieur Pamplemousse unentschlossen zum Wald hinüber. Pommes Frites war zwar durchaus in der Lage, auf sich selbst aufzupassen, dennoch nahm Pamplemousse sich vor, bei nächster Gelegenheit doch lieber nach ihm zu suchen.

»Kommen sie jedes Jahr hierher?«

»Jedes Jahr.« Der Page drehte den Schlüssel im Schloß. »Immer genau am Ende der Ferien.«

»Sind es immer die gleichen?«

»Sie sind sowieso alle gleich, Monsieur.«

»Wie lange bleiben sie?«

»Ein paar Tage. Mehr nicht. Lange genug.«

Die Antwort gab Monsieur Pamplemousse eine Zeitlang Stoff zum Nachdenken. Er schien mit seiner Frage auf gefährlichen Boden geraten zu sein. Lange genug wofür? fragte er sich. Das Lächeln auf dem Gesicht des Jungen war verschwunden, und er schien sich auf einmal unwohl in seiner Haut zu fühlen.

Monsieur Pamplemousse beschloß, einstweilen keine näheren Einzelheiten wissen zu wollen. Statt dessen folgte er aufs Geratewohl seiner Intuition. Als er die Tür aufdrückte, tastete er in seine Brieftasche und zog einen Geldschein heraus.

»Vielen Dank für deine Mühe. Ich wäre dir sehr verbunden, wenn du für mich ein wenig auf Pommes Frites aufpassen könntest. Sorg dafür, daß nichts passiert.«

Er hoffte, daß es nicht zuviel Geld gewesen war. Der Junge besaß die natürliche Würde der Sudanesen, und er wollte ihn auf keinen Fall beleidigen.

Doch er hätte sich nicht zu sorgen brauchen. Als Dank blitzte ihm eine Reihe weißer Zähne entgegen. »*Oui*, Monsieur. Es wird mir ein Vergnügen sein.«

Sobald die Tür mit einem Klicken zugefallen war, ging Monsieur Pamplemousse rasch und professionell an die Arbeit. Es war fast wie in alten Zeiten. Eigentlich hatte er keine Ahnung, wonach er suchte. Er verließ sich ganz einfach auf seinen Instinkt, und irgend etwas hatte schließlich zu geschehen. Irgendwo mußte er ja anfangen, und zunächst ging es darum, sich von dem Menschen, nach dem er suchte, ein Bild zu machen.

Vor sich hatte er drei Türen: eine in jeder Wand. Er probierte die linke. Sie führte in einen großen Schrank, in dem eine Reihe von Mänteln und Jacketts hingen. Er sah sich die Etiketten an; alles klingende Namen, wie zu erwarten – Yves St. Laurent, Pierre Cardin. Die Schuhe, die sauber aufgereiht darunter standen, waren von ebensolcher Eleganz; die meisten waren handgemachte Modelle des Londoner Schuhmachers Lobb. Albert Parfait hatte wohl recht – Chefköche genossen tatsächlich einen besonderen Status in der Gesellschaft. In einer Ecke lehnten Rennskier der Marke Rossignol-VAS; daneben hing ein Paar Schlittschuhe.

Das Badezimmer hinter der zweiten Tür war sauber und aufgeräumt. Ein Rasierapparat, ein Braun Micron de Luxe, lag neben dem Waschbecken bereit. Eine elektrische Zahnbürste, ebenfalls von Braun, war an den dunkelblauen Kacheln darüber angebracht. Alles hatte seinen Platz. Ein großer, in die Wand eingelassener Spiegelschrank enthielt ein Sortiment von Sprays und Lotionen.

Durch die dritte Tür gelangte man in ein großes Wohnzimmer, hinter dem dann das Schlafzimmer lag. Auf der einen Seite gab es ein breites Panoramafenster. Monsieur Pamplemousse zog behutsam die Vorhänge zu und schaltete erst dann das Licht ein. Eine Durchreiche gab den Blick in den Küchenbereich frei.

Das Wohnzimmer selbst wirkte schlicht, geradezu spartanisch. Es war der selten benutzte Raum eines Junggesellen, der die meiste Zeit entweder bei der Arbeit oder außer Haus mit anderen Dingen verbrachte.

Er überlegte, wie Holmes vorgegangen wäre. Der hätte sich vermutlich aus ein paar hastig zerdrückten Zigarettenstummeln in einem Aschenbecher und der Abnützung des Teppichs längst ein vollständiges Bild zusammengereimt, mit dem er Watson verblüffte und gleichzeitig das Rätsel löste. Nur gab es hier keine Aschenbecher, und der beigefarbene Teppich sah so neu aus, als wäre er eben erst verlegt worden.

In der Küche war ebenfalls Fehlanzeige. Hier herrschte die gleiche Sauberkeit wie im Bad. Die technische Ausrüstung war beachtlich: eine ganze Batterie von Apparaten wartete gebrauchsfertig auf ihren Einsatz. Jean-Claude mußte der Traum jedes Vertreters für Küchenzubehör sein. Die zerlegten Teile eines Moulinex-Entsafters trockneten neben dem Ausguß und zeigten orangefarbene Flekken von Karottensaft. Er fragte sich, ob der Eigentümer ebenso unter Verdauungsstörungen litt wie er, oder ob er ganz einfach Karotten mochte. Wahrscheinlich traf letzteres zu. Im Kühlschrank stapelten sich massenhaft Flaschen mit Evian-Mineralwasser. Wer hier wohnte, der konnte wohl kaum etwas anderes trinken.

Er ging zurück ins Wohnzimmer. Was auffiel, war das Fehlen von Büchern, abgesehen von einer Reihe Fachliteratur auf einem Regalbrett über dem Schreibtisch, die größtenteils mit Kochen oder Wintersport zu tun hatte. Der Fernseher war von Sony, das Videogerät das neueste VHS-Modell. Ein Beosystem 3000 von Bang & Olufsen war an der Wand aufgehängt, darunter stand ein Gestell mit LPs. Zu seiner Überraschung waren es fast alles Jazzaufnahmen mit Big-Bands: Count Basie, Duke Ellington, Buddy Rich, dazu hie und da ein paar ältere Gruppen – Lionel Hampton, Mugsie Spanier, Benny Goodman.

Jean-Claude wurde ihm gleich viel sympathischer. Wenigstens hatten sie etwas gemeinsam. Vielleicht konnten sie sich eines Tages zusammensetzen und ein bißchen fachsimpeln. Doucette schätzte seinen Musikgeschmack gar nicht und beschwerte sich immer, daß er zu laut aufdrehte. Er beneidete Jean-Claude um dessen Freiheit, Musik so laut zu hören, wie er wollte. Big-Bands brauchten eben auch einen Big-Band-Sound.

Auf dem Plattenspieler lag eine Aufnahme mit Ben Webster und Art Tatum. In dieser Besetzung hatte er das Stück noch nie gehört. Die Fernbedienung lag auf einem Tisch beim Fenster. Da er der Versuchung einfach nicht widerstehen konnte, drückte er den Knopf. Die ersten Takte von »All the Things You Are« versetzten ihn augenblicklich in den siebenten Himmel.

Dann durchsuchte er das Schlafzimmer, wo er die Matratze kurz anhob und in alle Schubladen des Schrankes hineinsah. Er fand nichts Bemerkenswertes; es war eine Hi-Tech-Mönchszelle. Auf einem Tisch neben dem Doppelbett standen eine mattschwarze italienische Stilnoro-Lampe und ein Nordmende-Radiowecker. Als Weckzeit war sechs Uhr eingestellt. Außerdem gab es ein drahtloses Telephon – ein Modell mit Wähltasten im Hörer –, dann einen kleinen Stapel Zeitschriften, von denen die meisten mit Essen und Trinken zu tun hatten. Sie sahen ungelesen aus. Schließlich lag dort noch ein Katalog von »Sport-Schuster« in München mit den letzten Neuheiten der Skiausrüstung und Wintersportmode. Einige Artikel waren angekreuzt. Jean-Claude hatte offenbar Pläne für die kommende Wintersaison gemacht. Er machte wirklich nicht den Eindruck, als hätte er allzu viele Probleme.

Monsieur Pamplemousse kehrte ins Wohnzimmer zurück und schaltete die Quarz-Halogen-Leuchte auf dem Schreibtisch ein. Die Niedervolt-Glühbirne dieser größeren Version der Nachttischlampe warf einen grellweißen Lichtkegel. Er schob die Schreibunterlage direkt unter die Leuchte. Offensichtlich kritzelte Jean-Claude beim Telephonieren darauf herum. Auf dem ganzen Blatt fanden sich geometrische Formen in Schwarz, von einfachen Drei-

und Vierecken bis zu verschlungenen, komplexen Mustern – vermutlich je nach der Länge des Gesprächs. Zwischen den Mustern standen Telephonnummern. Er sah sich die Ziffern auf dem Hörer an und stellte fest, daß es sich meist um Jean-Claudes eigene Nummer handelte, aber hie und da fanden sich auch andere. Er zog sein Notizbuch heraus und schrieb sie zur späteren Überprüfung auf.

Dann drehte er die Schreibunterlage um. Ein Kollege – ein Detektiv in den Diensten der großen amerikanischen Agentur Burns – hatte ihm einmal verraten, er würde, wenn er das Büro einer wichtigen Person durchsuchte, immer als erstes auf der Rückseite der Schreibunterlage nachsehen. In dieser so sicherheitsbewußten Zeit, in der man sich ständig neue Codenummern merken müsse, würden sich die meisten Menschen damit behelfen, daß sie die Ziffern und Kennwörter auf der Rückseite ihrer Schreibunterlage notierten. Der Kollege wollte auf diese Weise ein ganzes Dossier mit nützlichen Codenummern zusammengestellt haben.

Auf der Rückseite von Jean-Claudes Schreibunterlage stand gar nichts.

Auch in den Schubladen rechts von der Schreibfläche fand sich nichts Besonderes. Die Überprüfung des großen Fachs zur Linken mit einem Hängeordner dauerte etwas länger, ergab aber ebenso wenig Interessantes.

Er blätterte die Bücher auf dem Regal über dem Schreibtisch durch. In ihnen war nichts versteckt.

Als er die Suche schon aufgeben wollte, stützte er sich auf die Schreibunterlage, strich geistesabwesend mit den Fingern über das rauhe Papier und überlegte, was als nächstes zu tun sei. Es fühlte sich etwas dicker an als erwartet. Ungefähr in der Mitte zeichneten sich deutlich Kanten ab. Er hob das oberste Blatt hoch. Darunter lag das schwarzweiße Hochglanzphoto einer jungen blonden Frau. Es war offensichtlich das Werk eines Profistudios: die Konturen waren kräftig ausgeleuchtet, so daß alle weichen Töne des Motivs wie ausgeglüht wirkten. Sie sah dadurch älter aus, als sie war, aber vielleicht hatte sie genau das beabsichtigt. Sie kam ihm irgendwie bekannt vor, und er fragte sich, ob er sie schon einmal im Fernsehen gesehen haben könnte. Die Aufnahme war nicht signiert, aber die Rückseite trug den Stempel eines Photoateliers in Genf.

Unter dem Bild lag ein flacher brauner Umschlag. Er war nicht zugeklebt, und als er ihn hochhob und den Inhalt auf dem Schreibtisch leerte, fielen zu seiner Überraschung mehrere einzelne Wörter in Druckbuchstaben verschiedener Größe und Schriften heraus. Jedes davon war extra auf ein Stück dunkles Papier geklebt. Er legte sie ohne besondere Reihenfolge nebeneinander. Der Papierqualität nach zu urteilen, waren die Wörter aus einer Zeitung oder etwas ähnlichem ausgeschnitten. Seltsamerweise sah Monsieur Pamplemousse mindestens zwei offensichtliche Druckfehler – wenn seine Kenntnisse des Englischen, die ohnehin recht lückenhaft waren, nicht noch mehr zu wünschen übrig ließen, als er gedacht hatte.

Er starrte die einzelnen Wörter eine Zeitlang an, vertauschte sie ein wenig miteinander und versuchte, ihnen einen Sinn zu entnehmen. Dann stand er auf und steckte sie zusammen mit dem Photo wieder in den Umschlag. Dieses Rätsel ließ sich wohl besser in seinem eigenen Zimmer lösen.

Wenige Sekunden später zog er die Tür der Wohnung geräuschlos hinter sich zu. Während er gearbeitet hatte, waren die Wolken von den fernen Bergen ins Tal gesunken, und es war dunkel geworden. Das Schwimmbecken lag wieder still da. Verborgene farbige Strahler ließen einzelne Sträucher und Blütenpflanzen wie tropische Inseln aus der Finsternis hervortreten. Vom Parkplatz drangen Stimmen und das Geräusch aufheulender Motoren herüber. Türen fielen zu. Er sah durch die Fenster des Speisesaals und überlegte, ob er sich mit Albert Parfait unterhalten sollte, doch der *patron* war nirgends zu sehen. Er beschloß, ihn nicht extra zu suchen. Einstweilen hatte die Sache ja Zeit.

Er zögerte kurz: sollte er zuerst seinen Fund aufs Zimmer bringen oder sich gleich auf die Suche nach Pommes Frites machen? In Anbetracht seiner letzten Erfahrung mit der geräuschlosen Hundepfeife beschloß er, sie nicht wieder einzusetzen. Die Hölle könnte erneut losbrechen.

Der Wald hinter dem Hotel war noch dunkler, als er erwartet hatte, und er wünschte schon bald, er hätte die Taschenlampe aus dem Wagen geholt. Der gepflasterte Weg endete abrupt und wurde zum Kiespfad, und dann ging er auf einmal auf einem ganz weichen Teppich von Kiefernnadeln. Die Dunkelheit nahm ihn fast augenblicklich in sich auf, umhüllte ihn wie ein Leichentuch. Durch die Lükken zwischen den Bäumen konnte er hie und da kleine Lichtpunkte von den Wohnwagen ausmachen, außerdem lag ein undefinierbarer aromatischer Küchenduft in der Luft.

Er blieb einen Moment lang stehen, um sich zu orientieren und seine Augen an die Finsternis zu gewöhnen. Da bemerkte er, wie sich ein Stück weiter vorn und leicht links von ihm etwas bewegte: in Augenhöhe blitzte etwas Weißes auf und verschwand dann wieder in der Schwärze der Nacht.

Er rief den Unbekannten an, aber es antwortete niemand. Also nahm er seine Utensilien in die linke Hand und machte sich langsam und behutsam auf den Weg; die Rechte hielt er weit vor sich ausgestreckt und ließ sie im Vorwärtsgehen leicht kreisen. Er fühlte sein Herz schneller schlagen, und trotz der kühlen Nacht traten ihm unvermittelt Schweißperlen auf die Stirn.

Plötzlich spürte er ganz deutlich, daß jemand direkt vor ihm stand, und gleichzeitig hörte er ein ersticktes Keuchen, in das sich schwere Atemzüge und seltsame, leise schlürfende Geräusche mischten. Als er sich langsam weiter vorwärts bewegte, spürte er auch eine Wärme, die Wärme eines anderen Menschen, in die sich ein süßlicher, beinahe überwältigend starker Geruch mischte.

Er streckte die Hand aus und zuckte zusammen, als er etwas Großes, Rundes, Festes berührte. Er tastete nach rechts und stieß fast augenblicklich auf eine zweite Wölbung von gleicher Form, offenkundig das zweite Stück eines Paars: ebenso fest und dabei doch warm und weich anzufassen und mit ganz leichtem Flaum bedeckt. Diese beiden Wölbungen drehten sich auf seine Berührung hin ein wenig, als wendeten sie sich ihm zu, oder als stießen sie ihn weg und kämen ihm gleichzeitig entgegen. Berge von sich hebendem und senkendem Fleisch, die ganz weich und feucht waren und in einer festen, harten Spitze gipfelten – so etwas hatte er noch nie zuvor gespürt. Der ganze Effekt war so erdverbunden, so urtümlich, so eindeutig sinnlich, daß er wie angewurzelt dastand und seinen Wahrnehmungen gar nicht trauen mochte.

Es konnte nicht länger als ein oder zwei Sekunden gedauert haben. Im nächsten Moment schon griff er in die leere Luft vor sich, denn die Person vor ihm hatte einen zweiten erstickten Schrei ausgestoßen, sich an ihm vorbeigeschoben und war verschwunden.

Leicht schwankend und immer noch etwas schockiert

von diesem Zusammentreffen drehte sich Monsieur Pamplemousse herum und rief ihr nach. Aber es war schon zu spät.

Er begann, dem Schatten hinterherzujagen, aber schon nach wenigen Metern traf sein Fuß auf etwas Großes, Starres, das quer über dem Weg lag. Er blieb hängen, stolperte noch ein Stück weiter, und fiel dann, während er noch das Gleichgewicht zurückzugewinnen suchte, der Länge nach hin.

Heftig nach Atem ringend, öffnete Monsieur Pamplemousse langsam ein Auge und musterte das Objekt, über das er gestolpert war und das nun neben ihm lag. Selbst in halb benommenem Zustand kam ihm daran irgend etwas recht vertraut vor. Indem er auch das zweite Auge aufmachte, sah er genauer hin. Zur näheren Identifizierung brauchte er jetzt keine Lampe mehr. Er wußte sofort, was er da vor sich hatte.

Auf einem Stapel alter Zeitungen lag dort, stocksteif, reglos und ganz kalt anzufassen, die dahingestreckte Gestalt von Pommes Frites.

GRUND ZUM FEIERN

Einen kurzen Augenblick lang war alles still. Monsieur Pamplemousse blieb liegen, wo er gestürzt war, schnappte nach Luft und erwog dabei das Für und Wider der Möglichkeit, Pommes Frites mit Hilfe von Mund-zu-Mund-Beatmung ins Leben zurückzuholen. Schließlich beschloß er, es zu wagen, und beugte sich ein Stück vor. Eine verzweifelte Lage verlangte nach verzweifelten Maßnahmen.

Monsieur Pamplemousse hegte zu Pommes Frites eine unermeßlich große Liebe. Tief in seinem Innern wußte er, daß ihm sein Partner in der umgekehrten Situation ohne das geringste Zaudern zu Hilfe gekommen wäre. Dennoch war die Aussicht auf diese Wiederbelebungsmaßnahme nicht gerade begeisternd. Pommes Frites besaß ein großzügiges Wesen, und die Natur hatte ihn dafür mit einem entsprechend breiten Maul ausgestattet. Selbst die berühmten Westmores in Hollywood hätten vermutlich das Handtuch geworfen, wären sie beauftragt worden, ihn für die Rolle des schmallippigen Geizhalses Scrooge zu schminken: Max Factor hätte Überstunden machen müssen.

Dazu kam noch etwas ganz anderes: als Monsieur Pamplemousse endlich seinen Mut zusammenraffte und Pommes Frites' Maul an die Lippen hob, um die Sache anzugehen, entdeckte er, daß es nicht nur sehr groß und sehr feucht war, sondern auch ein höchst eigenartiges Aroma verströmte: ein Konglomerat aus Gerüchen und Geschmäckern, manche relativ frisch, andere ganz offensichtlich tief eingefleischt. Der Gesamteindruck war, um es vornehm auszudrücken, nicht eben einladend, und in der Absicht, Notwendiges mit der gebotenen Geschwindigkeit zu erledigen, ebenso wie aus dem Wunsch heraus, es so rasch wie möglich hinter sich zu bringen, blies er etwas kräftiger, als er eigentlich geplant hatte.

Das Ergebnis war elektrisierend. Pommes Frites sprang auf die Beine und stieß ein langgezogenes, schauerliches Geheul aus. Jedenfalls öffnete er, um es pedantisch und inklusive Interpretation auszudrücken, das Maul und entließ ein Geräusch, das jedes Mitglied der Familie der Caniden alsbald als das erkannt hätte, was es war: weniger ein Heulen als vielmehr ein Wehlaut aus Überraschung, Schmerz und Empörung, die sich zu einem durchdringenden Ton bündelten. Dieser Ton trug eine derartige Intensität der Gefühle in sich, daß bei seinem Erklingen etwas weiter oben in den Alpen, in der Gegend des Mont Blanc zum Beispiel oder bei Chamonix, jeder Bernhardiner, der dort zufällig gerade Nachtdienst hätte, augenblicklich dazu veranlaßt worden wäre, alles fallen zu lassen und schnurstracks mit einem Fäßchen Branntwein um den Hals zu Hilfe zu eilen.

Zum Glück aber war Monsieur Pamplemousse selbst zugegen und hörte den Laut, obgleich er im ersten Moment glaubte, er habe soeben dem vorzeitigen Hinscheiden seines engsten und besten Freundes beigewohnt – oder sei mit seiner Erste-Hilfe-Leistung gar dessen Ursache gewesen. Es war eine nicht eben erbauliche Vorstellung.

Den Bruchteil einer Sekunde lang starrten Hund und Herr einander an, wobei jedem jeweils diese und jene Gedanken durch den Kopf gingen. Dann entspannte sich Pommes Frites. Daß er mit dem Schweif wedelte, wäre wohl um einiges übertrieben. Immerhin unternahm er einen etwas verunglückten Versuch. Sein Hirn sandte zwar eine halbherzige Botschaft in die entsprechende Richtung aus, doch erreichte diese niemals ihr Ziel. Um es nicht allzu pointiert auszudrücken: Pommes Frites fühlte sich eindeutig etwas unpäßlich.

Es war ein einfacher Fall von Ursache und Wirkung. Zum Aufspüren der Ursache hätte es keines Sherlock Holmes bedurft, und die Wirkung war klar und deutlich zu sehen – das heißt, sie wäre zu sehen gewesen, hätten nicht die tiefhängenden Wolken den Mond verdeckt.

Im Prinzip hatte es mit den Usancen in Les Cinq Parfaits zu tun. Les Cinq Parfaits bedeutete für viele Menschen viele verschiedene Dinge; eines aber war Les Cinq Parfaits ganz bestimmt nicht, und zwar die Sorte Restaurant, wo die Gäste üblicherweise am Ende jedes Gangs den Teller mit einem großen Stück *baguette* auswischten. Wohl wurde zu Beginn jeder Mahlzeit selbstgebackenes Brot, immer frisch und von ganz ausgezeichneter Qualität, auf den Tisch gestellt, doch blieb es bedauerlicherweise meistens ganz und gar unangetastet.

Saucen wurden hier für gewöhnlich nicht aufgestippt. Sie wurden entweder unter Zuhilfenahme des dafür vorgesehenen Bestecks verzehrt, oder man ließ sie auf dem Teller zurück, zusammen mit großen Mengen der Speisen, zu deren Komplettierung sie ersonnen waren. Der Grund hierfür lag nicht etwa darin, daß die *clientèle* höflicher oder manierlicher als jene minderer Etablissements gewesen wäre; es war ganz einfach so, daß die große Mehrheit beim Speisen nicht mehr zum Scheunendrescher taugte. Das Alter hatte seinen Tribut gefordert, und ein durch ständige Überlastung beeinträchtigter Verdauungstrakt machte es ihnen unmöglich, jene Genüsse, die sie sich nun ohne weiteres leisten konnten, auch bis ins Letzte auszukosten. Und was die sie begleitenden Gattinnen, Freundinnen oder Mätressen anging, so wurden diese durch die Eitelkeit und die Notwendigkeit eines stets wachsamen Blicks auf ihre Taille eingeschränkt.

Unter dem Strich hieß das, daß Tag für Tag gewaltige Mengen einwandfreier Nahrung, die anzubauen, zu ernten, zu transportieren und dann für die Tafel zuzubereiten nicht wenig Zeit, Energie und Arbeit gekostet hatte, wieder in die Küche zurückwanderten, ohne daß Messer und Gabel sie überhaupt angerührt hatten. Und wenn diese Speisen dort eintrafen, so trat die von Monsieur Albert Parfait aufgestellte Maxime in Kraft: sie hatten ohne Verzug und ohne nachzudenken in einer Reihe von bereitstehenden Abfalleimern zu landen, die am nächsten Tag zu einer Schweinezucht in der Nachbarschaft gebracht wurden, wo man keine vergleichbar zurückhaltenden Ernährungsgewohnheiten kannte.

Und auf einen dieser vor Leckereien überquellenden Eimer nun war Pommes Frites am früheren Abend während des Umherstreifens gestoßen, als seine Geschmacksnerven beim Beobachten der Aktivitäten seines Herrn auf der anderen Seite des Speisesaalfensters ihre Tätigkeit aufgenommen hatten, sein Stolz ernsthaft verletzt und sein Magen hohl wie eine Trommel gewesen war. Das Gefäß hatte sich als wahrer Schlaraffen-Abfalleimer erwiesen.

Pommes Frites hatte keine Zeit verloren, sondern war sofort ernsthaft an die Arbeit gegangen. Feinheiten der Menüplanung hatte er dabei ohne Umstände über Bord geworfen, die Umgebung des Essenplatzes gar nicht weiter wahrgenommen. Unbeachtet blieben zum Beispiel Richtlinien wie jene, daß man zwar Fleisch auf Fisch, jedoch niemals Fisch auf Fleisch folgen lassen durfte. Sperenzchen zwischen den Gängen gab es nicht. Die je nach Land unterschiedlichen Dessert-Theorien hinsichtlich des Vorrangs von Käse über Süßspeisen wurden insofern salomonisch gelöst, als einfach beides zugleich vertilgt wurde. Kaffee kam *ad libitum* dazu.

In alphabetischer, aber ansonsten keineswegs zwingender Ordnung verzehrte Pommes Frites in einem beachtlich kurzen Zeitraum: *andouillette*; *bœuf*, auf verschiedene Weise zubereitet; *boudins*, und zwar als Blut- und als Weißwurst; *caviar* (weißen, aus dem Rogen des Albinostörs); *coq au vin* und *coquilles St. Jacques*, gefolgt von *crêpes Suzette*. *D'agneau sur le grill* wurde sehr rasch zu *d'agneau dans le Pommes Frites*; ein ähnliches Schicksal nahmen: *écrevisse*; *estouffade* (auf landesübliche Weise zubereitet, mit Rotwein, Speck und Pilzen); *foie gras*; *fraises*; *fromages*, deren verschiedene Sorten gar nicht im einzelnen aufgezählt werden können; *glace* in gewaltigen Mengen; *gratinées*; Hummer – sowohl lauwarm wie kalt; Hühnchen; *île flottante*; *jambon*; Knackwurst (bestellt von einem Gast aus dem Elsaß, der seinen bevorstehenden Geburtstag nicht eben vernünftig, dafür aber um so deftiger feiern wollte); *lapereau*; *loup en croûte*; *mousse au chocolat*; *noisette de chevreuil*, serviert mit *morilles*; *œufs* von Geflügeln aller Art; *omble*; *pâté*; *pâtisseries*; Plastikstückchen; *pigeonneau*; *pommes*; *quenelles Nantua*; *queues d'écrevisse*; *ris de veau*; *rouget*; *salade*, der einst grün gewesen war, nun aber ein eher bräunliches Grau angenommen hatte; *sorbet* in einem *panaché*, das alle bisher dagewesenen *panachés* übertraf; *truffes*, *truite*; *ursuline*, *vacherin*; Waffelpastete (ebenfalls von dem elsässischen Gast bestellt, der allerdings das meiste davon hatte zurückgehen lassen, wohl weil er befürchtete, andernfalls seinen nächsten Geburtstag nicht mehr zu erleben); *soupe Xavier*; *yaourt*; *zébrine* und Zeitungen.

Nun litt er unter den Nachwirkungen dieses gargantuesken Mahls – eines Mahls, das wohl selbst den großen Escoffier, der es gewohnt gewesen war, gewaltige Bankette für die Könige und Königinnen und Fürsten dieser Welt zuzubereiten, dazu veranlaßt hätte, sich im Grabe umzudrehen und nach seinen Magenpastillen zu greifen.

Kein Tierarzt, der etwas auf sich hielt, hätte nach einer detaillierten Auflistung von Pommes Frites' Mageninhalt allzu viel auf die Chance verwettet, daß dieser die Nacht überleben würde, geschweige denn auf seine Aussichten zu baldiger Genesung – ein fachliches Urteil, dem der Patient gewiß von ganzem Herzen zugestimmt hätte.

Pommes Frites konnte sich nicht erinnern, je dermaßen gesättigt gewesen zu sein, und auch nicht dermaßen unpäßlich. Und in diesem Moment versetzte ihm Monsieur Pamplemousse, den der Ausdruck von haltlosem Gram in der Miene seines Freundes besorgte, unwissentlich den allerschwersten Schlag. Er zog nämlich aus der Tasche seines Jacketts etwas hervor, das unter normalen Umständen alle Nöte gelindert hätte, und hielt Pommes Frites den Gegenstand unter die Nase.

Die Wirkung trat ebenso rasch und verheerend ein wie bei dem Wiederbelebungsversuch vorhin.

Pommes Frites starrte den knochenförmigen Keks an, als traue er seinen Augen nicht. Nachdem er den Kopf gehoben und ein Geheul ausgestoßen hatte, das womöglich noch trostloser klang als beim erstenmal, beschrieb er schwankend einen kaum vollendeten Halbkreis, blickte mit stumm verzweifelter Miene zu seinem Herrn auf und brach dann wieder zu einem formlosen Häuflein auf den Zeitungen zusammen.

Ohne den Grund für dieses seltsame Benehmen zu kennen, trat Monsieur Pamplemousse sofort in Aktion. Natürlich konnte er Pommes Frites nicht so liegenlassen. Ebenso klar war auch, daß sein Gefährte nicht in der Lage war, sich selbst von der Stelle zu bewegen, auch wenn er es gewollt hätte.

Verzweifelt, aber vergeblich sah er sich nach Hilfe um. Der Zimmerservice in Les Cinq Parfaits war tadellos. Die Bedienung am Pool ließ nichts zu wünschen übrig. Bestellte man einen Kir royal, so stand er eiskalt vor einem auf dem Tisch, dazu ein Schälchen mit Nüssen und anderen Leckereien, ehe man noch die Zeit hatte, darum zu bitten, daß der Sonnenschirm ein Stück verschoben wurde. Es wäre allerdings ein wenig vermessen gewesen, so befürchtete er, auch im Wald Bedienung zu erwarten, insbesondere die diskrete Beförderung eines großen Bluthundes an einen bequemeren Ort. Abgesehen davon gab es zum Anfordern einer solchen Hilfe auch keinerlei Klingelknöpfe, die etwa an den umstehenden Bäumen angebracht gewesen wären.

In diesem Augenblick jedoch fiel ihm die Schubkarre ein. Er hatte sie gleich nach seinem Besuch in Jean-Claudes Wohnung bemerkt. Groß, mit weicher Gummibereifung, hatte sie neben einem Heuballen an der Mauer gelehnt: sie wäre geradezu ideal.

Sie zu holen nahm nur wenige Minuten in Anspruch; Pommes Frites hineinzubugsieren brauchte wesentlich länger. Pommes Frites war nicht eben in seiner kooperativsten Verfassung, ja er legte ein eher gegenteiliges Verhalten an den Tag. Einem unwissenden Zuschauer hätte man durchaus verzeihen können, wenn er zu dem voreiligen Schluß gekommen wäre, daß Pommes Frites die ganze Prozedur rundheraus mißbilligte. Nicht daß er irgendeinen Versuch zu aktivem Widerstand unternahm; es war einfach so, daß er nichts tat, um die Sache zu vereinfachen. Selbst die ungeheuren Essensmengen, die er vertilgt hatte, waren keine Erklärung dafür, daß er auf einmal das doppelte seines Normalgewichts zu haben schien, und das waren allein schon dreiundzwanzig Kilogramm. Glieder, die ihn sonst auf seinen täglichen Rundgängen problemlos trugen, fühlten sich auf einmal schwach und unnütz an und konnten sein Gewicht nicht stützen. Sein Kopf, den er für gewöhnlich hoch erhoben trug und der einen gewissen Adel spüren ließ, schwankte schlaff nach links und rechts, die Augen rollten in ihren Höhlen, und die Zunge hing ihm heraus, als litte er an einer gräßlichen, unheilbaren Geisteskrankheit.

Dreimal hatte Monsieur Pamplemousse es schon beinahe geschafft, doch wenn er versuchte, die Schubkarre aufzurichten, kippte Pommes Frites jedesmal im entscheidenden Moment wieder um und landete mit in die Luft gestreckten Pfoten dumpf auf dem Boden.

Beim vierten Male gelang es schließlich, und Monsieur Pamplemousse, der sich nur allzu bewußt war, daß er der Kleiderordnung nach keineswegs mehr die allerbeste Figur abgab, konnte sich endlich auf den Rückweg zu seinem Zimmer machen. Als er um eine Ecke bog, hinter der die Zielgerade lag, hörte er Stimmen und hielt inne. Er kehrte um und versuchte es auf einer anderen Route, die ihn am Speisesaal vorbeiführte. Er ging nun schlurfend und krebsartig, was es ihm ermöglichte, den Fenstern den Rücken zuzukehren, ja er vergaß allen Stolz und berührte seine Hutkrempe zu einem angemessen servilen Gruß für den Fall, daß seine Aktivitäten auf der anderen Seite der Fensterscheiben Interesse erregten, eilte jedoch so rasch an ihnen vorbei, wie es seine Last eben gestattete.

Als er die Tür zu seinem Zimmer erreicht hatte, entdeckte er einen weiteren Nachteil von Les Cinq Parfaits. Unter der beeindruckenden Liste von Symbolen, mit der in *Le Guide* die diversen Komforteinrichtungen der Hotels bezeichnet wurden, vom Telephon am Schwimmbeckenrand bis zu Vibratormatratzen mit Münzeinwurf (auf Anfrage), fand sich auch ein Zeichen, das »leichten Zugang« für Gäste bedeutete, die das Unglück hatten, an den Rollstuhl gefesselt zu sein. Nachdem Monsieur Pamplemousse jedoch mehrere Minuten lang partout nicht in sein Zimmer gelangen konnte, kam er allerdings zu dem Ergebnis, eventuell geplante Werbemaßnahmen um die Gunst vierbeiniger Gäste, die per Schubkarre anzureisen pflegten, müßten vorerst noch in der Schublade für unerledigte Vorhaben bleiben. Dafür wären nämlich bauliche Veränderungen größeren Umfangs nötig: Türrahmen müßten verbreitert und abrupt abknickende Korridore begradigt werden.

Als seine Mission erfüllt und Pommes Frites endlich sicher in der Mitte des Zimmers geparkt war, brach Monsieur Pamplemousse auf dem Bett zusammen und blieb dort mehrere Minuten lang reglos liegen, während derer er den Luftschacht der Klimaanlage über seinem Kopf musterte. Schließlich aber rief die Pflicht, und er griff nach dem örtlichen Telephonbuch.

Drei *vétérinaires* waren darin verzeichnet. Beim ersten hob niemand ab, bei dem zweiten verkündete ein Tonband, die Praxis sei urlaubshalber geschlossen. Der dritte Anruf schließlich förderte nach längerem Warten die Antwort einer schläfrigen Stimme zutage, die so klang, als wäre ihr Inhaber nicht eben erfreut darüber, geweckt zu werden.

Monsieur Pamplemousse sah auf die Uhr. Er hatte jedes Zeitgefühl verloren. Es war inzwischen kurz nach elf Uhr.

So geduldig wie möglich hörte er zu, während der Angerufene ihm einen Katalog seiner Probleme vorbetete und dem noch eine Liste von Prioritäten folgen ließ, wobei der Fürsorge um leidende und nicht in seiner Kartei befindliche Hunde nach sechs Uhr abends sichtlich nur geringer Wert beigemessen wurde. Wichtiger schien vielmehr die Behandlung diverser Kühe des Ortes, die sich offenbar eine Euterentzündung zugezogen hatten.

»Monsieur«, sagte er schließlich. »Ich verstehe Ihr Problem mit dem lieben Milchvieh. Seine Bedeutung für die hiesige Wirtschaft ist mir bekannt. Ich weiß, daß diese sanften, braun-weißen Kreaturen unser Leben unermeßlich bereichern. Ich kenne das Läuten der Glocken, die sie um den Hals hängen haben. Oft habe ich bei diesem Geräusch des Nachts wachgelegen, wenn ich in den Bergen Urlaub machte. Ich weiß, daß ohne sie Frankreich, ja die gesamte Welt einige der großartigsten Käsesorten entbehren müßte: die *gruyères* der Franche-Comté und aus Beaufort, den Emmentaler, die *tommes* aus Savoyen, den *reblochon*...

Nein, Monsieur, es wird nicht möglich sein, ihn morgen früh in die Praxis zu bringen.« Er sah hinüber zu Pommes Frites. Der hatte sich nicht gerührt. »So wie er jetzt aussieht, wird er noch für etliche Zeit nirgendwo hingehen können. Er macht mir ganz den Eindruck, als hätte er eine große Menge Gips geschluckt. Und zwar einen Gips, der inzwischen sehr hart geworden ist...

Ja, er liegt in einer Schubkarre, hier in meinem Zimmer in Les Cinq Parfaits...

Es ist mir schon klar, daß Sie einen schweren Tag hatten, Monsieur. Auch ich hatte einen ziemlich schweren Tag. Ich bin heute früh um sechs Uhr aufgestanden. Ich bin den ganzen Weg von Paris hierher gefahren und inzwischen ebenfalls schon sehr müde. Aber dies ist eine Angelegenheit von größter Wichtigkeit und höchster Dringlichkeit...«

Monsieur Pamplemousse brach mitten im Satz ab. Ungläubig starrte er den Hörer an. Es war eigentlich nicht zu fassen – der Mensch am anderen Ende hatte schlicht und einfach aufgelegt.

Er zögerte einen Augenblick und überlegte, ob er noch einmal anrufen und ihm seine Meinung sagen sollte, oder ob es nicht besser wäre, Durelle in Paris zu erreichen. Durelle hätte gewiß mehr Feingefühl. Außerdem verstand er mehr von Bluthunden im allgemeinen und von Pommes Frites im speziellen. Als ehemaliger Berater der Sûreté (*Division Chiens*) kannte er Pommes Frites schon seit dessen Anfängen beim Geheimdienst und war mit seinen Gewohnheiten bestens vertraut.

Schließlich jedoch entschied sich Monsieur Pamplemousse gegen beide Vorgehensweisen. Es war spät, und Pommes Frites' Atmung war regelmäßiger geworden. Regelmäßig und sehr geräuschvoll. Wenn er so weitermachte, geriet Les Cinq Parfaits in Gefahr, seinen roten Schaukelstuhl im Michelin einzubüßen. Die Anzeichen kannte er schon. Bald würde dieses schwere Atmen in Schnarchen übergehen. Ein Einschlafen versprach schwierig, wenn nicht gar unmöglich zu werden. So wie sich die Dinge anließen, wäre er wohl besser beraten, sich für die Nacht eine andere Unterkunft zu suchen.

Mehrmals öffnete Pommes Frites das Maul und leckte sich die Schnauze, als ob er in seinem Traum irgendein Erlebnis gastronomischer Natur auffrischte. Monsieur Pamplemousse lüpfte eines seiner Lider und wünschte gleich darauf, er hätte es nicht getan. Der Augapfel, der ihm entgegenstarrte, war nicht wie gewohnt haselnußbraun, sondern blutunterlaufen und bar jeden Ausdrucks. Ein starker Duft nach Heu erfüllte nun langsam das Zimmer, nach Heu und feuchten Zeitungen. Es war keine sehr angenehme Mischung.

Er ließ das Augenlid seines Gefährten wieder hinabgleiten, versuchte ein paarmal erfolglos, ihm seine Schlafunterlage zurechtzuzupfen, gab es dann aber auf, weil es einfach nicht besser zu machen war, und beschloß, die Dinge bis zum Morgen in der Schwebe zu belassen. Voraussichtlich würde es Pommes Frites bis dahin nicht schlechter gehen. Zudem gab es noch einiges zu tun.

Mit einem tiefen Seufzer ging Monsieur Pamplemousse durch das Zimmer und setzte sich an den Schreibtisch in der Ecke. Als er den Umschlag umdrehte, den er aus Jean-Claudes Wohnung mitgenommen hatte, bemerkte er etwas, das ihm auf den ersten Blick entgangen war: Ein kleiner Zeitungsausschnitt zeigte eine Gruppe von Skifahrern, die vor einem schneebedeckten Gipfel posierten. Das Bild mußte vorhin andersherum gelegen haben – auf der Rückseite war der Ausschnitt eines Photos von irgendeinem Wasserlauf. Er drehte das Papier wieder um. Es waren fünf Personen – alles Männer –, zwei knieten, die anderen drei standen mit in die Hüften gestützten Armen dahinter. Als Gruppe wirkten sie zwar recht fröhlich, doch bei genauerem Betrachten des Bildes bekam man ein seltsam zwiespältiges, irrationales Gefühl. Auf den mittleren Mann in der hinteren Reihe hatte jemand ein schwarzes Kreuz und ein Fragezeichen gemalt. Monsieur Pamplemousse hielt den Ausschnitt ins Licht, um ihn näher zu betrachten. Vermutlich stammte er entweder aus einer Hochglanzzeitschrift oder aus irgendeiner Broschüre.

Er legte es zur späteren Begutachtung beiseite und betrachtete die anderen Papierschnitzel. Das Schriftbild erinnerte ihn entfernt an etwas. Ja: er hatte es erst kürzlich schon einmal gesehen. Das laute Schnarchen hinter ihm erinnerte ihn wieder daran, und ein kurzer Vergleich bestätigte den Verdacht: Genau die gleiche Schrift fand sich auf dem Papier, das auch an Pommes Frites klebte. Es mußte von der Zeitung stammen, auf der er im Wald gelegen hatte.

Das Seltsame war nur, daß die Zeitungstexte zwar beim ersten Hinsehen ganz normal wirkten, größtenteils aber gar keinen Sinn ergaben. Genau wie bei den ausgeschnittenen Wörtern gab es etliche Druckfehler, einzelne Buchstaben waren vertauscht. Das Ganze war eindeutig nicht ganz echt; unmöglich konnte es zu einem Druckerzeugnis gehören, das man der Öffentlichkeit zum Lesen verkaufte. Aber weshalb dann? Wozu das Ganze? Wer würde sich die Arbeit machen, eine gefälschte Zeitung zu drucken, nur um dann bestimmte Wörter auszuschneiden? Vermutlich war es so gedacht, daß man sie irgendwie zusammensetzte, so daß eine Botschaft daraus entstand, aber wozu sollte man die Wörter überhaupt einzeln drucken – warum druckte man dann nicht gleich die ganze Botschaft auf einmal? Und *wenn* man sich schon diese Mühe machte, wieso schrieb man die Wörter dann nicht richtig? Es wirkte alles ziemlich amateurhaft.

Neugierig fuhr er mit der Hand unter Pommes Frites und zog ein Stück Zeitungspapier hervor, aus dem ein bestimmtes Wort herausgeschnitten worden war: es war Teil einer Schlagzeile, die lautete: *RUSSIAN SUBMARINE PRESENTS*…, also: *VON RUSSISCHEM U-BOOT DROHT*…

Eine kurze Suche in dem Stapel von Ausschnitten auf dem Schreibtisch förderte bald das fehlende Wort zutage: *DANGRE* – was vermutlich *DANGER*, Gefahr heißen sollte. Es war sauber auf ein Stück weißes Papier aufgeklebt, aber als er es unter die Lücke im Original hielt, paßte es haargenau hinein.

Er setzte sich wieder hin und zählte die Wörter. Es waren siebzehn, und keines kam doppelt vor. Während er sie anstarrte, erinnerte er sich an seinen Englandaufenthalt kurz nach dem Krieg. Damals war er, um sein Englisch möglichst rasch zu verbessern, geradezu süchtig auf die Rätselseite der Zeitung gewesen, wobei er sich besonders lustvoll mit intellektuellen Kreuzworträtseln und Anagrammen beschäftigt hatte. Dieses Problem nun ähnelte einem Anagramm, nur daß es nicht um Buchstaben, sondern um Wörter ging.

Er legte sie ohne bestimmte Ordnung vor sich hin, genau wie er es damals mit den Buchstaben im Zeitungsrätsel getan hatte: *OF, ONE, HURRY, MESSEGE, YOUR, DANGRE, MY, NEXT, POLICE, LOVED, IS, NOT, AWAAIT, DO, IN-FORM, LIFE, IN.*

Mathematisch gesehen, war die Anzahl der möglichen Kombinationen schier unermeßlich. Bei einem Kreuzworträtsel konnte man zumindest einige Buchstaben herausbekommen, indem man anderen Hinweisen nachging und entweder waagerecht oder senkrecht ein Wort einsetzte. Monsieur Pamplemousse fühlte sich ein wenig wie der sprichwörtliche Affe vor der Schreibmaschine, der die These beweisen sollte, daß er irgendwann Shakespeares Gesammelte Werke darauf hervorbringen würde, wenn er nur lange genug aufs Geratewohl drauflos tippte. Die ihm zur Verfügung stehende Frist lag jedoch nicht in dieser Größenordnung: der Direktor hatte gesagt, der Fall müsse bis spätestens Freitag gelöst sein.

Daher ging er das Problem systematisch und mit Hilfe der Logik an: er fügte bestimmte Worte paarweise zusammen, um so die Anzahl der Kombinationen zu verringern: *IN-FORM* zusammen mit *POLICE, LIFE* mit *DANGRE, LOVED* mit *ONE, NEXT* mit *MESSEGE.*

Dann legte er *AWAAIT* an *NEXT MESSEGE*, und *YOUR* an *LOVED ONE.*

Auf einmal schälte sich ein Sinn heraus. Vor ihm lag nun ein vollständiger Satz: *AWAAIT NEXT MESSEGE OF YOUR LOVED ONE.*

Er wandte sich wieder den ersten beiden Wortpaaren zu und fügte *MY, IS* und *IN* hinzu, so daß er *IN-FORM POLICE MY LIFE IS IN DANGRE* herausbekam, womit ihm *HURRY, DO* und *NOT* übrig blieben.

Monsieur Pamplemousse legte die Schnipsel vorsichtig in einer langen Reihe nebeneinander und las die komplette Nachricht noch einmal: *IN-FORM POLICE. MY LIFE IS IN DANGRE. DO NOT HURRY. AWAAIT NEXT MESSEGE OF YOUR LOVED ONE* – also: Benachrichtige die Polizei. Mein Leben ist in Gefahr. Laß dir Zeit. Warte auf die nächste Nachricht von Deinem Geliebten.

Ein Gefühl des Stolzes überkam ihn. Er hatte plötzlich das Bedürfnis, seinen Erfolg mit jemandem zu teilen. Was hatte der Direktor vorhin gesagt? Er wolle das Telephon in der Zentrale Tag und Nacht besetzen lassen. Vielleicht war er ja selbst noch im Büro und trommelte ungeduldig auf seinen Schreibtisch.

Monsieur Pamplemousse hob den Hörer ab, drückte den Knopf für eine Amtsleitung und hatte die Nummer schon zur Hälfte gewählt, als er auf einmal innehielt. Was hatte er denn schon geleistet? Er hatte eine vermutlich nicht abgeschickte Botschaft dechiffriert, was ihm zwar in beachtlichem Tempo gelungen war, doch brachte ihn das eigentlich noch keinen Schritt weiter. Am Telephon würde sich die Geschichte ziemlich dünn anhören, ja sie würde eine ganze Serie von Fragen auslösen, auf die er, vorerst jedenfalls, noch gar keine Antworten hatte. Da war es besser, die Sache zu überschlafen und einen Teil der Arbeit seinem Unterbewußtsein zu überlassen. Monsieur Pamplemousse hielt große Stücke auf sein Unterbewußtsein.

Und das war in der Tat bereits tätig geworden. Während er eben die Nummer der Zentrale gewählt hatte, war ihm das Versprechen eingefallen, das der Direktor bei ihrem Telephonat gegeben hatte, und auf dessen Einlösung er ganz bestimmt dringen würde. Das Versprechen hatte sich auf eine Flasche Château d'Yquem 1945 bezogen, sobald seine Mission zum einem befriedigendem Abschluß gekommen wäre.

Monsieur Pamplemousse war sich zwar durchaus bewußt, daß er einstweilen nur die Oberfläche des Problems angekratzt hatte, aber Kratzer konnten zu tieferen Rinnen werden, Rinnen zu Spalten, Spalten zu Klüften, und im Nu wäre der Problemklotz in handliche Stücke zerlegt. Ein Scheitern kam überhaupt nicht in Betracht. Das Wort »scheitern« hatte keinen Platz in seinem Vokabular, deshalb kam es ihm erst gar nicht in den Sinn.

Zudem war der Abend ja keineswegs ergebnislos verlaufen: Monsieur Pamplemousse hatte nun einen Ausgangspunkt für seine Nachforschungen. Wenn das kein Grund zum Feiern war? Als *digestif* und zum Herbeiführen eines friedlichen Schlafes, in dessen Verlauf sein Unterbewußtsein an die Arbeit gehen konnte, kannte er kein besseres Mittel als ein oder zwei Gläschen Sauternes.

Er griff nochmals nach dem Telephon und drückte den Knopf mit der Aufschrift »Zimmerservice«. Trotz all der Schätze, die die Seiten der Weinkarte von Les Cinq Parfaits zierten – Schätze, deren Jahrgänge bis in die Zeit lange vor seiner Geburt zurückreichten –, war es keineswegs sicher, ob man sich in der Lage sehen würde, seine Bestellung auszuführen. Es war sehr viel verlangt, aber versuchen konnte er es ja.

»Sie haben Glück, Monsieur. Wir haben nur noch drei

Flaschen davon. Danach könnten wir nur noch mit einem 62er aufwarten.«

»Bringen Sie mir gleich zwei«, sagte Monsieur Pamplemousse in einem plötzlichen Anflug von Übermut. So hatte er eine Flasche zum Probieren und eine für später, je nachdem, wie die Sache ausging. Es würde ihm helfen, über einen verdorbenen Urlaub und über das Fehlen des *Soufflé Surprise*, auf das er sich so gefreut hatte, hinwegzukommen.

Falls der Mann am Ende der Leitung überrascht war, war dies seiner Stimme jedenfalls nicht anzumerken. Er tat, als hätte er solche Bestellungen jeden Abend zu erledigen. Wenn überhaupt ein Gefühlsausdruck in seiner Stimme lag, so war es Respekt: Respekt, in den sich eine kaum merkliche Spur von Bedauern mischte.

»Vielleicht hätten Sie Lust«, sagte Monsieur Pamplemousse, »mit mir ein Gläschen zu probieren, sozusagen als Schlummertrunk – einen kleinen *dernier coup*?«

»Es wäre mir eine Ehre, Monsieur.« Er spürte aus dem Tonfall des Mannes, daß er gerade einen Freund fürs Leben gewonnen hatte. Wein war ein großer Gleichmacher, der alle Schranken überwand.

Rascher als erwartet war ein diskretes Klopfen an der Tür zu hören. Der junge *sommelier*, der noch seine grüne Flanellschürze umgebunden hatte und das Zeichen seines Amtes – den silbernen *tastevin* – um den Hals trug, schob einen Rollwagen mit zwei Eiskübeln und zwei Gläsern ins Zimmer. Daneben stand ein Teller mit waffeldünnen Keksen zum Neutralisieren des Geschmacks.

Nachdem er Pommes Frites mit einem kaum mehr als flüchtigen Seitenblick umrundet hatte, zog er aus einem der Kübel eine Flasche hervor und hielt sie Monsieur Pamplemousse feierlich zur Begutachtung hin.

Dieser setzte eine angemessen ehrfürchtige Miene auf und sah dann zufrieden zu, als der *sommelier* an die Arbeit ging. Aus der behutsamen Art, mit der er die Stanniolfolie in einem Stück abzog und mit sichtlichem Vergnügen wieder glattdrückte, schloß Monsieur Pamplemousse, daß es sich um einen Landsmann handeln mußte. Nur jemand aus der Auvergne würde sich so viel Mühe mit einer Tätigkeit geben, die den meisten Leuten relativ unwichtig erscheinen dürfte. Es war merkwürdig, wie verschiedene Landstriche Menschen hervorbrachten, die im späteren Leben ganz bestimmten Berufen zuneigten. In der Hälfte aller Pariser Restaurants kamen entweder die Besitzer oder das Personal aus der Auvergne. Und wenn hinter dem Steuer eines Taxis kein Asiate, sondern ein Franzose saß, war die Wahrscheinlichkeit recht hoch, daß er aus Savoyen kam. Später, nachdem der Wein getrunken war, so beschloß Monsieur Pamplemousse, würde er die Stanniolkappe wieder aufsetzen und die Flasche seiner Sammlung einverleiben, als Erinnerung an seinen Aufenthalt in Les Cinq Parfaits. Wieder ein neuer Staubfänger – so jedenfalls würde Doucette das Souvenir zweifellos kommentieren.

Nachdem der *sommelier* den Korken gezogen und mit einer mechanischen Geste kurz unter die Nase geführt hatte, ließ er einige Eisstückchen in den Gläsern kreisen, wischte diese dann wieder trocken und begann mit dem Einschenken. Vor dem weißen Tuch hob sich der Wein bernsteinfarben ab, mit einer gelblichen Tönung um den Rand herum. Das war ein gutes Zeichen. Es gab keinerlei Hinweise auf Maderisation.

»Monsieur.« Der *sommelier* reichte ihm eines der Gläser. Monsieur Pamplemousse faßte es unten am Stiel, hob es gegen das Licht, dann wieder vor das weiße Tuch, betrachtete es eine Weile und kippte es schließlich um fünfundvierzig Grad, um zu sehen, wie sich auf dem Bauch des Weinglases die »Nasen« formten. Zufrieden hielt er es danach unter die eigene Nase und sog den satten, unverwechselbaren, honigartigen Duft ein, einen Duft, der kraftvoll und konzentriert war.

Als erstes empfand er die Süße mit der Zungenspitze. Das Aroma blieb ihm noch lange nach dem ersten Schluck im Mund und erzeugte einen nachhaltigen Geschmack voller Finesse und Adel.

»Er schmeckt, wie Gold schmecken sollte.«

»Er wird noch besser werden, Monsieur. Einen Hauch kälter dürfte er sein.«

»Ich habe ihn erst einziges Mal getrunken, und damals war ich in Gesellschaft. Nie hatte ich eine ganze Flasche für mich, geschweige denn zwei. Er ist zu gut, um ihn allein zu trinken.«

Schweigend standen sie eine Weile nebeneinander, dann stellte der *sommelier* sein leeres Glas mit einem Seufzer des Bedauerns ab.

»Für viele Menschen, Monsieur, ist er zu gut, als daß sie ihn überhaupt trinken sollten. In meiner Stellung bemerkt man leider recht bald, daß die besten Weine keineswegs immer von denen getrunken werden, die sie wirklich zu schätzen wissen.«

Er blieb an der Tür stehen und sah ihm direkt in die Augen. »Vielen Dank noch einmal, Monsieur und... gutes Gelingen.«

Monsieur Pamplemousse nahm einen Keks und grübelte längere Zeit über diesen Gruß nach. Vielleicht war er ja zu pedantisch, aber unter den Umständen und zu dieser späten Stunde wäre doch gewiß als Abschiedsgruß »gute Nacht« passender gewesen.

Er goß sich ein zweites Glas Wein ein und ging ins Badezimmer. Nichts regte das Denkvermögen besser an als ein gemütliches heißes Bad, und die Aussicht auf eines, das von einer Flasche Château d'Yquem versüßt sein würde, war geradezu lustvoll.

Doch das Bad brachte nur wenige oder gar keine neuen Ergebnisse, außer dem vagen Gefühl, daß seine Anwesenheit im Hotel offenbar Anlaß zu Kommentaren gab, ja daß etliche andere Personen weit mehr zu wissen schienen als er. Nun ja, so etwas passierte ihm nicht zum ersten Mal, in seinem Leben war er schon oft mit diesem Problem konfrontiert gewesen. Am Ende würde er damit fertig werden.

Während er sich genüßlich in dem Schaum räkelte, den ein Tütchen Badeöl erzeugt hatte, ließ er in Gedanken alle Erlebnisse des Abends noch einmal Revue passieren. Die Erinnerung an die seltsame Begegnung im Wald kehrte mit Wucht zurück, und das Gefühl dabei war auf einmal doppelt so stark, wobei wohl das heiße Wasser, das Schaumbad und der Sauternes in einer gewissen Komplizenschaft standen. Monsieur Pamplemousse verspürte eine eigenartige Verwirrung. Vielleicht hätte ihm eine kalte Dusche doch besser getan.

Die Handtücher waren aus feinster Baumwolle, angenehm groß und sehr saugfähig; daneben lag ein weiter Bademantel, auf dem in einem kleinen, farblich abgestimmten Monogramm die Initialen des Hotels eingestickt waren.

Nachdem Monsieur Pamplemousse sich ein letztes Mal das Glas vollgeschenkt hatte, stellte er die leere Flasche auf den Kühlschrank, verstaute die zweite im Getränkefach, überprüfte die Temperatureinstellung, damit der Wein nicht etwa zu stark gekühlt würde, und legte sich endlich ins Bett. Er stellte den Wecker auf acht Uhr, schüttelte die Kissen auf und griff nach dem *Hund von Baskerville*. Er öffnete das Buch dort, wo er es im Restaurant zugeklappt hatte. Doch irgendwie fand er nicht recht in seine Lektüre hinein. Nach einer Weile merkte er, daß er immer wieder denselben Absatz las: Holmes erklärte Watson die Theorie, die er sich zu einem kniffligen Problem gebildet hatte.

Monsieur Pamplemousse fragte sich schläfrig, was der berühmte Detektiv wohl aus der vorliegenden Situation gemacht hätte, vor allem aus dem Zusammentreffen im nächtlichen Wald. In Holmes' Abenteuern spielten Begegnungen amouröser Natur eine eher untergeordnete Rolle. Er hätte die ganze Angelegenheit vermutlich kühl analysiert: alle Möglichkeiten aufgezählt und sie dem Doktor vorgelegt, um dessen Reaktion zu beurteilen.

Er sah hinunter. *Sein* Watson schlief immer noch tief und fest, zuckte nur hin und wieder im Traum zusammen. Von dort kam jedenfalls vorerst keine Unterstützung.

Er schraubte seinen Cross-Füllhalter auf, griff nach einem Blatt Papier und ging an die Arbeit. Längere Zeit hindurch schrieb er, strich Dinge aus, änderte, erweiterte und korrigierte, schrieb dann alles noch einmal von vorn und füllte so eine Seite um die andere. Erst als er wirklich zufrieden war, legte er den Füllhalter beiseite; dann übertrug er zunächst das Destillat seiner Überlegungen auf ein neues Blatt und zerriß die vollgeschriebenen Seiten, ehe er sich das Ganze laut vorlas:

»Die gesuchte Person«, intonierte er für seinen unfreiwilligen Zuhörer in der Schubkarre, »ist von einer Art, von der es nicht viele auf dieser Welt geben dürfte: eine analphabetische Schriftsetzerin, etwa 168 cm groß, und Eigentümerin eines Vorbaus von derartigem Umfang und Überfluß, von solcher Fülle und Festigkeit, daß es kaum zu glauben ist.«

Monsieur Pamplemousse ignorierte das Schnarchen, das von der Schubkarre her zu hören war, riß das Blatt vom Notizblock und schob es vorsichtig unter die Glasplatte des Nachttisches. Erfreut über das Ergebnis seines abendlichen Resümees, schaltete er das Licht aus und schloß die Augen.

Eines war sicher: falls er die Gelegenheit bekam, wäre er in der Lage, dieses Paar *doudounes* zu identifizieren – jederzeit, an jedem Ort, in jeder Lage. Sie waren unauslöschlich und beunruhigend deutlich in sein Gedächtnis eingebrannt.

Noch eine weitere Inspiration blitzte in seinen Gedanken auf, ehe der Schlaf ihn endgültig übermannte. Ihm fiel ein, wo er das Mädchen auf dem Hochglanzphoto schon gesehen hatte: Es war dasselbe, das am Abend ganz allein im Restaurant gesessen hatte.

Die Wasserprobe

»*Monsieur le directeur*, ich halte Ausschau nach einer Frau mit außergewöhnlich großen *doudounes*. Groß, rund und von kokosnußartiger Festigkeit. Und diese Frau scheut sich nicht, sie der ganzen Welt zu präsentieren...«

»Tja, wer von uns hält nicht nach so etwas Ausschau, Pamplemousse, nicht wahr?« Der Direktor klang müde, als hätte er die ganze Nacht hindurch gewacht. »Darf ich Sie jedoch daran erinnern, daß Sie sich in der Haute-Savoie befinden, nicht in Saint-Tropez?«

Monsieur Pamplemousse beschloß, diesen Einwand zu überhören. »Sie gehören«, fuhr er fort, »zu einer Dame, die in der Druckindustrie arbeitet – oder gearbeitet hat. Möglicherweise spielt hier ein gewisser Groll eine Rolle. Wie ich höre, kommt es in dieser Branche oft zu Entlassungen. Die Konkurrenz aus dem Osten ist hier sehr stark...«

»Pamplemousse!« Der Direktor unterbrach ihn mitten im Satz. »Wie kommt es nur, daß jedesmal, wenn Sie einen Fall bearbeiten, eine Frau mit im Spiel ist? Früher oder später hat man es bei Ihnen immer mit Sex zu tun! Und zwar für gewöhnlich eher früher als später.«

»*Cherchez la femme*, Monsieur. Nach meiner Lebenserfahrung ist immer eine Frau mit im Spiel. Der Mann hat ein großes, unstillbares und unersättliches Bedürfnis nach der Frau. So ist es doch schon im Garten Eden gewesen. Sie könnten wohl sagen, Monsieur, daß ich, wenn ich diese Frau finde, auf dem besten Wege zur Lösung des Problems bin.«

Dem Schweigen am anderen Ende entnahm er, daß er einen Treffer gelandet hatte, und die Länge des Schweigens zeigte ihm, daß er nicht nur den Rand der Scheibe oder einen äußeren Ring getroffen hatte, sondern genau in die Mitte: direkt ins Schwarze.

»Nein, Pamplemousse, *ich* würde das nicht so sagen. *Sie* sagen es so. Das ist ganz allein *Ihre* Wortwahl.« Es schwang eine gewisse Schärfe in dieser Anwort mit, und doch hörte Monsieur Pamplemousse auch einen Oberton von Respekt heraus: Respekt und eine weitere Emotion, die sich nicht ganz klar bestimmen ließ. Eine Spur von Besorgnis vielleicht?

»Darf ich Sie etwas fragen, Aristide?« Der Direktor wechselte hörbar das Register.

»*Oui*, Monsieur?«

»Es ist nur eine kleine Sache, die bestimmt auch gar nicht weiter wichtig ist. Aber ich habe gestern kaum einschlafen können, weil ich darüber nachdenken mußte.«

»Bitte fragen Sie, was Ihnen auf der Seele liegt.«

»Warum haben Sie Pommes Frites gestern abend in einer Schubkarre durch den Garten von Les Cinq Parfaits transportiert? Hat er etwa eine Verletzung erlitten?«

»Sagen wir fürs erste, Monsieur, daß er unpäßlich ist.«

»Nichts Ernstes, will ich hoffen?«

Monsieur Pamplemousse warf einen Blick auf den Gegenstand ihrer Unterhaltung. Es war schwer zu sagen. Wie es schien, hatte sich Pommes Frites nicht von der Stelle bewegt, an der er vor zehn oder elf Stunden abgelegt worden war. Trotzdem gab es gewisse Anzeichen der Besserung: zumindest musterte er die Außenwelt durch ein halbgeöffnetes, wenn auch unbestreitbar glasiges Auge, was sich wohl als erster Schritt in die richtige Richtung auslegen ließ. Sein Kiefer vollführte gelegentliche Zuckungen.

»Es ist schwer, sich da eine Meinung zu bilden, Monsieur.«

»Dann sollten Sie medizinischen Rat einholen.«

»Ich hatte schon vor, seinen *vétérinaire* in Paris anzurufen. Aber das dauert auch wieder seine Zeit.«

»Die Zeit arbeitet keinesfalls für uns, Pamplemousse.« Der Direktor klang nun wieder aufgeregt. »Die ›gewisse Person‹ hat mich heute schon in aller Frühe angerufen, um nach dem Fortgang der Angelegenheit zu fragen. Ich kann ihr kaum wiederholen, was Sie mir soeben mitgeteilt haben. Ich kenne die Funktionsweise Ihres Denkapparats, Aristide. Und ich respektiere sie. Ich weiß, daß Sie lose Enden aufnehmen, untersuchen und überdenken müssen, ehe Sie daraus ein Muster knüpfen, so bizarr und verwikkelt dieses oftmals auch sein mag. Ich weiß, daß all das normalerweise eine gewisse Zeit erfordert – dennoch gebe ich nur höchst ungern die Information weiter, daß das Lebenselixier aller Heißwasserbereiter und Generatoren von ganz Frankreich nun von einem Paar *doudounes* abhängen soll, so groß und begehrenswert diese auch sein mögen.«

»*Oui*, Monsieur.«

»Waren Sie wirklich...« Seine Stimme stockte. »Waren sie wirklich so außergewöhnlich, Aristide? Jedenfalls haben sie fraglos einen tiefen Eindruck auf Sie gemacht.«

»*Formidable*, Monsieur. *Extraordinaire*. Ich werde Ihnen die Situation und die Umstände, die dazu führten, in meinem Bericht ausführlich schildern.«

»Gut. Ich sehe diesem Moment bereits mit Spannung entgegen. Wir werden den Bericht bei einer Flasche Champagner durchgehen. Von Ihrer Lieblingssorte: Gosset.« Der Direktor klang nun hörbar besser gelaunt. »So, und nun erledigen Sie Ihre Telephonate. Wenn nötig, lassen Sie den *vétérinaire* nach Genf einfliegen! Wir schikken einen Wagen, der ihn vom Flugplatz abholt. Sagen Sie ihm, daß es eine Angelegenheit von höchster nationaler Bedeutung ist. Öl ist ein sehr wertvoller Stoff. Ich brauche wohl kaum darauf hinzuweisen, daß auch andere Mächte großes Interesse daran hegen. Und zwar Mächte, Aristide, bei denen ein Klima herrscht, das ihren Bedarf während der Wintermonate weit höher ausfallen läßt als den unseren. Pommes Frites muß also so rasch wie möglich wieder in körperliche Hochform gebracht werden. Ich schätze seine Fähigkeiten sehr und höre nur ungern, daß sie derzeit beeinträchtigt sind.«

Monsieur Pamplemousse murmelte ein paar Worte zum Abschied und legte dann seufzend auf. Er beugte sich vor, um dem Insassen der Schubkarre den Bauch zu tätscheln. Beinahe im selben Moment drang ein dumpfes Grollen daraus hervor: es kündete unmittelbar bevorstehendes Unheil an.

Hastig zog Monsieur Pamplemousse die Vorhänge zurück und riß ein Fenster auf. Zumindest eine von Pommes Frites' Funktionen war also noch intakt – ja, man konnte sogar sagen, daß sie gesteigert war. Wenn die Schubkarre dort stehen blieb, würde man in der näheren Umgebung bald Nasenklammern ausgeben müssen; in jedem Falle würde die Klimaanlage bis an die Grenzen ihrer Belastbarkeit beansprucht werden.

Er stand eine Weile am Fenster und atmete die kühle Herbstluft ein. Der ferne Ton einer Schiffssirene kündete vom Kurs eines Raddampfers, der seine morgendliche Tour über den See machte. Kellner in Jeans und Sweatshirts werkten geschäftig auf der nahen Terrasse, wo sie schon für das Mittagessen eindeckten – jedes Weinglas wurde kurz über einen dampfenden Krug mit heißem Wasser gehalten, ehe man es ein letztes Mal nachpolierte.

Wie sie so untereinander lachten und scherzten, wirkten die Kellner gar nicht wie die höflichen, leicht reservierten Herren, die ihn am Abend zuvor bedient hatten. Einer von ihnen war damit beschäftigt, die Erde an der Stelle glattzuharken, wo die Schubkarre ihre Spur hinterlassen hatte. Als er Monsieur Pamplemousse bemerkte, winkte er ihm zu.

Rein mechanisch erwiderte dieser den Gruß, da er mit den Gedanken auf einmal ganz woanders war. Wie kam es eigentlich, daß der Direktor dermaßen schnell von der Episode mit der Schubkarre erfahren hatte? Da mußte jemand mit seiner Beschwerde ziemlich rasch gewesen sein. Jemand aus höchsten Regierungskreisen etwa? Entweder das, oder es gab hier noch andere Kommunikationswege. Egal was es war, jedenfalls irritierte ihn das Ganze sehr.

Er kehrte dem Fenster den Rücken und musterte Pommes Frites eine Weile. Es war kein sehr ermutigender Anblick. Wären die Mächtigen Frankreichs in diesem Moment zugegen gewesen, ihre Zuversicht hinsichtlich der Zukunft des Landes hätte wohl einen gehörigen Dämpfer erlitten.

Monsieur Pamplemousse griff nach Telephon und Notizblock. Es gab Zeiten, da kam es ihm vor, als verbringe er sein halbes Leben mit Telephonieren. Das war einer der Nachteile der Arbeit im Außendienst. Heute morgen war es nicht anders. Er mußte noch sämtliche Nummern überprüfen, die er auf Jean-Claudes Schreibblock gefunden hatte. Früher, damals in der Sûreté, hätte er diese Aufgabe an einen Untergebenen delegiert.

Sein Freund Durelle, der *vétérinaire*, begegnete seinem Begehren mit leisem Spott.

»Alles stehen und liegen lassen? Ist dir bewußt, daß mein Wartezimmer jetzt am Vormittag voll besetzt ist? Sieben Hunde, drei Katzen, ein Papagei, eine Schildkröte und eine betagte Dame mit ihrem Wellensittich. Der Wellensittich ist elf Jahre alt und wird noch mindestens fünf oder sechs Jahre lang leben. Aber die alte Dame braucht jemanden zu ihrer Unterhaltung, der mehr sagen kann als *bonjour, bonne nuit* und *o là là*. Deshalb kommt sie jede Woche zu mir.«

»Es geht um eine Angelegenheit von höchster nationaler Bedeutung.«

»Nimmst du mich auf den Arm?«

Er nahm Durelle diese Frage keineswegs übel. Im Laufe der Jahre hatten die beiden einander schon eine ganze Reihe von Streichen gespielt. Kindische Scherze, die ihnen immer viel Spaß gemacht hatten, sich aber größtenteils nicht zur Wiedergabe eigneten. Meist waren es Eingebungen des Augenblicks, so wie spontane Wortspiele. Einmal zum Beispiel hatte Monsieur Pamplemousse zufällig erfahren, daß Durelle sich einen neuen Anzug bestellt hatte: sofort hatte er den Schneider überredet, dem Freund statt dessen einen alten, aus dem Rinnstein aufgelesenen Sack einzupacken, der längere Zeit auf dem Montmartre im Regenwasser gelegen hatte. Das Ding hatte zum Himmel gestunken. Durelle hatte zu dem Streich nie einen Kommentar abgegeben, war aber auf seine Kosten gekommen, indem er Monsieur Pamplemousse den Sack zu Weihnachten als Geschenk überreicht hatte. So war das gute Stück einige Jahre lang zwischen ihnen hin und her gegangen, bis Doucette ein Machtwort gesprochen hatte.

»Nein, es ist mein vollkommener Ernst. Du kannst gerne bei der Zentrale nachfragen. Ich bin in Les Cinq Parfaits am Genfer See...«

»Du Glückspilz! Ich wünschte, ich könnte dir Gesellschaft leisten. Wir könnten ein bißchen zusammen angeln gehen.«

»Tja, anderswo ist es eben immer am schönsten«, sagte Monsieur Pamplemousse leicht verbittert. »So wie die Dinge hier stehen, wird mir wohl kaum Zeit zum Angeln bleiben.«

»Hat er wieder einmal zuviel gefressen? Hatten wir das nicht schon einmal? Damals, als ihr zusammen in der Normandie wart? Backäpfel im Teigrand mit Wachteln gefüllt, das war's doch? Und danach noch ein Sahnetopf zum Ausschlecken, das hatte natürlich seine Folgen. Es dauerte damals mehrere Tage, bis er sich davon erholt hatte.«

»*Chiens* sind im Speisesaal von Les Cinq Parfaits *interdits*«, sagte Monsieur Pamplemousse vorsichtig. »Außerdem scheint er den Appetit vollständig verloren zu haben. Als ich ihm einen Keks anbot, und zwar seine Lieblingssorte, die ich für spezielle Gelegenheiten aufbewahre, da verdrehte er nur die Augen. Das ist immer ein schlechtes Zeichen.«

»Hat er viel Wasser getrunken?«

»Kann sein, aber wir sind in der Nähe von Evian.«

»Aha, dann muß es also einen anderen Grund haben. Sind seine Augen blutunterlaufen?«

»Pommes Frites hat öfter blutunterlaufene Augen«, sagte Monsieur Pamplemousse mit leisem Tadel. »Schließlich ist er ein Bluthund.«

»Ja, natürlich.« Durelle klang ein wenig geistesabwesend. Im Hintergrund hörte man das Bellen eines Hundes. »Und die Nase? Ist sie trocken oder feucht?«

»Das sagt nicht viel aus, weil sie erst kürzlich eingefettet wurde: Ich habe sie reichlich mit Vaseline eingerieben, bevor wir aus Paris abgereist sind. Genug, damit es für den ganzen Urlaub reicht.«

»Fieber?«

»Auch nicht leicht zu beurteilen. Gestern abend fühlte er sich sehr kalt an, aber da hatte er auch lange im Wald gelegen…«

»*Un moment.*« Es entstand eine Pause, der ein dumpfes Krachen folgte, als fiele der Hörer am anderen Ende auf die Tischplatte. Dann bellten mehrere Hunde. Es klang nach einem Handgemenge. Man hörte einen erstickten Fluch, dann knallte eine Tür. Als Durelle sich wieder meldete, atmete er schwer, und zwischen seine Worte mischten sich laute keuchende Geräusche, als hätte er größere Schmerzen.

»Es ist ein schlimmer Tag heute. Tut mir wirklich leid, aber ich kann nicht zu dir kommen.« In dem Satz schwang viel Mitgefühl mit. »Ich nehme an, einen Tierarzt aus der Gegend hast du schon angerufen?«

»Die sind nicht eben hilfsbereit«, sagte Monsieur Pamplemousse. »Außerdem hätte ich ganz gern jemanden, dem ich vertrauen kann.«

»In diesem Fall schlage ich vor, daß du mir eine Urinprobe zum Analysieren schickst.«

»Von Pommes Frites' Urin?« Monsieur Pamplemousse klang skeptisch.

»Ein paar Milliliter würden vollauf genügen. Wenn du es mit dem Nachmittagszug schickst, werde ich dafür sorgen, daß meine Sekretärin es am Gare de Lyon abholt. Gleich morgen in aller Frühe bekommst du meinen ausführlichen Bericht. Dann sehen wir weiter. Wenn sich sein Zustand in der Zwischenzeit verschlechtert, ruf mich auf jeden Fall sofort an. Ich werde dann auch bestimmt selbst kommen, wenn es noch nötig ist.«

Monsieur Pamplemousse legte auf und betrachtete seinen Gefährten mit düsterer Miene. Er sah Schwierigkeiten auf sich zukommen. Es war eine Sache, ein Pferd zur Tränke zu führen; eine ganz andere Sache aber war, es auch zum Trinken zu bringen. Die entsprechenden Probleme im entgegengesetzten Fall waren nur allzu offenkundig. Wenn Pommes Frites' Entwässerungssystem, oberflächlich gesehen, auch viel zu wünschen übrig ließ – so daß ein Passant, der ihn zufällig auf den Hügeln von Montmartre sähe, durchaus berechtigt wäre, sein diesbezügliches Benehmen als irgendwo zwischen »wahllos« und »unbeherrscht« einzustufen –, so handelte es sich dennoch in Wahrheit um ein höchst kompliziertes Verhaltensmuster. Irgendwo tief in seinem Organismus gab es ein enorm komplexes Rechnersystem, das unter Berücksichtigung bestimmter Basisinformationen wie Tageszeit, Witterung und Zielort seines Besitzers/Bedieners die auf dem Wege dorthin zu erwartende Anzahl von Straßenbäumen, geparkten Autos und sonstigen Einrichtungsgegenständen des Bürgersteigs innerhalb weniger Sekunden ermittelte. Mit dieser Information ausgestattet, trat sodann die Abteilung für Quantitätskontrolle in Aktion und teilte mit Laborpräzision abgemessene Portionen aus, deren jeweiliges Volumen sich nach der verfügbaren Flüssigkeitsmenge, der Anzahl der Zielobjekte und ihrer relativen Bedeutung richtete.

Das einzige, was bei Pommes Frites' Steuerung fehlte, war so etwas wie ein Frühwarnsystem für Außenstehende. Abgesehen von der Möglichkeit, ihm direkt hinter einem Baum aufzulauern, würde es gar nicht so leicht werden, Durrelles Wunsch zu erfüllen.

Während er sinnierte, daß wohl selbst ein Sherlock Holmes diesem Problem gegenüber kurzfristig ratlos gewesen wäre, versuchte Monsieur Pamplemousse, aus dem vollbeladenen Frühstückstablett neben seinem Bett ein wenig Hoffnung zu schöpfen.

Holmes hatte seine Fälle oft während des Frühstücks in Angriff genommen. *Der Hund von Baskerville* war ein gutes Beispiel: hier frühstückte der Meister allerdings erst nach der ersten Pfeife des Tages, in der er genüßlich den auf dem Kaminsims im Arbeitszimmer getrockneten Aschenrest des Vortages inhalierte. Er mußte eine stählerne Konstitution besessen haben.

Seltsam, diese britische Vorliebe für ein herzhaftes Frühstück. Vielleicht hatte es etwas mit dem unbeständigen Wetter zu tun. Gekochte Eier servierte man dort in eigenartigen Steingutgefäßen, oft in der Form von ausgehöhlten Menschenschädeln, die einen über den Tisch hinweg angrinsten. Genau zu wissen, wie lange die Eier eigentlich kochen mußten, war eine Kunst, deren Geheimnis zwar weitervererbt, aber in keinem Kochbuch hinreichend genau geschildert wurde.

Er fragte sich, ob ein Anruf des Direktors wohl das Morgenritual in der Baker Street 221B aus dem Lot hätte bringen können. Mrs. Hudson wäre gewiß ungehalten gewesen, das Ergebnis ihrer Mühen kalt werden zu sehen. Nichts konnte Holmes von seinem Frühstück abhalten, nicht einmal der Anblick eines frisch abgetrennten Fingers wie in *Der Daumen des Ingenieurs*.

Monsieur Pamplemousse musterte die Überbleibsel seiner *brioches*. Sie sahen nicht eben appetitlich aus. Das Gebäck war schon zu Beginn eine Enttäuschung gewesen, und jetzt, da es kalt geworden war, reizte es ihn noch weniger. Vielleicht war auch dies eine von Jean-Claudes Fertigkeiten, die an andere Köche weiterzugeben er versäumt hatte. Andererseits rechnete er jetzt möglicherweise auch schon intuitiv damit, daß heute einiges nicht so ganz perfekt sein würde: seine Erwartungen waren jetzt durch Kenntnisse bestimmter Umstände und durch den frühmorgendlichen Anruf aus der Zentrale beeinflußt.

Er zerrieb die Überreste des Gebäcks zwischen Daumen und Zeigefinger und überlegte, was wohl wichtiger war: sollte er sich um Pommes Frites kümmern oder mit seinen Anrufen fortfahren? Er entschied sich für letzteres. Je länger er Pommes Frites in Ruhe ließ, desto stärker würde der Drang der Natur sein, sobald er erst wieder zu sich kam.

Bei der ersten Nummer, die er anwählte, war besetzt, die zweite war eine Autowerkstatt in Evian. Er entschuldigte sich und versuchte die dritte Nummer. Es war ein Hersteller von *cancoillotte* in einem Dorf weiter oben in den Bergen. *Cancoillotte* war eine Käsespezialität der Gegend und wurde aus gut vergorenem *metton* gemacht, den man bei schwacher Hitze zusammen mit Salzwasser und Butter fermentierte. Zum Essen ließ man ihn nochmals mit Weißwein und Knoblauch zergehen, um ihn als Fondue auf Toast oder Kartoffeln zu servieren. Genau das Richtige nach dem Skifahren an einem kalten Wintertag. Der Gedanke verursachte ihm fast wieder Hunger.

Die vierte Telephonnummer war ein Blumenladen in Evian. Etwas in der Stimme der Verkäuferin gab ihm das Gefühl, er könne ruhig einmal sein Glück versuchen.

»Ich rufe im Auftrag von Monsieur Parfait an. Monsieur Jean-Claude Parfait. Wir sind uns hier nicht ganz klar wegen einer Bestellung an Ihr Geschäft.«

Das Mädchen klang verwirrt. Man hörte Papier rascheln, als blättere sie in einem Auftragsbuch. »Wissen Sie, wann sie erfolgt sein soll? Ich habe hier keinen Vermerk darüber. Monsieur Jean-Claude schaut meistens nach dem Markt bei uns herein. War das für das Restaurant? Diese Bestellungen erledigt Monsieur Albert nämlich immer gegen Mittag. Er müßte jeden Augenblick hier sein. Monsieur Jean-Claude habe ich übrigens schon seit zwei Tagen nicht mehr gesehen ...«

»Es tut mir leid, ich frage wohl besser hier noch einmal nach.« Monsieur Pamplemousse verabschiedete sich und legte auf. Vielleicht war die Bemerkung, die er gegenüber dem Direktor gemacht hatte – und zwar eher aufs Geratewohl in einer Art Selbstverteidigung als aus einem bestimmten Grunde –, doch gar nicht so abwegig gewesen: Es könnte tatsächlich ein Fall von *cherchez la femme* sein. Schließlich würde Jean-Claude kaum Blumen für sich selbst kaufen.

Die sechste Nummer war ein Ski-Club bei Morzine.

Nun versuchte er es noch einmal bei der ersten Nummer. Diesmal kam er durch. Er mußte es gezählte zwanzig Male klingeln lassen, bis eine Mädchenstimme sich meldete: »*Bonjour. Vous voulez parler à qui?*«

Sie klang außer Atem. Ihr Französisch hatte einen deutlich fremdländischen Akzent. Er fand, es klang englisch: der Tonfall ging am Ende jedes Satzes eher nach unten als nach oben. Wieder sagte ihm sein Instinkt, es sei gut, die Unterhaltung nicht gleich zu beenden. Er griff einen Namen aus der Luft.

»Monsieur Duval, *s'il vous plaît.*«

»*Pardon?*«

Er wiederholte den Namen. »Monsieur Duval. Monsieur Henri Duval.«

Bis sie antwortete, dauerte es eine Weile, und auch dann sprach sie stockend und undeutlich, als bewege sie sich plötzlich auf unbekanntem Terrain: Sie war eindeutig überfordert. Er beschloß, sie aus der ungenehmen Lage zu befreien.

»*Parlez-vous anglais?*«

»*Yes.* Ich meine ... *oui.*« Ihre Erleichterung zeigte sich schon daran, wie rasch die Worte nun hervorsprudelten. »Ich kenne niemanden mit diesem Namen. Ich glaube, Sie sollten es lieber bei der anderen Nummer versuchen. Das hier ist das Gemeinschaftstelephon – das für die Schüler. Ich bin nur zufällig vorbeigekommen.«

Beim Zuhören hatte Monsieur Pamplemousse seinen Füllhalter aus der Innentasche gezogen und die Kappe abgeschraubt. »Haben Sie diese andere Nummer vielleicht zur Hand? Ich finde sie hier gerade nicht.«

Während er schrieb, bemerkte er eine Bewegung aus dem Innern der Schubkarre. Sie war von lautem Gähnen und einem schmatzenden Geräusch gefolgt. Pommes Frites zeigte endlich wieder eine Lebensregung.

»Und wen verlange ich dort am besten?«

»Wahrscheinlich bekommen Sie Madame Schmidt selbst an den Apparat. Ich habe sie gerade in ihr Zimmer gehen sehen, als ich die Treppe hinaufkam.«

Er bedankte sich bei dem Mädchen, legte auf und bedauerte noch fast im selben Moment seine Eile. Wenn er schon einmal eine gewisse Verbindung aufgebaut hatte, wäre es doch eine gute Idee gewesen, gleich noch einen Schritt weiter zu gehen und herauszufinden, wo sich der Anschluß eigentlich befand. Die Vorwahl deutete auf einen etwas weiter entfernten Ort. Er verglich sie mit einer Liste von Telephonnummern auf dem Nachttisch. Es mußte irgendwo weiter oben in den Bergen sein, in der Nähe von Morzine. Offenbar war es ein Internat oder etwas ähnliches.

Monsieur Pamplemousse starrte einen Augenblick lang versonnen auf das Telephon, dann nahm er den Hörer wieder in die Hand und wählte die Nummer, die das Mädchen ihm genannt hatte.

Diesmal hob fast augenblicklich jemand ab.

»*Institut des Beaux Arbres*, Madame Schmidt am Apparat. Kann ich etwas für Sie tun?«

Er beschloß, den Stier bei den Hörnern zu packen. »*Bonjour, madame*. Das hoffe ich zumindest. Verzeihen Sie die Störung zu so früher Stunde, aber ich bin gerade in der Gegend und sehe mich hier ein wenig um. Wie ich hörte, haben Sie möglicherweise noch freie Plätze?«

»Aber das Schuljahr läuft ja bereits, Monsieur.« Die Stimme zögerte. »Wir haben die Schülerinnen gerne von Anfang an in unserer Obhut, andernfalls gibt es manchmal Probleme. Und das Schuljahr beginnt im September.«

»Das macht nichts. Es hat keine große Eile. Es geht darum, für die Zukunft zu planen. Ich bin in Les Cinq Parfaits abgestiegen, und während meines Aufenthaltes möchte ich mir so viele Mädchenpensionate ansehen wie möglich.«

»Da werden Monsieur es leicht haben. So weit mir bekannt ist, sind wir die einzige Schule in dieser Gegend. Die meisten sind drüben auf der Schweizer Seite des Sees.«

»In diesem Fall wäre es dann wohl das beste, wenn ich Ihnen recht bald einen Besuch abstatten würde.«

»Unsere Broschüre haben Sie schon gelesen?«

»Ich rufe im Auftrag eines Bekannten an. Er ist zur Zeit im Ausland und kann diese Erkundigungen nicht selbst einholen. Ich habe ihm versprochen, mein Bestes zu tun.«

»Ist er Franzose? Die meisten unserer Klienten sind nämlich aus Übersee. Der Spracherwerb bildet einen zentralen Bestandteil unserer Kurse. Eine französische Schülerin dürfte das Vorankommen wohl eher langsam finden.«

»Nein, Madame. Es ist eine englische Familie. Das ist auch der Grund, weshalb ich mich für ihn hier umsehe.«

»Ich verstehe, Monsieur.« Ihre Stimme war deutlich

freundlicher geworden. »Gegen Ende dieser Woche habe ich schon ziemlich viele Termine...«

»Wie wäre es denn heute nachmittag?« Monsieur Pamplemousse wurde so liebenswürdig, wie er nur konnte. »Ich weiß, daß es etwas kurzfristig ist, aber mein Bekannter hat so viel Gutes von Ihrer Einrichtung gehört, und da er doch alle seine drei Kinder unterbringen muß...«

Diesmal herrschte unzweifelhaft Tauwetter. »Dann wollen wir mal sehen... um vier habe ich einen Termin. Sagen wir um halb drei? Damit wäre genügend Zeit, Sie im Haus herumzuführen und auch einmal einen Blick in ein Klassenzimmer werfen zu lassen.«

»Vielen Dank, Madame. Ich werde um zwei Uhr dreißig bei Ihnen sein. *A bientôt.*«

»*Au revoir,* Monsieur.«

Als er auflegte, musterte ihn Pommes Frites neugierig. Während sein Herr mit dem Telephonieren beschäftigt war, hatte er allmählich begonnen, sich ein Bild seiner Lage zu verschaffen. Interessiert betrachtete er die neue Umgebung und schätzte die Szenerie ein, so gut er konnte, wobei sein Gehirn allerdings noch weit davon entfernt war, auf vollen Touren zu arbeiten. Nicht umsonst hatte er Monsieur Pamplemousse bei dessen Reisen über die Autobahnen und Nebenstraßen Frankreichs begleitet und alles mit ihm geteilt: seine Gedanken hinter dem Lenkrad, unzählige Mahlzeiten, die Vordersitze des 2CV und recht oft auch das Hotelzimmer – meistens sogar das Bett darin. Im Laufe der Jahre hatte er Übung darin erlangt, die Gedanken seines Herrn zu lesen. Sein Wortschatz, der trotz seiner Mängel immerhin die Mindestanforderungen des Bildungsministers für die Lehrpläne an französischen Schulen erfüllte, hinderte ihn nicht daran zu erspüren, worum es in einer Unterhaltung ging und woher der Wind wehte.

Im Gegenteil: der Umstand, daß er nur bestimmte Schlüsselbegriffe erkannte, erwies sich oft sogar als leichte Überlegenheit, denn so konnte er sich sofort dem Wichtigsten widmen, während andere, die besser mit Worten umgehen konnten, noch mit dem Drumherum beschäftigt waren. Sein Instinkt sagte Pommes Frites, daß bald etwas geschehen würde.

Die richtige Beurteilung der Lage war eine Sache. Den Rest seines Körpers so zu koordinieren, daß er auf diese Lage auch reagieren konnte, war jedoch eine ganz andere. Er versuchte, das Gewicht ein wenig zu verlagern, erstarrte aber abrupt, als seine Unterlage auf höchst unerfreuliche Weise zu schwanken begann, was seinen Magen sofort rebellieren ließ.

Pommes Frites war einfach noch immer weit von seiner üblichen Form entfernt. Hätte er die Angewohnheit gehabt, Leserbriefe zu Themen von allgemeinem Interesse zu verfassen, so hätte er vermutlich nur allzu gern den Rest des Vormittags in der Schubkarre liegend verbracht und ein tief verbittertes Schreiben an den Lokalanzeiger aufgesetzt, um sich über Hotels zu beschweren, die zwar keine Hunde als Gäste in den Speisesaal einließen, wohl aber Abfalltonnen hatten, die nicht nur unbewacht, sondern auch noch zum Überquellen voll waren. So etwas mußte ja Probleme schaffen. Religion war keine von Pommes Frites' Herzensangelegenheiten, doch wäre ihm die Geschichte von Adams Versuchung im Paradies bekannt gewesen, hätte er gewiß einige recht pointierte Parallelen gezogen. Er wäre auch keineswegs in der Anonymität verblieben, indem er etwa lediglich mit »Angewidert, Evian« unterzeichnet hätte; nein, er hätte kein Blatt vor den Mund genommen und seinen vollen Namen samt Absender angegeben. Ob die Zeitung es riskiert hätte, die

Zuschrift abzudrucken und sich so den Groll von Les Cinq Parfaits einzuhandeln, blieb jedoch reine Mutmaßung: die Entscheidungsfreudigkeit der Redaktion würde stark auf die Probe gestellt werden. Les Cinq Parfaits gehörte zu den wichtigsten Einkommensquellen der ganzen Gegend, und dem Plätschern dieser Quelle lauschte hier jedermann sehr aufmerksam. Immerhin bewässerte sie unzählige verschiedene Aktivitäten und Industrien: vom Champignonzüchter bis zu den Piloten und Wartungsmechanikern der Ausflugshubschrauber, vom Winzer bis zum Motorbootbesitzer, von Zimmermädchen und Milchkuhhaltern bis zu Obstbauern und Fleischern und Lieferanten von Chlorzusätzen für Schwimmbecken. Das Werbeaufkommen hätte leicht eine Einbuße erlitten, womit die Auflagenziffern in Gefahr geraten wären.

Dennoch entsprach ein erzürnter Leserbrief durchaus der Stimmung, in der Pommes Frites sich befand, als er den Kopf gegen die Innenseite der Schubkarre legte und zusah, wie sein Herr mit einer Angelegenheit beschäftigt war, die ihm unübersehbar ernsthaft zu denken gab und unter anderem zu erfordern schien, daß der Inhalt eines kleinen Lederkoffers auf das Bett gekippt wurde.

Beim Anblick dieses Koffers fand Pommes Frites seinen Verdacht bestätigt. Gar kein Zweifel, »da ging etwas vor«.

Den Koffer hatte Hippolyte Duval, der Begründer von *Le Guide*, um die Jahrhundertwende für seine Inspektoren ersonnen, zu einer Zeit also, da Notfälle der einen oder anderen Art etwas ganz Alltägliches waren. Seither war das Grundmodell im Laufe der Jahre liebevoll ergänzt und verbessert worden, bis es eine Perfektion erreicht hatte, die für praktisch jede Eventualität Vorsorge traf; und zwar auch für Eventualitäten, von denen weder der Erfinder noch seine diversen Nachfolger je geträumt hätten, wie

Monsieur Pamplemousse überlegte, während er einen Zwischenboden mit photographischer Ausrüstung abhob und die darunter verstaute Auswahl von Küchengeräten freilegte.

Pommes Frites war über den Inhalt dieses Koffers immer wieder von neuem erstaunt, doch das Erstaunen machte einer gewissen Ratlosigkeit Platz, als er sah, wie Monsieur Pamplemousse nun etwas daraus entnahm, das aussah wie eine einfache dünne Metallscheibe. Dann jedoch gab er der Scheibe mit einer schnellen Handbewegung eine vollkommen andere Form – nun wies sie auf einmal gewisse Ähnlichkeiten mit einer größeren Version der Eiscremebehältnisse auf, die sein Herr gelegentlich mit ihm teilte: die Sorte, die nach Biskuit schmeckte. Hätte sein Herr sich eine Schnur mit den Flaggen sämtlicher Nationen aus dem linken Ohr gezogen, wäre Pommes Frites wohl kaum weniger verblüfft gewesen, und einstweilen jedenfalls lenkte dies seine Gedanken gänzlich von den eigenen Problemen ab.

Sein Herr machte allerdings keine Anstalten, sich auf seinen Lorbeeren auszuruhen. Nachdem er den Kunstgriff mit offenkundigem Wohlgefallen vollbracht hatte, blickte er sich in weiterem Tatendrang im Zimmer um, spähte suchend ins Bad und öffnete diverse Schranktüren, bis sein Blick plötzlich auf einer großen, leeren Flasche haften blieb, die auf dem Kühlschrank stand.

Monsieur Pamplemousse stieß ein zufriedenes Knurren aus, stülpte den eistütenförmigen Gegenstand über den Flaschenhals, hielt beides gegen das Licht und wandte sich dann zu Pommes Frites um, wobei er die Frage »*Une promenade?*« formulierte.

Auch wenn diese Frage inhaltlich eher anspruchslos war und gewiß nicht in dieselbe Klasse so unsterblicher Äußerungen wie Nelsons letzter Satz – »Küß mich, Hardy!« – oder Napoleons »Heute nacht nicht, Joséphine!« fiel, so waren es dennoch Worte, die jeden aufmerksamen Kenner veranlaßt hätten, die Ohren zu spitzen und nach einem Notizblock zu greifen, denn es wäre ihm sofort klar gewesen, daß er das Privileg hatte, einen jener Augenblicke mitzuerleben, die auf die ihnen eigene unscheinbare Art dazu bestimmt sind, zu Momenten von historischer Tragweite zu werden.

In seliger Unkenntnis der Bedeutung der Situation wie auch der tragenden Rolle, die er darin spielen sollte, kletterte Pommes Frites aus seiner Schubkarre und bewegte sich etwas torkelig auf die Tür zu.

Selbst in seinem gegenwärtigen postkomatösen Zustand kannte er den Unterschied zwischen einem Vorschlag und einem Kommando. Seine frühere Ausbildung an der Pariser Sûreté gab ihm hier eine gute Entscheidungsgrundlage. Vorschläge enthielten die Freiheit zur Wahl. Kommandos dagegen war ohne Frage zu gehorchen.

Mit nichts als der Gewißheit, daß die Pflicht ihn rief, folgte Pommes Frites seinem Herrn durch die Seitentür hinaus in die Gartenanlagen von Les Cinq Parfaits.

Es dauerte eine Zeitlang, ehe sie wieder in ihr Zimmer zurückkehrten, und als sie es taten, waren beide in düsterer Stimmung. Jeder hing eigenen Gedanken nach und bemühte sich, dem Blick des anderen auszuweichen.

Das Telephon klingelte, und während sich Pommes Frites auf einem Teppich vor dem Fenster niederließ, stellte Monsieur Pamplemousse Flasche und Trichter behutsam auf den Nachttisch und hob den Hörer ab. Es war ein Anruf aus Paris.

»Pamplemousse, was ist eigentlich los? Ich hatte vor,

Ihnen völlig freie Hand zu lassen, doch soeben erhalte ich höchst beunruhigende Informationen – Informationen, die ich kaum glauben kann und in denen von bestialischen Geschehnissen im Gebüsch vor dem Speisesaal die Rede ist. Es haben sich verschiedene Gäste beschwert. Manchen von ihnen hat es derart den Appetit verdorben, daß sie ihr Geld zurückverlangten. Ich würde ja gerne annehmen, daß es sich um eine Verwechslung handelt, doch hat die Beschreibung der beiden Beteiligten nur allzu gut auf Sie und Pommes Frites gepaßt. Ich verlange eine Erklärung.«

Monsieur Pamplemousse holte tief Luft. In Unterhaltungen mit dem Direktor konnte man die einen bedrängende Stimme hin und wieder – durch Herunterlassen geeigneter Jalousien – auf den kürzestmöglichen Weg umlenken: direkt zum Ausgang durch das andere Ohr. Hier jedoch handelte es sich zweifellos um keine derartige Gelegenheit. Es war vielmehr ganz eindeutig ein Moment, in dem es nötig war, sich durchzusetzen, mit drastischer Autorität aufzutreten und ein für allemal die Grenzen zu ziehen.

Er sprach längere Zeit, wobei er seine Worte mit Bedacht wählte: Worte, die sehr höflich und dabei doch auch nicht ohne Spitzen waren; deutliche Worte, die seine Gefühle mit äußerster Klarheit und Präzision ausdrückten; Worte, die keinen Spielraum für irgendwelche Zweifel ließen. Als er geendet hatte, setzte er sich aufs Bett und tupfte sich die Stirn trocken, während er darauf wartete, daß das Gewitter losbrach. Pommes Frites fixierte seinen Herrn mit neuem Respekt, da ihm bewußt war, wie tapfer dieser sich soeben geschlagen hatte.

Es entstand eine lange Pause. »Verzeihen Sie mir, Aristide.« Der Direktor klang aufrichtig zerknirscht. »Ich stehe hier unter ganz erheblichem Druck, müssen Sie wissen. Sie sind mitten im Kampfgebiet und Ihnen machen Langstreckengeschosse unsichtbarer Gegner zu schaffen – aber ich stehe ebenfalls unter Beschuß. Nur setzt man mir die Pistole gleich direkt an den Kopf. Ich habe die ganze Nacht kaum geschlafen.«

»*Pardon, monsieur le directeur.*« Monsieur Pamplemousse unterbrach ihn, ehe der Direktor in seinem emotionalen Ausbruch allzu weit kommen konnte: wenn er erst einmal anfing, ließ er sich meist nur schwer bremsen. »Mit Verlaub, es muß mir gestattet sein, die Dinge auf meine Art und in meinem eigenen Tempo zu erledigen. Ich habe bereits, so glaube ich, beträchtliche Fortschritte erzielt. Nun gibt es Spuren, denen es nachzugehen gilt; es gibt Fakten, die eingeordnet und erwogen sein wollen. Allerdings scheint mir, daß noch jemand anders hier in Les Cinq Parfaits wohnt, der ebensoviel wie ich – möglicherweise noch mehr – darüber weiß, was hier vorgeht, und der über jeden meiner Schritte bestens informiert ist. Ja, nicht nur informiert«, fügte er mit einigem Zorn hinzu, »sondern auch nur allzu eifrig dabei, sie so rasch wie möglich weiterzumelden. Dann lassen Sie diesen anderen doch gleich die Schmutzarbeit machen.«

»Das ist nicht möglich, Aristide. Weshalb, darf ich Ihnen nicht sagen, aber Sie haben mein Wort: es ist nicht möglich. Es gibt da, wie ich neulich schon sagte, höchst komplexe Mechanismen. Wer weiß da schon genau, was was ist, oder auch, wer wer ist? Würde ich Ihnen von manchen der Machenschaften erzählen, die mir während der letzten zwei Tage zu Ohren gekommen sind... Sie würden es mir womöglich gar nicht glauben.«

Monsieur Pamplemousse klemmte sich den Hörer unter das Kinn und nahm die Flasche mit Pommes Frites' Probe in die Hand. Er hielt sie gegen das Licht. Château

Pommes Frites. Der direkte Vergleich mit dem Original würde sofort einen schwachen Jahrgang erkennen lassen: man sähe den deutlichen Stich ins Orangefarbene. Vielleicht ein 63er? Das war das Jahr mit dem harten Winter, dem ein verregneter Sommer gefolgt war, was den Reben recht ärmliche Wachstumsbedingungen beschert hatte. Aber das ließ sich nur im direkten Vergleich bemerken. Für sich genommen, sah der Inhalt der Flasche recht ordentlich aus.

Dem Chef war offenbar nicht klar, daß er mit seinen Anmerkungen Eulen nach Athen trug. Monsieur Pamplemousse wußte nur zu genau, was alles hinter den Kulissen der Politik ablief. Keine Kommunikation zwischen den Dienststellen. Selbstherrliche Kleinkaiser. Das Parkinsonsche Gesetz, das einem Vorgesetzten nahelegt, statt eines persönlichen Assistenten lieber zwei zu ernennen, da ihm dies die Möglichkeit gibt, die Arbeit so unter die beiden aufzuteilen, daß keiner von ihnen genug Überblick bekommt, um eine potentielle Bedrohung darzustellen. Rivalität zwischen den Abteilungen. Kleinliches Machtgerangel. Korridore, die nirgendwo hinführen außer zu versperrten Türen. Er hatte das seinerzeit oft genug erlebt. Leere Gesichter. Dinge, die rundheraus abgestritten werden, obwohl jeder genau Bescheid darüber weiß. Manchmal fragte er sich, wie Regierungen überhaupt funktionierten.

Und während er sich die bange Frage stellte, ob er selbst womöglich auch nur ein Bauer im Spiel der Könige war, griff er etwas abwesend nach dem Korken, der seit der vorigen Nacht immer noch neben dem Eiskübel lag. Da er in der Zimmerluft trocken geworden war, ließ er sich ziemlich problemlos in die Flasche hineindrücken, und es erforderte nur einen leichten Schlag mit dem Handballen, um sie zu verschließen. Nur ein winziges Loch zeigte die Stelle, an der ihn der Korkenzieher durchbohrt hatte.

Als Monsieur Pamplemousse die Flasche nun nochmals gegen das Licht hielt, kam ihm ein boshafter Gedanke. Durelle war zwar kein Dummkopf, aber da das Etikett noch völlig unbeschädigt war, könnte der Streich trotzdem gelingen.

»Ja, Chef, ich höre Ihnen noch zu.« Nun war er entschieden vergnügter. Er konnte es gar nicht erwarten, seinen Schabernack in die Tat umzusetzen. Natürlich mußte er der Flasche noch eine kurze Nachricht mitgeben. Etwas in der Art von: »Pommes Frites wieder auf dem Weg der Besserung. Behandlung nicht mehr nötig. Anbei ein kleines Zeichen meiner Aufmerksamkeit. Viel Freude damit. Aristide.«

Es stimmte ja auch: in Pommes Frites' Augen lag schon wieder ein fröhliches Funkeln. Mit jeder Minute wurde er lebhafter. Der Spaziergang und die folgende Jagd durch den Garten schienen ihm gut getan zu haben.

Monsieur Pamplemousse schob die Stanniolkappe über den Flaschenhals und drückte sie behutsam an. Der Weinkellner hatte gute Arbeit geleistet. Abgesehen davon, daß er ebenfalls aus der Auvergne stammte, war er sicherlich auch Steinbock: ein doppelter Perfektionist. Die Weinflasche sah nun aus wie neu.

»*Oui*, Monsieur. Seien Sie ganz beruhigt, ich werde Sie anrufen, sobald es etwas zu berichten gibt. Möglicherweise schon heute abend.«

»Ach, und Aristide...« Der Direktor zögerte und schluckte dann hörbar. »Verzeihen Sie meine Ungeduld. Es ist immer schwerer für uns, die wir in der Etappe zurückbleiben. Die Dinge nehmen dann einfach andere Proportionen an.«

»Selbstverständlich, Monsieur. *Au revoir,* Monsieur.«

Er öffnete den Kühlschrank und stellte die Flasche neben die andere in das Türfach. Im künstlichen weißen Licht des Kühlschrankinneren und mit dem wie neu wirkenden Stanniolverschluß ließ sich nun fast überhaupt kein Unterschied mehr erkennen. Wenn Farbe das einzige Kriterium war, hätte Pommes Frites gute Aussichten auf eine Medaille bei der alljährlichen Pariser Weinmesse. Allerdings gehörte zu der Nachricht für Durelle noch ein Postskriptum, sonst würde er Verdacht schöpfen. Das Geschenk war einfach zu kostbar. »Genehmige dir diesen feinen Tropfen auf Kosten des Hauses. Madame Grante zahlt.« Das würde auch Durelles Sinn für Humor ansprechen: Madame Grante von der Buchhaltung war berüchtigt dafür, daß sie keinen Franc freiwillig hergab.

Er sah auf die Uhr. Für ein Mittagessen im Restaurant reichte die Zeit wohl nicht mehr. Er hatte ohnehin keine Lust auf einen Spießrutenlauf zwischen all den Gästen, die Zeugen seiner Aktivitäten im Gebüsch geworden waren. Außerdem könnte es ihm Pommes Frites übelnehmen, wenn er schon wieder allein speisen mußte. Vielleicht wäre ein Imbiß am Pool die Lösung. Er hatte dort eine Platte mit kaltem Aufschnitt stehen gesehen. Eine Kostprobe der hiesigen *charcuterie*: ein paar *saucisses de Morteau et de Montbéliard* – die mit Kreuzkümmel aromatisierte Spezialität der Region –, Schinken aus Chamonix, getrocknet in der frischen Bergluft, etwas Salat und dann noch ein wenig *Beaufort* oder *Comté*, am besten vielleicht von beiden. Wenn sie dort ein bißchen auf Draht waren, gab es zum Abschluß eventuell sogar ein Stück Heidelbeerkuchen – oder eine letzte Portion Himbeeren: lange hatte das Restaurant bestimmt keine mehr übrig.

Wenn er Glück hatte, hatten sie einen Schaumwein aus

Seyssel – der nördlichsten aller Weingegenden an der Rhone und der zweitbesten nach der Champagne. Ein oder zwei Glas davon würden ihm für die kommenden Stunden gewiß gut tun. Zum Rest der Mahlzeit konnte er einen frischen Rosé trinken, etwa einen Arbois, der leicht genug war, um nicht schläfrig zu machen oder die Gedankengänge allzusehr zu verlangsamen.

Pommes Frites erhob sich und begleitete ihn zur Tür.

Draußen drehte Monsieur Pamplemousse die Karte am Türknauf herum: nun zeigte sie nicht mehr das Bild eines Mädchens in weißem Kleid und einem altmodischen Häubchen, das schlummernd unter einem Walnußbaum lag, sondern dasselbe Mädchen mit einem Federmop bei der Arbeit. Ein Stück weiter im Gang stand ein großer Rollwagen, der mit Laken und Handtüchern, Evian-Wasserflaschen, Seifestücken und Parfumflacons beladen war. Aus einer offenen Tür drang lebhaftes Gemurmel und unterdrücktes Kichern. Das Zimmerpersonal näherte sich hörbar.

Als sie sich auf den Weg machten, warf er einen Blick auf Pommes Frites. Der sah auf und wedelte mit dem Schwanz. Ein gutes Zeichen. Fast unverzüglich folgte noch ein zweites gutes Zeichen, denn Pommes Frites fuhr sich mit der Zunge über die Schnauze, und er wenn dies tat, dann konnte das nur eines bedeuten: das Leben kam wieder in normale Bahnen.

L'Institut des Beaux Arbres

Monsieur Pamplemousse brauchte weit länger als geplant, um zum *Institut des Beaux Arbres* zu gelangen, und noch länger, um den Eingang zu finden, der halb versteckt hinter einer Gruppe von Tannen lag.

Indem er darüber nachdachte, wie trefflich das Pensionat doch benannt war (die meisten dieser *arbres* waren nicht nur *beaux*, sondern außerdem auch *très grands* und bedurften dringend eines gärtnerischen Schnitts), hielt er den Wagen vor einem großen schmiedeeisernen Tor an, das unter einem Bogen aus gemeißeltem Stein die Zufahrt versperrte, stieg aus und drückte die Klingel. Eine körperlose Stimme drang aus einem kleinen Gitter über dem Knopf. Er nannte seinen Namen, und fast im selben Moment ertönte ein Schnarren aus der Richtung des Tors, wo ein elektrischer Riegelhalter zurücksprang. Mit einem Klicken verstummte der Lautsprecher wieder, was seine Entschuldigung wegen der Verspätung noch vor dem ersten Wort abschnitt. Er sah auf die Uhr. Es war kurz vor drei.

Das Mittagessen war eben doch eine längere Angelegenheit geworden. Anscheinend hatte sich seine extravagante Getränkewahl herumgesprochen, denn diesmal umschwirrte noch ein zweiter *sommelier* wie ein diensteifriger Schmetterling seinen Tisch und schlug ihm die *carte des vins* gleich auf der Seite auf, die er offenbar preislich für angemessen hielt. Auf diese Anregung des Kellners hin war er schließlich schwach geworden und hatte sich zu einer ganzen Flasche Pouilly Fumé hinreißen lassen, statt des halben Liters Rosé, der ihm vorgeschwebt hatte: es wurde also ein 82er Baron de »L« aus dem Weingut der Familie Ladoucette in Pouilly-sur-Loire. Diese Köstlichkeit ließ ihn eine Notiz abfassen, die festhielt, das Erlebnis bei nächstbester Gelegenheit zu wiederholen – falls Gott, *monsieur le directeur* und Madame Grante in der Buchhaltung ihm dies erlaubten.

Der Wein in Verbindung mit den Köstlichkeiten einer kalten Platte, die vor Verlockungen geradezu geächzt hatte, gemischt mit einer etwas langwierigen, dafür aber sehr gründlichen Überprüfung aller *doudounes*, die sich währenddessen am Swimmingpool der geneigten Begutachtung zur Schau stellten, hatte ihm am Ende nur eben noch die Zeit gelassen, in sein Zimmer zurückzuhasten, die Flasche mit Pommes Frites' Urinprobe aus dem Kühlschrank und seine Leica aus der Schachtel zu holen, um dann nicht minder überstürzt nach Evian zu fahren, wo sich der nächstgelegene Bahnhof befand. Er war schon längst wieder zur Tür hinaus, als das Zimmermädchen, das im Badezimmer die Vorräte an Duftwässern und Waschlotionen auffüllte, schließlich begriff, daß gerade jemand im Zimmer gewesen war.

Die Fahrt nach Evian hatte sich hingezogen. Die sonst ruhige Seeuferstraße war belebter als sonst. Lausanne auf der anderen Seite des Genfer Sees hüllte sich in Herbstnebel, die Hügel dahinter waren kaum noch zu erkennen. In einem Dorf stand eine schauerliche, lebensgroße und bunt bemalte Kuh aus Pappe und betrachtete ihn kummervoll, während er ungeduldig in der Schlange wartete, die sich hinter einem Lieferwagen vor einer *épicerie* gebildet hatte. Sie wirkte entschieden weniger glücklich als die lebendigen Exemplare auf den Wiesen, die er von der Straße aus gesehen hatte, und er konnte es ihr nicht verübeln.

Hinter Evian nahm er die D22 und bog dann nach links in die Berge ab; die Straße wurde immer schmaler und gewundener. An den Hängen verstreut standen kleine Chalets aus Holz mit fest verriegelten Fenstern. Daneben sah man Stapel von frisch gehackten Holzscheiten, die für den kommenden Winter bereit lagen. Die Häuschen erinnerten an Spieluhren und sahen einander zum Verwechseln ähnlich, so daß er gar nicht überrascht gewesen wäre, wenn sie auf der Rückseite riesige Schlüssel gehabt hätten, mit denen sie im Frühling wieder aufgezogen würden.

Allmählich wurden die Chalets seltener, und an ihre Stelle traten vereinzelte Bauernhöfe; die Straße wurde steiler, der Abhang zunehmend jäher, was Überholmanöver immer mehr erschwerte – sogar einige Radfahrer waren nun im Weg, die ein letztes Mal die günstige Witterung ausnutzten und sich mit gesenkten Köpfen und muskulösen Oberschenkeln mühsam die Steigungen hinaufkämpften. Weshalb waren Radfahrer eigentlich immer nur bergauf und so selten bergab unterwegs? Der Sport wirkte quälend und schmerzensreich, obwohl auch er ihn betrieben hatte, als er in diesem Alter gewesen war. Es gab kaum einen Berg in der Auvergne, an dem er sich in seiner Jugend nicht versucht hatte, und es mußte ihm damals wohl Spaß gemacht haben.

Als ihn ein mit Sand beladener Lastwagen endgültig zum Dahinschleichen nötigte, nutzte Monsieur Pamplemousse die Gelegenheit, sich darüber Gedanken zu machen, weshalb er diese Erkundungsfahrt überhaupt unternahm. Im Grunde ging er ja nur einer leisen Ahnung nach: einem Gefühl, das er nicht einmal in Worte hätte fassen können. Aber so war es eben; so war es immer gewesen. Wie oft war er einfach seiner Nase gefolgt, ohne irgendwelche Fakten in der Hand zu haben? Genau das war ja die

Kunst dabei. Am Anfang hatte man ein Problem. Dann stellte man die verfügbaren Fakten zusammen und ordnete sie irgendwie. Im schlimmsten Fall ging das so, daß man sie alle in einen Hut warf und gut durchmischte. Und dann verließ man sich auf seine Nase.

Holmes hätte es genauso gemacht. Außer daß er alle Nachforschungen natürlich mit traumwandlerischer Sicherheit aus seinem bequemen möblierten Zimmer heraus angestellt hätte. Monsieur Pamplemousse versuchte sich auszumalen, wie Watson wohl von Holmes instruiert worden wäre, bevor ihn dieser mit einer Ponykutsche ins Gebirge geschickt hätte.

Zunächst war da einmal die Tatsache, daß Jean-Claude sein Verschwinden nicht geplant hatte; das stand fest. Wäre es anders gewesen, hätte er bestimmt mehr Gepäck mitgenommen. Alle seine Toilettenartikel schienen am Platze zu sein, und nichts deutete darauf hin, daß irgendwelche Kleider oder Koffer fehlten.

Zweitens war Jean-Claude in der Gegend gut bekannt. Hätte er einen Zug oder einen Autobus benutzt, wäre er dabei gesehen worden – immer vorausgesetzt, Albert Parfait sagte die Wahrheit, aber abgesehen von einem vagen Gefühl, daß der Mann aus sehr privaten Gründen nicht ganz aufrichtig war, gab es einstweilen keinerlei Grund, warum er ihm ins Gesicht lügen sollte. Jean-Claudes Wagen stand noch in der Garage von Les Cinq Parfaits – womit das Ganze zum Rätsel wurde. Es bewies allenfalls, daß er nicht allzu weit weg sein konnte, oder daß er mit jemand anderem mitgefahren war.

Drittens war da die merkwürdige Begegnung im Wald. Viertens die ausgeschnittenen Wörter, die er unter Jean-Claudes Schreibunterlage entdeckt hatte. Ob und wie sie in die ganze Angelegenheit hineinpaßten, war einstweilen noch schleierhaft. Daß sich aus dem Puzzle irgendein Erpresserbrief ergab, lag auf der Hand, aber was er mit Jean-Claudes Verschwinden zu tun hatte, stand auf einem ganz anderen Blatt.

Und schließlich gab es noch die Photographie des jungen Mädchens, die Monsieur Pamplemousse zusammen mit der Liste von Telephonnummern in der Tasche hatte. Zweifellos war dieses Mädchen der Grund für Jean-Claudes Besuche im Blumenladen gewesen, und mit größter Wahrscheinlichkeit handelte es sich bei ihr um eine Schülerin des *Institut des Beaux Arbres*. Sie war im richtigen Alter, sie war Engländerin, und es war das einzige Internat der Gegend.

Haarnadelkurven, die talseitig von niedrigen Steinmäuerchen oder metallenen Leitplanken gesichert wurden – an manchen Stellen, wo ein Fahrer eine Biegung zu schnell genommen hatte, waren sie ziemlich verbeult und verbogen –, zwangen den Lastwagen vor ihm, fast auf Schrittempo abzubremsen. Entnervt hielt Monsieur Pamplemousse in einer Haltebucht, um die Karte zu konsultieren. Der Blick zu seiner Rechten ins Tal war atemberaubend. Auf einem Feld direkt unter ihm stand eine alte Frau tief gebückt über einem Haufen frisch geernteter Kartoffeln. Weiter unten pflückte ein Mann Obst. Ein Geräusch wie tausend Glokken, die alle auf verschiedene Töne gestimmt waren, drang von sauber parzellierten Weideflächen herauf, auf denen Kühe und Schafe das saftige Gras fraßen. Hie und da sah man auf den Weiden alte weiße Porzellanbadewannen, die mit Wasser zum Saufen für das Vieh gefüllt waren; die edlen Spender waren inzwischen zu Wohlstand gekommen und hatten um des Fortschritts willen die Erbstücke im Badezimmer gegen bunte Garnituren aus Kunststoff oder Glasfaser eingetauscht.

Im Weiterfahren stellte er sich die Frage, ob Albert wohl von der Existenz des Mädchens wußte. Und wenn ja, war er damit einverstanden? Bis auf die Altersfrage fand Monsieur Pamplemousse eigentlich keinen Grund zur Mißbilligung. Hätte er selbst einen Sohn, wäre er über eine solche Verbindung vermutlich mehr als erfreut. Und wenn er es recht bedachte: wäre das Mädchen seine Tochter, hätte er ebensowenig dagegen. Oder? Jean-Claude war fraglos ein schwieriger Partner. Die Frau, die ihn heiratete, mußte schon etwas Besonderes sein; sie erwartete kein leichtes Leben. Albert würde es allerdings sehr ungern sehen, wenn sein Sohn von der einmal gewählten Laufbahn abwich – oder vielmehr von der Laufbahn, die er für ihn gewählt hatte. Zwar hatte Jean-Claudes Abwesenheit schon einige Unruhe verursacht, aber eine Familienintrige steckte wohl kaum dahinter. Außerdem dürfte eine Braut, die die Erziehung einer Mädchenpensionats genossen hatte, wo sie mit gesellschaftlicher Etikette vertraut gemacht wurde, geradezu ideal sein.

Er versuchte, sich die junge Frau noch einmal vorzustellen, wie sie im Restaurant gesessen hatte: sie hatte weitaus verletzlicher gewirkt als auf der Photographie. Da sie allein und sichtlich besorgt gewesen war, tappte sie vermutlich ebenso im Dunkeln wie er. Er stellte fest, daß er ihr sehr gern helfen wollte, falls ihm dies möglich war.

Kurzfristig spielte er mit dem Gedanken, Madame Schmidt einfach rundheraus zu fragen, ob er das Mädchen sprechen könne. Sie konnte es ihm kaum abschlagen. Andererseits hatte er sich diese Möglichkeit wohl selbst versperrt; ein falsches Wort, und seine ganze Geschichte würde auffliegen. Madame Schmidt würde ihm dann wohl kaum noch glauben, daß er nur ein Freund der Familie war, der zufällig in der Gegend Urlaub machte.

Er sah den Wegweiser für die Abzweigung zum Institut einen Augenblick zu spät. Mit dem 2CV zurückzustoßen, war nicht leicht, vor allem weil Pommes Frites langsam Anzeichen dessen zeigte, was die amerikanischen Astronauten in ihrem eigenartigen Fachjargon *stomach awareness*, »Magenbewußtsein« nannten. Er saß mit schmerzverzerrter Miene kerzengerade neben ihm und blickte weder nach rechts noch links, als hätte das ganze Problem gar nichts mit ihm zu tun – und fairerweise mußte man zugeben, daß dies zutraf.

Die Straße, die zur Schule hinaufführte, war noch schmaler. Erstaunlicherweise schien ihre Existenz den Leuten von Michelin unbekannt geblieben zu sein, denn sie versagten ihr sogar die zweifelhafte Ehre, als gestrichelte schwarze Linie auf der Landkarte zu erscheinen. Kurz vor der Einfahrt stand ein Verkehrszeichen, das vor Steinschlag warnte.

Er öffnete das Tor, fuhr hindurch und hielt dann nochmals an, um es hinter sich zu schließen. Der Riegel fiel klikkend ins Schloß. Madame Schmidt war um das Wohl ihrer Schülerinnen sichtlich besorgt. Der Parkplatz beim Tor war groß genug, um eine ganze Flotte von Limousinen aufzunehmen. Die Straße führte in ein kleine Senke, und ein paar hundert Meter weiter kam man an eine Kreuzung mit einem ganzen Wald von Schildern, die in verschiedene Richtungen wiesen: nach links ging es zu den Personalwohnungen und dem Lieferanteneingang; geradeaus zum Freizeitgelände, den Chalets der Schülerinnen und dem Besucherparkplatz; das Hauptgebäude lag rechts.

Drei Autos standen vor dem Haus geparkt: ein schwarzer Mercedes 220 mit Schweizer Kennzeichen und zwei Peugeot 505 – der eine hatte eine Nummer aus der Gegend, der andere die 75 für Paris. Der Wagen aus Paris sah aus, als wäre er vor kurzem durch ein schweres Gewitter gefahren. Beide Seiten waren bis fast auf Fensterhöhe mit Schlamm bespritzt, und das einzige Saubere an dem ganzen Auto war der Wischerbereich auf der Windschutzscheibe. Wer immer darin gesessen hatte, war sehr in Eile gewesen.

Madame Schmidt wartete in der Tür, um ihn zu begrüßen. Sie sah aus, als sei sie es gewohnt, daß sich ihre Besucher verspäteten. Seine Entschuldigungen wurden mit einer Handbewegung abgetan.

Pommes Frites schien es ganz und gar nicht übelzunehmen, daß er im Wagen bleiben sollte; ganz im Gegenteil. Er setzte eine Miene auf, die besagte: »Ich stehe über den Dingen – wir sehn uns irgendwann schon wieder« und machte es sich auf dem Fahrersitz bequem, um dort den weiteren Gang der Dinge abzuwarten. Als sich die Tür des *Institut des Beaux Arbres* hinter seinem Herrn schloß, blickte er trotzdem noch einmal kurz auf und registrierte mechanisch die rasche Bewegung hinter einem der Fenster: einen Vorhang, der hastig zugezogen wurde. Nachdem er diese Information für den Fall, daß sie je gebraucht würde, im Hinterkopf gespeichert hatte, schloß er die Augen und schlief wieder ein.

Im Innern des Hauses prägte auch Monsieur Pamplemousse seinem Gedächtnis diverse Dinge ein. Nicht nur den zurückhaltenden, aber unzweifelhaften Luxus des Mobiliars und die Qualität der Teppiche, sondern auch die Erscheinung von Madame Schmidt selbst. Sie war nicht ganz so, wie er sie sich vorgestellt hatte, und es war sehr schwer zu sagen, was genau der Grund dafür war. Gegenüber Angehörigen des Lehrberufs hatte er immer ein etwas unwohles Gefühl; sie neigten dazu, einem Vorträge zu halten, oder sie stellten Fragen, die Antworten verlangten.

Aber da war noch etwas anders. Während er ihr durch die Eingangshalle folgte, spürte er einen Widerspruch in ihrem Verhalten. Am Telephon hatte sie nervös und gehetzt geklungen, während er sie in der jetzigen Unterhaltung durchaus als Herrin der Lage erlebte. Vielleicht lag es einfach nur daran, daß sie hier auf vertrautem Boden agierte, aber er spürte irgendwie, daß es noch eine andere Erklärung geben mußte.

Er schätzte sie auf Mitte sechzig. Bei manchen Menschen ist das Alter schwer zu bestimmen, vor allem wenn sie die Mittel besitzen, ihr Äußeres zu pflegen. In ihrem Alter und mit ihrer gütigen Art hätte sie jedermanns »liebe Tante« sein können, wäre ihr graues Haar nicht ganz so makellos frisiert und ihre Haut nicht so glatt und faltenlos gewesen. Sie entzog sich jeder raschen Einordnung. Ihre Seidenbluse zeugte von Pariser Eleganz statt des hier üblichen Kurortgeschmacks, der eine starke Tendenz zum »Praktischen« hatte. Schwere Juwelen schmückten ihre langen, schmalen Finger, die tadellos manikürt waren. Er fing einen Hauch von teurem Parfum auf, als sie an der Tür zu ihrem Arbeitszimmer stehenblieben. Um den Lebensstil zu ermöglichen, den sie ganz eindeutig gewohnt war, mußte entweder das Schulgeld am *Institut des Beaux Arbres* sehr hoch sein oder sie besaß anderweitige Finanzquellen.

Sie bot Monsieur Pamplemousse einen bequemen Sessel an und reichte ihm einen Ordner, ehe sie selbst hinter einem Schreibtisch vor dem Fenster Platz nahm, so daß sie das Licht im Rücken hatte. Nachdenklich faltete sie die Hände. Monsieur Pamplemousse fühlte sich auf einmal in die Schulzeit zurückversetzt – als stünde ihm gleich ein Kreuzverhör wegen eines eingeworfenen Fensters im Turnsaal bevor.

»Aus diesem Ordner wird Ihr Bekannter alles erfahren, was er wissen will – an praktischen Einzelheiten, meine ich. Die meisten Informationen finden sich in der Broschüre: das übrige Material sind Anmeldeformulare, Details zu den einzelnen Kursen, die wir anbieten, die Einzelheiten über Anfang und Ende der Semester, Gebühren und so weiter. Schließlich noch der Antrag für eine Unfallversicherung und Informationen für Notfälle.«

»Sie haben offenbar an alles gedacht«, murmelte er.

Madame Schmidt neigte leicht den Kopf. »Unser Institut besteht seit über dreißig Jahren.«

Ihr kaum wahrnehmbarer Akzent ließ sich ebenfalls nur schwer einordnen. Er war beinahe *zu* perfekt. Monsieur Pamplemousse hatte das Gefühl, daß sie keine geborene Französin war. Diesen Eindruck bestätigte sie selbst, noch ehe er Zeit hatte, den Ordner zu öffnen.

»Ich bin in England geboren. Mein Mann ist Deutschschweizer, und so können wir zusammen den Unterricht in den meisten Fremdsprachen selbst bestreiten. Die meisten unserer Schülerinnen sprechen nur Englisch, wenn sie zu uns kommen. In der Mehrzahl *sind* es auch Engländerinnen.«

Monsieur Pamplemousse blätterte den Ordner durch und wandte sich dann der Broschüre zu. Mit Weitwinkel aufgenommene Photos zeigten das *Institut des Beaux Arbres* in einer mehr als günstigen Einstellung: das Haus selbst wirkte jedenfalls viel größer als in Wirklichkeit. Doch wenn die Bilder auch einen etwas irrigen Eindruck vermittelten, so machte der Lehrplan diese kleine Täuschung durchaus wett. Er überflog rasch die Liste. *Nouvelle* und *haute cuisine* – bei dem Gedanken daran, pro Semester über hundertfünfzig Rezepte zu lernen, schwirrte ihm der Kopf. In dem Fach Haushaltslehre gab es Unterricht im Einstellen und Überwachen von Dienstpersonal, im Bügeln und Wäschewaschen (sowohl von Hand wie mit der Maschine) – vermutlich für jene, die sich kein Personal leisten konnten – sowie im Warten von Kraftfahrzeugen (Overalls wurden gestellt). Das Protokoll umfaßte *savoir-vivre*, die Kunst der Konversation sowie Theorie und Praxis der Organisation von Taufen und Kindergeburtstagen – dies wohl für jene, die während des sonstigen Unterrichts nicht gelernt hatten, in ausreichend vielen Sprachen nein zu sagen. Eleganz und Benimm wurden ebenso unterrichtet wie das Arrangieren von Blumen (je nach Jahreszeit). Es gab Stunden in Kinderpsychologie, Maschinenschreiben, Bridge, Malen und Töpfern. Die Liste schien endlos. Er dachte an Jean-Claude.

»Eine junge Frau, die all diese Dinge beherrscht, dürfte sehr begehrt sein.«

»Einige unserer Schülerinnen haben in die besten Familien Europas eingeheiratet«, sagte Madame Schmidt selbstzufrieden. »Sie sind dort sogar äußerst gefragt.«

Nach einem Prospekt über zusätzliche kulturelle Ausflüge, darunter Besuche in einer Genfer Glasfabrik und in der Küche eines Restaurants bei Lausanne (das wäre wohl das Haus von Girardet) bekam Monsieur Pamplemousse ein weiteres Blatt in die Hand, das sich mit den verschiedenen angebotenen Sportarten befaßte: Reiten, Windsurfen, Wasserski, Segeln, Klettern, Golf, Eislaufen, Skifahren. Er zuckte zusammen, als er beim Blättern plötzlich auf ein vertrautes Photo stieß: es zeigte eine Gruppe von Männern auf Skiern. Zum letzten Mal hatte er es in seinem Hotelzimmer gesehen, als es aus Jean-Claudes Umschlag gefallen war. Die Bildunterschrift lautete *Nos professeurs de ski*.

»Sie haben eine ständige Mannschaft von Skilehrern?«

Er versuchte, die Frage so beiläufig wie möglich klingen zu lassen.

»Natürlich. Im Sommer erfüllen sie selbstverständlich andere Aufgaben. Aber wir wahren auch hier gerne eine gewisse Kontinuität.« Madame Schmidt betrachtete ihn über den Schreibtisch hinweg. »Ehe wir uns nun auf einen kurzen Rundgang durch das Institut machen, sollten Sie vielleicht gleich noch das Aufnahmeformular ausfüllen, um uns einige Details über die Kinder Ihres Bekannten mitzuteilen. Sie werden verstehen, daß wir fast immer eine lange Warteliste haben, weshalb wir eine gewisse Auswahl treffen müssen. Es kann eine Weile dauern.«

Die Andeutung, seines Freundes Kinder wären unter Umständen nicht gut genug für den Standard am *Institut des Beaux Arbres*, entging Monsieur Pamplemousse keineswegs. Hätte er ein exotischeres Automodell als einen *deux chevaux* gefahren, wäre die Frage allerdings wohl kaum gestellt worden.

»Ich denke, ihre Herkunft wird Sie gewiß zufriedenstellen. Sie werden Referenzen von allerhöchster Stelle erhalten. Einstweilen jedoch habe ich nicht die Erlaubnis, den Namen meines Bekannten zu nennen – aus diplomatischen Erwägungen, Sie verstehen...« Eine kaum merkliche Änderung in Madame Schmidts Fingerhaltung zeigte ihm, daß er aus irgendeinem Grunde das Falsche gesagt hatte. »›Diplomatisch‹ meine ich natürlich in dem Sinne, daß es mir nicht zusteht, seiner Entscheidung vorzugreifen, ohne die Angelegenheit zuerst mit ihm zu besprechen.« Madame Schmidt entspannte sich sichtlich.

»Sie sagen also, er hat *drei* Töchter? Wenn Sie dann einfach nur ihre Vornamen eintragen und einige kurze Details über ihr Alter und bisherige Schulbildung angeben möchten... vielleicht noch die Haarfarbe... etwaige besondere Interessen...«

Monsieur Pamplemousse sank das Herz in die Hose, als er nach seinem Füllhalter griff. Vom englischen Bildungssystem besaß er nämlich nur höchst verschwommene Kenntnisse, außer daß *public schools* alles andere waren als das, was ihre Bezeichnung vermuten ließe.

Namen wie Eton und Harrow fuhren ihm durch den Kopf, aber er hatte das dumpfe Gefühl, daß dort nur Jungen zugelassen waren; es war eine englische Sitte, die Geschlechter schon in frühem Alter zu trennen, was dann später beträchtliche Probleme hervorrief. Ein Kollege hatte einmal in Boulogne eine bizarre Begegnung mit einigen Mädchen aus einer Schule an der Kanalküste gehabt; es beschäftigte ihn immer noch, deshalb schilderte er manchmal in der Kantine erregende Einzelheiten. Der Versuch lohnte jedenfalls.

»Sie gehen auf eine Schule an der englischen Südküste. Irgendwo bei Brighton. Das ist das mit dem *Brighton Rock.*« Das hatte zu der Geschichte gehört. Die Zuhörer waren alle völlig gefesselt gewesen.

»Roedean?« Madame Schmidt klang beeindruckt.

»Roedean.« Endlich hatte er eine Information. Leider war der Name nicht eben leicht zu buchstabieren. Noch schlimmer als dieser Ort bei London, dessen Selbstlaut man zwar wie in *»rough«* schrieb, aber wie in *»cow«* aussprach. Diese Sprache war wirklich voller Fallstricke. Er strich seinen ersten Versuch durch und fing von vorn an. Nun sah es noch unwahrscheinlicher aus, und er war heilfroh, daß er sich nicht selbst um die Aufnahme an der Schule bewarb.

»Alle drei sind in Roedean?«

»Mein Bekannter ist sehr wohlhabend.« Er zermarterte

sich das Hirn nach passenden Vornamen. Schrecklich, wie in solchen Situationen das Denken manchmal geradezu aussetzte. Es war schlimm genug, sich in der eigenen Sprache Namen ausdenken zu müssen, aber auf englisch! Immerhin war da die Tochter seiner Vermieterin in Torquay gewesen, wo er während seines Englandaufenthaltes gewohnt hatte. Sie hatte ihn über weit mehr als nur sprachliche Unterschiede aufgeklärt. Die *entente* zwischen den beiden Ländern war wohl selten so *cordiale* gewesen. Und ihre Freundin war für ihr Alter ebenfalls erstaunlich entwickelt gewesen. Er beschloß, mit den beiden sein Glück zu versuchen.

»Ich kann mich nicht entsinnen, daß wir je eine Ada unter unseren Schülerinnen hatten«, sagte Madame Schmidt mit hörbarem Mangel an Begeisterung. »Und eine Reet auch nicht.«

»Einfache Namen sind ja oft die schönsten«, sagte Monsieur Pamplemousse, dem bewußt war, daß seine Aktien gerade wieder zu fallen drohten. »Ich habe gelesen, daß sie in England wieder modern werden. Es hat mit der Königsfamilie zu tun«, setzte er nebelhaft hinzu.

Dieser Einfall führte zum nächsten. »In erster Linie aber geht es um Diana. Die anderen zwei haben noch einige Jahre vor sich. Diana aber ist knapp achtzehn, und ihr Vater macht sich ein wenig Sorgen um sie. Sie ist in jeder Hinsicht ein wunderbares Kind, nur ihre schulischen Leistungen lassen leider etliches zu wünschen übrig. Deshalb möchten ihre Eltern, daß sie noch einige Jahre länger an einem Pensionat verbringt. Es gibt so viele Versuchungen für ein junges Mädchen heutzutage, vor allem für jene, die das Unglück haben, älter auszusehen, als sie sind. Alkohol... Drogen... Sex... ja, es ist ein schwieriges Alter.«

Das Thema erwärmte ihn, und er fuhr fort: »Nicht, daß sie mit irgend etwas dergleichen bereits Erfahrungen gemacht hätte... noch nicht. Man lebt ja sehr behütet in Roedean.«

»Mir scheint«, sagte Madame Schmidt versonnen, »sie gehört genau zu der Sorte von Mädchen, die wir am *Institut des Beaux Arbres* gerne haben. Hätten Sie wohl ein Photo von ihr?«

»Ein Photo?« Monsieur Pamplemousse war so von seinem Thema eingenommen und zudem kühn geworden durch die Nachwirkungen des Weins, den er zum Mittagessen verkostet hatte, daß er sofort nach der Brieftasche griff. »Aber natürlich, ich habe immer ein Photo von ihr dabei. Immerhin ist sie mein Patenkind.«

Er zog das Bild aus Jean-Claudes Zimmer triumphierend hervor, reichte es über den Tisch und lehnte sich zurück, um zu beobachten, was nun geschah.

Doch falls Monsieur Pamplemousse eine besondere Reaktion erwartet hatte, wurde er enttäuscht. Madame Schmidt hielt das Photo ins Licht und musterte es längere Zeit sehr aufmerksam. »Ein sehr hübsches Mädchen«, sagte sie in einem Ton, den sie auch beim Abgeben eines Kommentars über das Blumenarrangement einer ihrer Schülerinnen verwendet haben könnte. »Nach allem, was Sie mir von ihr erzählt haben, bin ich überzeugt, daß wir ihre Bewerbung sehr wohlwollend prüfen werden.«

Sie stand auf, nahm Monsieur Pamplemousse das ausgefüllte Formular aus der Hand und führte ihn auf den Korridor. »Würden Sie bitte kurz hier warten.« Sie deutete auf einen Stuhl. »Ich bin gleich wieder zurück. Wenn es Ihnen recht ist, lasse ich dieses Photo rasch kopieren, damit wir es der Anmeldung beiheften können. Ich sage nämlich immer: Es ist so hilfreich, wenn man ein klares Bild davon bekommt, mit wem man es zu tun hat, finden Sie nicht auch?«

Ohne seine Antwort abzuwarten, betrat sie ein Zimmer am anderen Ende des Korridors und schloß energisch die Tür hinter sich. Fast im selben Moment erhob sich ein Gewirr von Stimmen. Zuerst die von Madame Schmidt, dann mehrere Männerstimmen. Es klang, als wären mindestens zwei weitere Personen in dem Zimmer, vielleicht sogar drei. Monsieur Pamplemousse nutzte die Gelegenheit, um die Schutzkappe vom Objektiv seiner Leica abzunehmen und zu prüfen, ob die automatische Belichtung richtig eingestellt war. Er spannte den Verschluß und lauschte eine Weile an der Tür. Die Stimmen waren viel zu leise, als daß er etwas verstehen konnte, aber ihrem Tonfall nach konnte die Unterhaltung zumindest noch einige Minuten dauern.

Er sah sich rasch um. Es gab noch drei Türen; zwei in der Mitte des Korridors, auf jeder Seite eine, und eine ganz am Ende. Die dritte Tür war größer als die anderen und mit einem roten Kreuz gekennzeichnet, daher nahm er an, daß es die Krankenstation sein mußte.

Er beschloß, die Gelegenheit beim Schopf zu packen und sich ein wenig umzusehen. Wenn er auf jemanden traf, konnte er immer sagen, er sei auf der Suche nach der Toilette.

Die erste Tür führte in ein Büro. Es war leer. Auf einem Tisch am Fenster stand nichts außer einer ordentlich abgedeckten Schreibmaschine, und hinten in der Ecke war ein Kopiergerät. Er fragte sich, ob das Institut wohl zwei dieser Apparate besaß oder ob das Photo als Ausrede benutzt worden war. Das zweite Zimmer schien eine Art Bibliothek zu sein. Es war ebenfalls leer. In beiden Räumen war es dunkel, und keiner lohnte es, den Film darauf zu verschwenden.

Die Tür zum Krankenzimmer war verschlossen. Als er die Klinke probierte, hatte er den Eindruck, auf der anderen Seite eine hastige Bewegung zu spüren. Intuitiv hielt er die Kamera auf Hüfthöhe, den Finger auf dem Auslöser, aber es kam niemand heraus. Gerade als er die Klinke erneut drücken wollte, hörte er hinter sich eine Tür zufallen. Im Umdrehen drückte er den Auslöser. Falls Madame Schmidt es bemerkt hatte, so ließ sie sich jedenfalls nichts anmerken, außer daß sie einen flüchtigen Blick auf die Kamera warf.

»Ich möchte meinen, daß Sie alle interessanten Motive hier doch gewiß schon recht gut in der Broschüre abgebildet finden, Monsieur...«

Sie kennen meinen Namen nicht, dachte Monsieur Pamplemousse, weil ich ihn noch gar nicht genannt habe. Er entschied, daß er nichts damit gewänne, wenn er sich einen falschen ausdachte. Vorerst hatte er wirklich genug vom Erfinden von Namen. Wenn Madame Schmidt es in Erfahrung bringen wollte, würde sie ihm ohnehin auf die Schliche kommen.

»Pamplemousse.« Er drehte den Film weiter. »Photographieren ist eines meiner Hobbies. Manchen Leuten falle ich mit meinen Schnappschüssen auf die Nerven. Aber wie Sie so richtig sagten, ist es gar nicht schlecht, wenn man ein klares Bild davon hat, mit wem man es zu tun hat.«

Er erntete dafür ein rätselhaftes Lächeln, das schwer einzuordnen war: Mona Lisa bei Frost vielleicht? Madame Schmidt sah unumwunden auf die Uhr und ging dann in die andere Richtung voraus.

»Wenn Sie gestatten, fange ich jetzt mit unserem Rundgang an. Es gibt so vieles, was ich Ihnen zeigen möchte, und um vier habe ich schon die nächste Verabredung.«

Monsieur Pamplemousse blieb hartnäckig. »Könnte ich

mir nicht gleich den Krankenpflegebereich ansehen, wenn wir schon hier sind? Das war nämlich auch eine der Fragen, die mein Bekannter mir besonders ans Herz gelegt hat. Diana ist ein recht zartes Wesen, und wenn man sein Kind so weit weg von zu Hause in ein fremdes Land schickt...«

»Die Krankenstation ist derzeit leider belegt. Ein ernstlicher Skiunfall. Die Patientin darf auf keinen Fall gestört werden.«

»Ist es nicht ein wenig früh für einen Skiunfall?« hakte Monsieur Pamplemousse nach.

»Die frühesten sind immer die schlimmsten.« Madame Schmidts Lächeln überzog sich mit einer weiteren Eisschicht. »Man versucht zu laufen, ehe man richtig stehen kann. Die Schülerinnen sind sich allzu sicher. Es ist immer von Übel, wenn man seiner selbst allzu sicher ist.«

Monsieur Pamplemousse gab seinen Widerstand auf und folgte ihr den Gang entlang. »Haben Sie viele solcher Unfälle hier?«

»Alle Sportarten sind gefährlich«, erwiderte Madame Schmidt. Sie blieb vor einer Tür stehen, öffnete sie aber nicht sofort. »Und Wintersport am Berg ganz besonders. Für manche Menschen bedeuten die Berge weißes Gold – sie sind ein Quell von Kraft und Energie. Anderen bringen sie den Tod. Wir haben hier leider eine gewisse Pechsträhne gehabt, aber diese Dinge verlaufen normalerweise zyklisch. Sie werden feststellen, daß unsere Statistik insgesamt einem Vergleich mit vielen ähnlich gearteten Internaten standhält. Falls Sie diesbezüglich etwas anderes gehört haben, dann bitte ich Sie, nichts darauf zu geben. Es tut nie gut, leeren Gerüchten zu glauben.«

Monsieur Pamplemousse musterte sie mit gelinder Überraschung. Er hatte das eigentlich nur so dahingesagt, um eine Überleitung zum nächsten Gesprächsthema zu finden, sonst nichts. Wie sagte doch der große englische Dramatiker William Shakespeare: »Mich dünkt, die Dame protestiert zuviel.«

»Ich zeige Ihnen zunächst die Unterrichtsräume.« Mit einem abrupten Themawechsel führte ihn Madame Schmidt über einen kleinen Hof in einen moderneren Ziegelbau. »Hier erlernen die Mädchen Bürofertigkeiten – Stenographie und Maschinenschreiben –, Handarbeit, Zeichnen und diverse gesellschaftliche Aktivitäten. Auch unser Sprachlabor befindet sich hier. Neuankömmlinge verbringen dort während der ersten Wochen sehr viel Zeit, denn der gesamte Unterricht wird auf französisch erteilt, und manche der Schülerinnen haben ziemlich viel nachzuholen. Diana beherrscht das Französische?«

»Diana beherrscht eine Menge Sprachen«, erwiderte Monsieur Pamplemousse unverbindlich. »Ihre Eltern sind viel mit ihr gereist.« Er folgte Madame Schmidt durch einen langen Korridor und spähte dabei durch Glastüren in leere Räume. »Wie viele Schülerinnen hat Ihr Institut eigentlich?«

»Das ist verschieden.« Madame Schmidt vermied, ebenso wie er, eine direkte Antwort. »Wir sind stolz darauf, individuelle Betreuung leisten zu können. Zuweilen haben wir sogar mehr Personal als Schülerinnen.« Sie trat an ein Aushangbrett und fuhr mit dem Finger eine Tabelle entlang. »Heute nachmittag zum Beispiel nutzen die meisten der Mädchen das schöne Wetter und ertüchtigen sich bei einem Dauerlauf mit Fräulein Brünnhilde, unserer Erzieherin und Sportlehrerin. Die übrigen sitzen entweder über den Hausaufgaben auf ihren Zimmern, oder sie nehmen an einem Kochkurs teil.«

»*Regardez!*« Sie blieb vor einer Tür am Ende des Korridors stehen und sah durch die Glasscheibe. »Es wird am besten sein, wenn wir sie nicht bei der Arbeit stören. Sie backen eine Torte zu Ehren des Besuchs unseres Förderers, und anscheinend sind sie gerade bei einem heiklen Abschnitt angelangt.«

Monsieur Pamplemousse musterte eine kleine Gruppe junger Mädchen in weißen Schürzen, die sich mit einem riesigen Tiegel zerlassener Schokolade abmühten, den sie über ein burgartiges Gebilde auszugießen versuchten. Dahinter sah er eine Reihe von Herden und Hängeregale mit Küchengeräten: Pfannen und Teller, Messer und andere Utensilien. Alles sah sehr funktional aus.

Er betrachtete noch einmal die Gruppe rund um den Tisch und dachte: Vielleicht habe ich Glück und das Mädchen aus dem Restaurant ist dabei, aber das war leider nicht der Fall.

»Das ist aber eine ziemlich große Torte«, bemerkte er. »Groß und gehaltvoll.«

»Unser Förderer ist ein Leckermäulchen«, sagte Madame Schmidt. »Und er hat einen gewaltigen Appetit.«

Während dieser Worte hörte man einen Hund bellen. Monsieur Pamplemousse spitzte die Ohren. Um es genauer zu sagen, er hörte Pommes Frites bellen. Er klang, als wäre er mit irgend etwas nicht einverstanden, allerdings nicht so sehr, daß es ihn wirklich reizte oder störte. Jedenfalls war sein Bellen deutlich *agitato*.

Er wandte sich von dem Glasfenster ab. »Vielleicht sollte ich Ihre Zeit nicht länger in Anspruch nehmen«, begann er. »Wenn Sie so beschäftigt sind…«

»Wie Sie wünschen, Monsieur.« Es war schwer zu sagen, ob Madame Schmidt darüber froh war oder nicht. »Ich sagte ja vorhin schon, daß Sie alles Wissenswerte über uns in der Broschüre finden. Falls Sie noch weitere Fragen haben, können wir sie gern auch telephonisch beantworten. Ihr Bekannter wird sich ja gewiß mit uns in Verbindung setzen, sobald er die Entscheidung ein wenig überdacht hat?«

»Ganz bestimmt.« Als sie über den Hof auf das Hauptgebäude zugingen, hörte das Gebell auf. Aus unterschiedlichen Gründen vermerkte dies jeder der beiden mit Erleichterung.

In der Eingangshalle blieb Monsieur Pamplemousse vor der Tür noch einmal stehen. »Ach so, könnte ich wohl das Photo meines Patenkindes zurückhaben?«

»Selbstverständlich. Verzeihen Sie, das hatte ich ganz vergessen.« Sie schien nun wieder ganz in die Rolle der »lieben Tante« geschlüpft zu sein. »Es dauert nur einen Augenblick.«

Während Madame Schmidt verschwand, trat Monsieur Pamplemousse vor das Haus. Pommes Frites stand auf dem Beifahrersitz des *deux chevaux* und spähte durch die Scheibe. Er schien sehr froh, seinen Herrn zu sehen, und sobald die Tür geöffnet war, sprang er hinaus und rannte einmal um den Wagen, wie um ihn zu inspizieren.

»Was gibt's denn?« Monsieur Pamplemousse ging ihm nach, es fiel ihm jedoch nichts auf. Vielleicht war jemand zu dicht vorbeigegangen. Jedenfalls hätte Pommes Frites kurzen Prozeß mit jedem gemacht, der in den Wagen einzudringen versucht hätte.

Er sah sich ein wenig um. Der Peugeot mit der Pariser Nummer war nicht mehr da. Er stellte seine Leica ein und machte ein paar Bilder aufs Geratewohl: zuerst die geparkten Autos, dann das Hauptgebäude. Eben hatte er den Eingang im Sucher, da erschien Madame Schmidt mit seinem Photo in der Tür. Er erwischte sie genau in dem Moment, als sie ihre Mißbilligung zeigte. Ihre Lippen formten eher das Wort *fromage* als das angelsächsische Äquivalent *cheese*.

Pommes Frites, der über die ganze Situation sichtlich nicht ganz glücklich war, kletterte wieder in den Wagen und wartete darauf, daß ihm der Sicherheitsgurt angelegt wurde. Er machte nur allzu deutlich, daß es seiner Ansicht nach höchste Zeit zum Aufbruch war. Ohne irgendeinen besonderen Grund dafür benennen zu können, hatte Monsieur Pamplemousse das unbestimmte Gefühl, er könnte damit recht haben.

»Haben Sie eine weite Fahrt vor sich, Monsieur Pappernick? Nach Paris vielleicht?«

»Mein Name ist Pamplemousse.« Er steckte das Photo zurück in seine Brieftasche. »Nein, wir werden noch etwas länger in der Gegend bleiben. Das Wetter ist ja so schön, daß man es einfach ausnutzen muß.«

»Sehr klug von Ihnen. Paris soll sehr verregnet sein.« Madame Schmidt reichte ihm die Hand. »*Au revoir et bonne chance*.«

»*Au revoir*, Madame.« Monsieur Pamplemousse stieg neben Pommes Frites ein, legte sich und ihm die Sicherheitsgurte an und schloß die Tür. »*Et merci beaucoup*. Hoffentlich habe ich Sie nicht zu lange aufgehalten.«

Er wendete den Wagen in einem weiten Bogen und schaltete in den zweiten Gang, ehe er die leichte Steigung zum Haupttor in Angriff nahm. Im Rückspiegel erhaschte er einen letzten Blick auf Madame Schmidt, die ihm von der Tür aus nachsah. Auf einmal stand noch jemand neben ihr – ein Mann –, aber da machte der Weg eine scharfe Kurve und beide kamen außer Sicht.

Das Flügeltor oben an der Einfahrt stand offen; vielleicht hatte der Fahrer des Peugeot es zu schließen vergessen. Da er einem geschenkten Gaul nicht ins Maul zu sehen pflegte, nutzte er die Chance und nahm die Hügelkuppe am Tor mit ziemlichem Tempo, so daß er auf der anderen Seite der Einfahrt wesentlich schneller herauskam, als er beabsichtigt hatte.

Im Nachhinein, als er sich den Vorfall später am Abend nochmals vor Augen führte, wurde ihm klar, daß das Schicksal seine Hand im Spiel gehabt haben mußte; entweder das Schicksal oder ein Schutzengel mit kulinarischen Neigungen, dem an diesem Nachmittag die Aufgabe zugefallen war, sich um die Mitarbeiter von *Le Guide* zu kümmern. Wäre er nur ein wenig schneller gefahren, hätte er es bestimmt nicht verhindern können, krachend das kleine Schutzmäuerchen gegenüber zu durchbrechen und in das Tal dahinter hinabzustürzen – ein Gedanke, den er sich lieber nicht genauer ausmalen wollte. Ebensowenig hätte es sich wohl vermeiden lassen, die Gruppe von Mädchen in Shorts und Trikothemden niederzumähen, die gerade im Dauerlauf in die Einfahrt einbogen und ihm mitten vor den Wagen liefen.

Statt dessen riß er den Wagen herum und verfehlte sowohl die Mauer als auch die Läuferinnen um Haaresbreite. Das Fahrzeug kippte fast um, richtete sich aber wundersamerweise wieder auf und raste weiter. Dann geschahen mehrere Dinge beinahe gleichzeitig, wie ihm vage bewußt wurde. Oder vielmehr wurde ihm bewußt, daß bestimmte Dinge eben *nicht* geschahen: obwohl sein rechter Fuß das Bremspedal schon fast durch die Bodenplatte trat, zeigte dies keinerlei Wirkung. Er hörte die Schreckensschreie der Mädchen, und aus den Augenwinkeln sah er, daß Pommes Frites' Gurte bis zur Grenze ihrer Belastbarkeit beansprucht wurden. Dann gab es ein mächtiges Krachen, sie rammten ein Verkehrsschild, das ein Stück weiter unten am Straßenrand prangte, und kamen endlich abrupt zum Stillstand.

»*Merde!*« Monsieur Pamplemousse machte beide Sicherheitsgurte los und kletterte zusammen mit Pommes Frites aus dem Wagen, um das Ausmaß des Schadens an der Vorderfront zu begutachten. Es sah weniger schlimm aus, als er befürchtet hatte: weit besser jedenfalls, als das knirschende Geräusch hatte vermuten lassen. Nicht umsonst hatte Monsieur Boulanger, der Erfinder des 2CV, beim Entwerfen die beiden wichtigsten Forderungen, die er an ein Auto stellte, fest im Auge gehabt: Langlebigkeit und minimale Reparaturanfälligkeit. Die winzige Beule in der Stoßstange hätte den Designer vor Freude aufjuchzen lassen, der eingedrückte Kotflügel bestätigte sein System einzeln ersetzbarer Karosserieteile. Dem Verkehrsschild war es jedenfalls weit schlechter ergangen. Es stand nun in einem besoffenen Winkel da und sah aus, als hätte es seiner eigenen Warnung vor Steinschlag nicht genügend Beachtung geschenkt.

»Monsieur... sind Sie verletzt? Welcher Mut... welche Kaltblütigkeit... so einfach genau in eine *signalisation routière* zu fahren, und zwar ohne eine Sekunde zu zögern.«

Ein Schatten verdunkelte die Stoßstange, die Monsieur Pamplemousse gerade genauer untersuchen wollte. Die Stimme gehörte einer Frau, die ein wenig außer Atem war.

Er drehte sich um und war zunächst leicht verärgert über die Bemerkung. »So ein Unsinn. Wir hatten ganz einfach großes Glück, daß dieses Schild dort stand. Wäre es nicht gewesen...« Monsieur Pamplemousse beendete den Satz nicht – einerseits, weil es wirklich keinen Sinn hatte, sich die Konsequenzen noch weiter auszumalen, und andererseits, weil er auf einmal zwei sehr gute Gründe direkt vor sich, ja zum Greifen nahe sah, weshalb das Licht der Sonne so stark verdunkelt wurde. Als die Besitzerin dieser zwei guten Gründe sich nun neben ihn kauerte, hoben und senkten diese sich und schoben sich in sein Gesichtsfeld wie die fernen Gipfel der Dent d'Oche im Hintergrund. Ein deutliches Gefühl von *déjà-vu* durchfuhr ihn, und einen kurzen, aber höchst ergreifenden Moment lang war er versucht, die Arme auszustrecken und sein Erlebnis der vergangenen Nacht zu wiederholen, um sich so endgültige Gewißheit zu verschaffen. Doch der Moment ging vorbei. Der Anblick einer Gruppe von Mädchen, die dicht neben ihnen standen und jede seiner Handlungen beobachteten, ließ ihn sich eines anderen besinnen. Statt dessen erhob er sich und fuhr sich mit der bereits erhobenen Hand durchs Haar, so wie er es auch tat, wenn er bei einer geringfügigen Verkehrsübertretung ertappt wurde.

Die Frau errötete leicht, als hätte sie seine Gedanken gelesen. »Monsieur, Sie sind zu bescheiden. Wir hätten alle umkommen können. Wie soll ich Ihnen jemals dafür danken?«

Monsieur Pamplemousse zögerte. »Vielleicht, Mademoiselle...«

»Fräulein... Fräulein Brünnhilde. Ich bin hier am *Institut* für die körperliche Ertüchtigung der Mädchen zuständig.« Sie deutete in Richtung der wartenden Schülerinnen. »Wir kommen gerade von einem Waldlauf zurück. Normalerweise ist das Tor immer versperrt. Deshalb kam es auch alles so überraschend.«

Als Monsieur Pamplemousses Blick ihrer Geste folgte, kam für ihn gleich die nächste Überraschung. Es war eine Gruppe von etwa einem Dutzend Mädchen, und darunter erkannte er auch das eine, nach dem er bereits gesucht hatte. Sie fing seinen Blick auf, und er glaubte ein leichtes Aufblitzen des Wiedererkennens, einen kurzen Hoffnungsschimmer in ihren Augen zu entdecken. Sie wirkte müde und höchst unglücklich.

Dies bestärkte ihn in seinem Entschluß, und er unternahm den Sprung ins kalte Wasser: »Wenn Sie sich wirklich in meiner Schuld fühlen, Fräulein Brünnhilde, würden Sie dann vielleicht heute mit mir zu abend essen? Ich wohne in Les Cinq Parfaits. Sie würden mir eine große Freude machen.«

»Das wird wohl nicht möglich sein. Ich arbeite hier nämlich auch als Erzieherin. Am Abend bekomme ich immer sehr schwer frei. Außerdem habe ich kein Auto.«

Es war kein echter Korb, den er da bekam. Er beschloß, es weiter zu versuchen.

»Dann morgen zum *déjeuner*? Wir könnten am Swimmingpool des Hotels speisen.« Dies gäbe ihm die Gelegenheit zu einer weiteren Verkostung des Baron de »L«. Auch wäre es gewiß interessant zu sehen, welche Wirkung dieser gute Tropfen auf die Dame hätte.

Sie zögerte. »Das ist auch ziemlich schwierig. Vielleicht... ein Picknick?«

»Ein Picknick? Wunderbar. Ich hole Sie morgen um zwölf Uhr hier ab.« Alles ging viel zu einfach. Normalerweise hätte er die Courage dazu nie aufgebracht. Er dachte kurz darüber nach, wie viele gute Gelegenheiten man sich im Leben wohl aus Mangel an Courage und einfachem zwischenmenschlichem Verständnis durch die Lappen gehen ließ.

»13 Uhr wäre besser.« Sie kicherte nervös. »Ich werde die Schule schwänzen müssen.« In ihren Worten klang eine Spur von Ruchlosigkeit mit. Er fragte sich, ob das Absicht war oder ob es einfach an ihren mangelnden Sprachkenntnissen lag.

»*D'accord.* Also bis morgen.«

»*Auf Wiedersehen!*« sagte sie auf deutsch.

Während er zum Abschied winkte, bemerkte Monsieur

Pamplemousse eine aufgeregte Bewegung neben sich. Pommes Frites wurde langsam ungeduldig.

Sein Gefährte hatte natürlich recht, wie so oft. Die Zeitfrage wurde brisant. Es gab wichtige Fragen zu klären. Es gab einiges zu untersuchen – oder vielmehr gab es einiges unter dem Wagen zu suchen. Während Fräulein Brünnhilde mit ihren Mädchen durch das Tor verschwand, ließ sich Monsieur Pamplemousse auf Hände und Knie nieder und spähte unter den 2CV. Ein kurzer Blick bestätigte seinen Verdacht.

In ähnlicher Position, nur auf der anderen Seite des Wagens, machte Pommes Frites eine Gebärde, die erstaunlich nach einem zustimmenden Nicken aussah. Er war kein besonders technisch begabter Hund: der komplexe Aufbau hydraulischer Bremssysteme blieb ihm ein Rätsel. In Notfällen verließ er sich lieber auf seine eigene, oft bewährte Methode: dabei stemmte er die beiden mächtigen Vorderpfoten mit aller Kraft in den jeweiligen Bodenbelag. Der Anblick einer durchschnittenen Bremsleitung, deren Enden lose unter dem Wagen herabbaumelten, konnte ihn da in seiner Ansicht nur bestätigen. Ebenso bestätigt sah er sich aber auch in der deutlichen Ahnung, daß jemand darauf aus war, seinen Herrn auszuschalten, und wenn dies der Fall war, dann wußte er nicht nur ziemlich genau, wer es getan hatte, sondern auch, wann dieser Anschlag stattgefunden hatte.

Pommes Frites macht eine Entdeckung

Monsieur Pamplemousse nahm auf einem Stuhl im Freien Platz, der einen schönen Blick über den Hafen von Evian bot, wickelte ein Stück Zucker aus, brach es mitten durch und ließ die kleinere Hälfte in eine Tasse mit *café noir* fallen, ehe er sich zurücklehnte, um die Welt im allgemeinen und die eigenen Pläne für die nahe Zukunft im besonderen zu betrachten.

Die Welt im allgemeinen bestand in diesem Moment aus einer Reihe von Möwen, die ihn gelassen von der Hafenmauer aus betrachteten, einer kleinen Flottille von Segelbooten, die auf halbem Wege nach Lausanne unterwegs war, zwei Paaren an den Nachbartischen, einigen geduldig wartetenden Rentnern an der Haltestelle der kleinen gummibereiften Bahn, die entlang der Promenade verkehrte, vereinzelten Lastwagen auf der Fahrt in die Schweiz und einem Grüppchen von Spät-Urlaubern, die die Morgenluft genossen.

Alles war sehr friedlich und geordnet, was ihn daran erinnerte, daß er bald nach seiner erzwungenen Frühpensionierung von der Pariser Sûreté mit dem Gedanken gespielt hatte, sich hier für immer niederzulassen. Damals hatte er vor allem davonlaufen mögen. Aber nachdem Doucette wegen der Kuhglocken die ganze Nacht lang nicht hatte schlafen können, hatte sie vehement gegen den Plan opponiert, so daß das Ganze ein Luftschloß geblieben war. Doucette erwachte immer schon vom geringsten Geräusch, oder behauptete es jedenfalls. Er hatte sich damit

Gâteau de foies blondes de volaille
Torte von Bresse-Huhn-Leber

Zutaten für den Teig:

100 g Mehl
100 g gut abgetropfter und ausgedrückter Magerquark
100 g Butter, gut gekühlt
1 Prise Salz
1 Eigelb zum Bestreichen
1 EL Milch

Zutaten für die Füllung:

500 g Bresse-Huhn-Leber
2 Schalotten, feingehackt
1 EL frischer Majoran, feingehackt
150 g Butter
1/2 TL frischgemahlener
schwarzer Pfeffer
10 g Pökelsalz

Zubereitung:
Für den Teig alle Zutaten mit einem großen Messer durchhacken und mit den Händen anschließend zu einem glatten Teig verkneten. Die Teigkugel in Folie wikkeln und 1 Stunde lang kaltstellen. Dann auf einer leichtbemehlten Arbeitsfläche 2–3 mm dünn ausrollen.
Eine Springform von 25 cm Durchmesser mit dem Teig auslegen und bei 180 Grad im vorgeheizten Ofen ca. 15 Minuten blind backen bis der Teig hellbraun ist. Eine runde Platte von 26 cm Durchmesser zum Abdecken separat auswellen und backen.

Für die Füllung die Bresse-Huhn-Leber in mittelgroße Stücke schneiden. Die feingehackten Schalotten in Butter andämpfen, aber nicht braun werden lassen. Die Butter klären und abkühlen lassen.
Alle Zutaten außer der Butter in einen Mixer geben und ca. 1 Minute laufen lassen, so daß eine geschmeidige, aber nicht breiartige Masse entsteht. Dann die flüssige Butter bei hoher Geschwindigkeit rasch unterschlagen.
Die Lebermasse in die Teigform füllen und mit dem Teigdeckel verschließen.
Teig mit dem mit 1 EL verquirlten Eigelb bestreichen und bei 180 Grad ca. 20 Minuten im vorgeheizten Ofen backen.
Abkühlen lassen, in Stücke schneiden und mit Salat servieren.

getröstet, daß das Glück für die meisten Menschen wohl darin bestand, davon zu träumen, was hätte sein können.

Seine Pläne für die nahe Zukunft standen auf einem ganz anderen Blatt und hingen in gewisser Weise von dem ab, was einerseits das Schicksal und andererseits Fräulein Brünnhilde für ihn in petto hielten. Dabei vermutete er, daß das Schicksal möglicherweise verläßlicher und vorhersagbarer war. Fräulein Brünnhilde hatte ein etwas beunruhigendes Glitzern in den Augen gehabt.

Neben ihm standen zwei große Einkaufstüten. Die eine enthielt zwei Flaschen Evian-Mineralwasser, eine Flasche roten Mondeuse und eine lange, feste Papprөhre, wie man sie zum Postversand von Zeichnungen benutzte. Die zweite Tüte, zur Sicherheit gleich doppelt genommen, quoll über von guten Sachen, die er am Vormittag in den *charcuteries*, *traiteurs* und *boulangeries* von Evian ausgesucht hatte. Ganz unten lagen *saucisses de Morteau et de Montbéliard*, Schweinebraten und *saucisses de chou*, Geflügelleberpastete, ein geräucherter, direkt vom Knochen heruntergeschnittener Bergschinken und dazu mit frischem Schweinefleisch gefüllte Schinkentaschen – *jambonnettes*, wie er sie nicht mehr gesehen hatte, seit er das letzte Mal in Lamastre, auf der anderen Seite des Rhonetals, im Laden von Mère Montagne zu Besuch gewesen war.

Die mittleren Lagen der Tüte setzten sich aus einem gewaltigen Stück *reblochon* und einer großzügigen Portion *morbier* zusammen; dieser Köstlichkeit hatte er einfach nicht widerstehen können: zwei dünne Schichten Käse, die auf einer Seite mit Holzkohle bestäubt und dann zu einer saftigen, kuchenartigen Rolle geformt wurden, aus der eine dünne schwarze Linie hervorlugte.

Ein knuspriges *baguette* ragte aus der Tüte hervor wie ein zu dick geratener Fahnenmast, und rings herum fanden

Jambonettes
Schinkenscheiben mit frischem Schweinemett gefüllt

Zutaten für 4 Personen

4 dicke große Schinkenscheiben
vom Metzger eine tiefe Tasche einschneiden lassen
400 g Schweinehack
2 EL Schnittlauch
1/2 TL feingeschnitterer Liebstöckel
1/2 TL grob gemahlener frischer Pfeffer
1/2 TL Salz
1 Prise Muskat

Zubereitung:
Das Schweinehack mit den übrigen Zutaten gut vermengen und in die Schinkentaschen füllen. An den Schnitträndern gut zusammendrücken. Bis zum Servieren in ein feuchtes Tuch einschlagen, damit der Schinken nicht austrocknet.
Mit frischem Baguette servieren.

Saucisses de chou
Spitzkohlwürstchen

Zutaten:

300 g Schweinehals
300 g Spitzkohlblätter
10 g Pökelsalz
1/2 TL grob gestoßener Pfeffer
1 TL Salz
1 Prise Macis
1 Prise Zucker
2 EL feingewürfelte Zwiebeln
1 TL Butter

Zubereitung:
Die feingewürfelten Zwiebeln in der Butter braun braten. Die Spitzkohlblätter waschen und blanchieren.
Kohl und das grob gewürfelte Schweinefleisch durch die grobe Scheibe des Fleischwolfs treiben. Mit den restlichen Zutaten vermischen und im Kühlschrank gut durchkühlen.
Nach ca. 3 Stunden mit den Händen mindestens 5 Minuten gut durchkneten.
Vom Metzger das Brät in Schweinedärme füllen und ca. 15 cm lange Würste abdrehen lassen.

sich andere Delikatessen aus derselben Bäckerei: *tarte aux myrtilles*, *galette de goumeau* – ein Kuchen aus Briocheteig mit einem Überzug aus Eischnee mit Orangenaroma –, und etliche frisch gebackene *biscuits de Savoie*: federleichte Kekse, die mit Mandelsplittern bestreut waren.

Frische Butter, Walnüsse, ein Päckchen *dragées* – zuckerumhüllte Mandeln nach Savoyer Art –, etwas Honig und ein Sortiment von *confitures* ergänzten seine Einkäufe.

Er überlegte, ob er etwas vergessen hatte. Es wäre zu schade, wenn es womöglich nicht reichte, weil er am falschen Ende gespart hätte.

Aber der Gedanke an ein Picknick beflügelte ihn jedesmal, und wenn er sich die Einkaufstüten ansah, so mußte er zugeben, daß auch diesmal wieder seine Augen größer als der Mund gewesen sein dürften; allerdings war dies erst noch zu beweisen. Außerdem sah Fräulein Brünnhilde sehr danach aus, als könnte sie sich als ordentliche Esserin entpuppen. Eine so großzügige Figur wie die ihre erforderte zweifellos eine Unmenge an Nährstoffen.

Er fragte sich, was wohl die Patienten der Kurbäder auf dem Hügel über ihm denken mochten, wenn sie seine Einkaufsliste gesehen hätten. Mußten sie sich nicht ruhelos auf ihren Liegen hinter den Panoramafenstern der Sonnenterrassen herumwälzen, auf denen sie dafür büßten, daß sie ihre Nieren überbeansprucht hatten?

Ein paar Spatzen, die von einem durch Jahre geübten Mut beseelt waren und große Erfahrung in Raubzügen auf Cafétischen besaßen, flatterten heran und ließen sich nur einen Schnabelhieb weit von dem *baguette* auf dem Rand der Tüte nieder und beäugten es hungrig. Sie flogen davon, als Pommes Frites kurz den Kopf hob und ihnen einen warnenden Blick zuwarf, formierten sich aber schon im nächsten Moment zu einem neuerlichen Angriff.

Tartes aux Myrtilles
Blaubeertörtchen

Zutaten für den Teig

100 g Mehl
100 g gut abgetropfter und ausgedrückter Magerquark
100 g Butter, gut gekühlt
1 EL Vanillezucker
1 Prise Salz

Zutaten für die Creme

2 Eigelb
250 g Mascarpone
1 TL Zitrone
2 EL Puderzucker

Zutaten für die Füllung

500 g Blaubeeren
100 g Johannisbeergelee

Zubereitung:
Die Zutaten für den Teig mit einem großen Messer durchhacken und mit den Händen anschließend zu einem glatten Teig kneten. Die Teigkugel in Folie wickeln und eine halbe Stunde lang kaltstellen.
Anschließend auf einer leicht bemehlten Arbeitsfläche 2–3 mm dick ausrollen. 10 kleine glatte Törtchenformen mit dem Teig auslegen und bei ca. 180 Grad im vorgeheizten Ofen blind backen bis der Teig hellbraun ist.

Für die Creme die Zutaten steifschlagen. Die ausgekühlten Törtchen mit der Mascarponecreme bestreichen und die gewaschenen und gut abgetropften Blaubeeren mindestens 1 cm hoch einfüllen.
Den Johannisbeergelee erhitzen, glattrühren und wieder abkühlen lassen.
Bevor das Gelee anzudicken beginnt, die Blaubeeren damit überziehen.

Pommes Frites war jedoch nicht bereit, sich wegen ein paar Brotkrumen zum Narren zu machen und behandelte sie mit gebührender Verachtung.

Aus Fräulein Brünnhilde wurde Monsieur Pamplemousse nicht ganz schlau. Daß sie mit der Person, der er in der ersten Nacht im Wald begegnet war, identisch war, daran zweifelte er keinen Augenblick. Falls die Heilquellen der Gegend um Evian nicht auch für anderes gut waren als für Nierenstörungen und Arthritis, dann konnte es im weiteren Umkreis unmöglich noch jemanden mit dieser Figur geben: es wäre eine krasse Ungerechtigkeit in der Verteilung des nationalen Wohlstandes. Doch wenn sie es gewesen war, weshalb hatte sie dort im Dunkeln gelauert? Sie machte nicht den Eindruck, als würde sie im Angesicht der Gefahr zurückweichen; ganz im Gegenteil. Der Frau, die er am Tor des Pensionats getroffen hatte, war viel eher zuzutrauen, daß sie ihm die Handtasche über den Kopf gezogen hätte. Und wie wäre sie in den Wald beim Hotel gekommen? Wie sie selbst gesagt hatte, besaß sie kein Auto.

Ein Schiff aus Lausanne – die *Général Guisan* – stieß mit seinem Nebelhorn ein warnendes Tuten aus, als es die schmale Hafeneinfahrt passierte. In seinem Kielwasser schaukelten ein paar trübselige Schwäne und Enten. Der Kapitän legte sein Fahrzeug meisterlich an, wie er es wohl schon tausende Male getan hatte, blickte von der Brücke hinab auf das Dach des Fährhauses und vergewisserte sich, daß alles in Ordnung war. Mit lautem Scheppern senkte sich die Gangway auf den Pier, und dann kam Bewegung in die Schlange der wartenden Passagiere, die nun an Bord gingen. Einige hundert Meter entfernt kam eine Frau mit einer schweren Einkaufstasche; als die Ampel an der Kreuzung, die sie überqueren wollte, auf Rot sprang, fiel sie in Laufschritt, um das Schiff noch zu erwischen.

Der Kapitän sah sie von der Brücke herankommen und ließ zum Zeichen, daß er bald wieder ablegen wollte, noch einmal das Nebelhorn tuten.

Monsieur Pamplemousse fragte sich, ob er auf der richtigen Fährte war. Es konnte auch total vergeudete Zeit sein, eine reine Sackgasse. Er ging ja einer reinen Vermutung nach, die sich nur schwer rechtfertigen ließe, falls ihn jemand dazu aufforderte. Er hörte schon die Vorhaltungen des Direktors, wenn dieser je von der Sache erführe, vor allem wenn er dazu noch Fräulein Brünnhilde zu Gesicht bekäme. Seine Erfahrungen mit Schriftsetzern mochten sehr begrenzt sein, aber diese junge Dame war nicht eben das, was man sich vorstellte, wäre er gebeten worden, einen typischen Vertreter dieses Berufsstandes zu beschreiben.

Er tastete in seine Jackentasche und zog den Umschlag mit der zusammengeklebten Version der Wortschnipsel heraus, die er in der vorvorigen Nacht zusammengepuzzelt hatte: *IN-FORM POLICE. MY LIFE IS IN DANGRE. DO NOT HURRY. AWAAIT NEXT MESSEGE OF YOUR LOVED ONE* – Benachrichtige die Polizei. Mein Leben ist in Gefahr. Laß dir Zeit. Warte auf die nächste Nachricht von Deinem Geliebten.

Es war nach wie vor eine eigenartige Nachricht, einmal ganz abgesehen von den Druckfehlern, und sie enthielt eine gewisse Unlogik, die ihm zu denken gab. Wenn Jean-Claude eine Vorahnung hatte, daß sein Leben in Gefahr war, weshalb hatte er nicht irgend jemandem davon erzählt oder diese Nachricht ganz einfach mit der Hand geschrieben? Wozu sollte er sich die Mühe machen, die Botschaft als anonymen Brief auszugeben, indem er Wörter aus gefälschten Zeitungen ausschnitt? Denn gefälscht mußten sie sein – niemand würde eine solche Orthographie je in den Medien publizieren. Dazu kam ein weiterer Widerspruch: warum verlangte er, daß man die Polizei benachrichtigte, bat aber im nächsten Satz: »Laß dir Zeit«? Das ergab keinen Sinn. Falls aber der Text nicht von Jean-Claude stammte, an wen richtete sich die Nachricht dann? An das Mädchen? Monsieur Pamplemousse hatte sie inzwischen zweimal mit eigenen Augen gesehen – sie war am Leben, wohlbehalten und unversehrt. Sie wirkte besorgt, das stimmte, aber falls sie und Jean-Claude wirklich zueinander in Beziehung standen, dann galt ihre Sorge wohl eher ihm als den eigenen Problemen. Und welche Rolle spielte Fräulein Brünnhilde bei alledem?

Unter dem Tisch entstand Bewegung, und Pommes Frites steckte den Kopf hervor. Monsieur Pamplemousse streichelte ihm das Fell. Es war ganz warm von der Sonne. Normalerweise wäre Pommes Frites völlig damit zufrieden gewesen, noch eine Weile dort liegen zu bleiben und die Liebkosungen seines Herrn zu genießen. Nichts liebte Pommes Frites mehr als ein paar Streicheleinheiten. Manchmal ließ er sich stundenlang streicheln, doch jetzt – aus Gründen, die ihm selbst wohl am verständlichsten waren – schüttelte er seinen Kopf frei und schob beim Aufstehen seine Schnauze gegen das Stück Papier auf dem Tisch. Dort ließ er sie eine Weile ruhen; sie bebte leicht, während er alle daraus entnehmbaren olfaktorischen Informationen in sich aufsog. Diese wurden sodann an die zuständigen Abteilungen zur Analyse und zu Vergleichsproben weitergeleitet, ehe er eine endgültige Entscheidung fällte. Zuvor mußte das Resultat noch mit der offenkundigen Notlage seines Herrn abgestimmt werden – mit der Tiefe seines Stirnrunzelns und der Intensität des kummervollen Blickes, den er immer an den Tag legte, wenn er ein Problem hatte.

Kaum waren diese Informationen mit befriedigendem Ergebnis verarbeitet und letzteres in das Fach mit der Aufschrift *AKTION* deponiert, wandte sich Pommes Frites um und begab sich langsam, aber zielbewußt zum Ausgang. Monsieur Pamplemousse steckte das Papier rasch wieder in die Tasche, ergriff die Einkaufstüten und folgte ihm. Es wäre ihm nie in den Sinn gekommen, in solchen Augenblicken an seinem Gefährten und Adjutanten zu zweifeln. Wenn Pommes Frites beschlossen hatte, eine Spur aufzunehmen, dann wurde sie verfolgt.

In diesem Fall war der Weg nicht weit; eigentlich hätte er seine Sachen gar nicht mitnehmen müssen. Pommes Frites trottete ein paar Stufen zur Straße hinab, eilte aus guten Gründen an einer weiteren Treppe, die abwärts zu einem *W.C. public* führte, vorbei, und verharrte dann vor dem *tabac-journaux* an der Ecke. Davor befand sich ein Zeitungsständer, der sorgfältig nach Ländern geordnet war. Pommes Frites überging die allgegenwärtige *Herald-Tribune* und schenkte auch den deutschen und italienischen Blättern keinerlei Beachtung; er suchte die Abteilung mit den britischen Zeitungen. Sowohl *The Times* wie deren rosafarbene Namensvetterin, die sich mit Finanzfragen befaßte, schob er beiseite, beim Anblick von *Express* und *Daily Mail* ließ er Unmut erkennen, dann überging er ein fünftes Druckerzeugnis, beroch ein sechstes, fand aber irgendeinen Mangel daran, bis er schließlich die Pfote sehr bestimmt auf die von ihm ausgewählte Zeitung legte und zu seinem Herrn aufblickte.

Monsieur Pamplemousse tätschelte ihm den Kopf, zog die Zeitung aus dem Ständer, bezahlte sie im Laden und ging dann wieder zurück ins Restaurant, um sich einen weiteren *café* zu bestellen.

Seine Aufregung wuchs, als er das Schriftbild und die

Papierqualität seines Kaufs mit dem Original auf Jean-Claudes Brief verglich. Sie paßten genau zueinander. Beim raschen Überfliegen der Seiten wurde zudem klar, daß diese Zeitung ganz ähnliche Druckfehler aufwies: einzelne Wörter und Buchstaben waren ausgelassen oder vertauscht, und manchmal fehlten gleich ganze Zeilen. An ein oder zwei Stellen wurde der Text vollkommen wirr. Seine Aufregung wich einer gewissen Verständnislosigkeit.

Als der *café* kam, bezahlte er ihn gleich und lehnte sich dann zurück, um die ganze Angelegenheit mit halbgeschlossenen Augen zu durchdenken. Wenn der Text, den er da gefunden hatte, tatsächlich aus einer richtigen Zeitung stammte, war dies das Aus für seine ursprüngliche Theorie, der Text sei ausschließlich für diesen Zweck gedruckt worden, was ihn in gewissem Sinne ganz an den Anfang zurückversetzte. Andererseits: wenn jemand sich die Mühe machte, eine englische Zeitung zu kaufen, so mußte die Nachricht wohl auch für die Augen eines englischen Lesers bestimmt sein. *Elementary, my dear Watson,* wie Holmes wohl gesagt hätte.

Sein eigener Watson, der vorerst seinen Teil getan zu haben meinte, hatte sich auf einem sonnenbeschienenen Flecken des Bodens zusammengerollt und war wieder eingeschlafen.

Auf der anderen Straßenseite, gleich bei der Ampel, erklang in diesem Moment das Quietschen von protestierendem Gummi, dem ein lautes Hupen folgte. Ein Autofahrer beschwerte sich damit über ein Taxi, das ihn geschnitten hatte, als es unmittelbar hinter einem zweiten Taxi am Warteplatz vor dem Fährgebäude eingeschert war. Wütende Gesten wurden gewechselt, dann aber sprang die Ampel auf Grün, und der erzürnte Autofahrer fuhr aufgebracht davon. Der Taxifahrer stieg völlig gelassen aus seinem

Fahrzeug und gesellte sich zu seinem Kollegen auf dem Bürgersteig.

Monsieur Pamplemousse fuhr in die Höhe und verwünschte seine Dummheit. Beim Erwägen der Transportmöglichkeiten vom *Institut des Beaux Arbres* und zurück hatte er sämtliche Alternativen berücksichtigt, vom *bicyclette* über die Fahrt per Anhalter in Autos oder Traktoren, ja sogar an Bulldozer hatte er gedacht. Die einzige Möglichkeit, auf die er nicht gekommen war, war die, ein Taxi zu rufen. Er leerte seine Tasse. Anscheinend wurde er langsam alt.

Diesmal war es an ihm, zielbewußt auf die Straße hinauszutreten. Er nahm gleich zwei Stufen auf einmal.

»Ob ich viele Fahrten zum *Institut des Beaux Arbres* habe?« Der erste Fahrer musterte ihn argwöhnisch. »Monsieur, ich verstehe Ihre Frage leider nicht ganz.«

Monsieur Pamplemousse griff nach seiner Brieftasche und zog zwischen einigen Hunderten einen Fünfzig-Franc-Schein hervor.

»Was genau möchten Sie wissen, Monsieur?«

»Ob Sie viele Leute zu diesem Internat fahren oder von dort abholen. Sind es eher Besucher? Oder Mitarbeiter? Erzählen Sie mir einfach alles, was Sie wissen.«

Der Mann zuckte die Achseln. »Das Personal hat größtenteils eigene Autos. Und die Besucher auch. Manchmal haben wir einen Fahrgast vom Bahnhof, wenn jemand mit dem Zug ankommt.«

»Und was ist mit den Schülerinnen?«

Die beiden Männer wechselten Blicke. »Dürfen wir erfahren, warum Sie das wissen wollen?« fragte der zweite Taxifahrer. »Wir möchten nämlich niemanden in Schwierigkeiten bringen.«

Und ebensowenig möchtet ihr euch ein offenbar recht

lukratives Geschäft durch die Lappen gehen lassen, dachte Monsieur Pamplemousse. Er beschloß, ein wenig zu bluffen, und hoffte dabei, sie würden ihn nicht nach seinem Ausweis fragen.

»Es wäre wohl am vernünftigsten, wenn Sie mir ganz einfach die Wahrheit sagten.«

Der erste Fahrer brach das Schweigen: »Wir holen die Mädchen oft ab, wenn sie aus dem Internat ausbüchsen. Sie wollen dann meistens in die Disco von Thonon. Manchmal sogar noch weiter, bis nach Genf. Sie sind jung und wollen das Leben genießen, verstehen Sie? Und sie fahren fast immer zu mehreren.«

»Ich verstehe.« Monsieur Pamplemousse klappte erneut seine Brieftasche auf. Auf den Gesichtern der beiden war Enttäuschung zu sehen, als er nur das Photo herausnahm.

»Kennen Sie dieses Mädchen? Fuhr sie gemeinsam mit Freundinnen oder war sie allein?«

Die beiden Männer betrachteten die Aufnahme und drucksten herum. »Ich möchte ihr helfen. Es kann sein, daß sie in großen Schwierigkeiten ist«, sagte Monsieur Pamplemousse.

»Sie hat uns sehr oft gerufen«, sagte der zweite Fahrer. »Sie war dann immer hier in Evian mit einem Freund verabredet. Meist haben sie einen Spaziergang an der Seepromenade gemacht oder einen *café* getrunken, da drüben, wo Sie eben gesessen haben.«

»War ihr Freund vielleicht Jean-Claude Parfait von Les Cinq Parfaits?«

Die Frage saß wie ein gut plazierter Matchball. Jean-Claude und das Mädchen hatten einander anscheinend fast täglich getroffen, und zwar fast immer während der kurzen Zeit, in der Jean-Claude seinen Arbeitsplatz verlassen konnte: nachdem das *déjeuner* serviert war und bevor es Zeit wurde, das Abendessen vorzubereiten. Manchmal aßen sie auch zusammen im Restaurant, aber meistens fand ihr Rendezvous am Nachmittag statt. Jeder wußte davon. Die beiden waren ein sehr glückliches Paar. Jean-Claude brachte ihr immer Blumen mit. Nein, ihn hatten sie nie zum Internat gefahren. Er habe ja sowieso ein eigenes Auto, wozu sollte er also ein Taxi nehmen? Natürlich gebe es auch noch andere Taxifahrer, ganz genau lasse sich das nicht sagen. Dabei zuckte der Mann die Achseln, als wollte er sagen, daß manche Leute für Geld ja alles machten. Jetzt sprudelten die Informationen nur so. Beinahe hätte Monsieur Pamplemousse seine fünfzig Franc zurückverlangt.

Und Monsieur werde diese Angelegenheit nicht weiter verfolgen? Nicht daß sie je etwas Schlimmes getan hätten. Fahrgast sei eben Fahrgast, und das Geschäft außerhalb der Saison laufe nicht so gut. Da nehme man, was sich so anbiete.

Vorsichtig und langsam fuhr Monsieur Pamplemousse zurück nach Les Cinq Parfaits – einerseits war er tief in Gedanken versunken, andererseits hatte er eine nur provisorisch reparierte Bremsanlage und verließ sich hauptsächlich auf die Handbremse.

Er bog von der Hauptzufahrt ab und parkte dicht bei seinem Zimmer. Da er fand, ein kleiner Spaziergang täte gut, um die durcheinanderwirbelnden Gedanken zu sammeln und sie in eine gewisse Ordnung zu bringen, schlug er gemeinsam mit Pommes Frites denselben Weg ein, den er am ersten Abend gegangen war. Als sie sich jedoch dem Waldrand näherten, erschien ein *gendarme* zwischen den Bäumen und machte Anstalten, ihnen den Weg abzuschneiden. Monsieur Pamplemousse rief Pommes Frites zu sich und trat hastig den Rückzug an. Einstweilen hatte er keine Lust, mit irgend jemandem zu sprechen, schon gar nicht mit der Polizei. Man würde ihm dort nur Fragen stellen, und bevor er darauf antwortete, hatte er selbst noch ein paar Fragen, die eine ganze Reihe von Telephonaten erforderten.

Froh darüber, daß er seinen Schlüssel beim Weggehen nicht an der Rezeption abgegeben hatte, nahm er den Seiteneingang ins Hotel.

Sein erster Anruf galt einem Mr. Pickering in Burgess Hill in England. Erst nach zwei falschen Nummern – darunter war eine Hausfrau, die ihn obszöner Absichten bezichtigte, dies jedoch nicht ohne einen Anflug von Hoffnung in der Stimme – bekam er die gewünschte Verbindung.

Eine Zeitlang hatte man bei *Le Guide* mit dem Gedanken gespielt, es dem Erzrivalen Michelin gleichzutun, der schon seit vielen Jahren einen Restaurantführer für die Britischen Inseln herausgab. Dann jedoch war die Redaktion von Gault-Millau mit der gleichen Idee vorgeprescht, hatte aber recht bald einen Rückzieher machen und sich auf sichererem Terrain die Wunden lecken müssen; dieser Fehlschlag ließ das Projekt etwas weniger reizvoll erscheinen. Erste Erkundungen hatten gezeigt, daß es unter den britischen Restaurants eine enorme Vielfalt gab, die Unterschiede sowohl im Regionalcharakter als auch in den Eßgewohnheiten widerspiegelte. Im Gegensatz zu Frankreich, wo das nächstgelegene Restaurant oft eine Erweiterung des Zuhause war – ein Ort, wohin die ganze Familie von der Großmutter bis zum Säugling am Sonntagmittag gehen konnte und wo man von der Taufe bis zur Hochzeit alles feierte –, war das Essengehen hier eher die Ausnahme; es erforderte spezielle Anlässe, und dementsprechend nahm sich auch der Speiseplan aus. Die Klassifizierung war jedenfalls viel schwieriger.

In all diesen Fragen war Mr. Pickering, den man wegen seiner umfassenden Expertenkenntnisse über Weine als Berater unter Vertrag genommen hatte, eine unerschöpfliche Wissensquelle gewesen – und zwar keineswegs nur den Wein betreffend. Wäre die Guillotine in Frankreich wieder eingeführt worden, Mr. Pickering hätte zweifellos angeben können, welches Gewicht das Fallbeil haben und wie scharf es sein mußte, und aus welcher Höhe man es bei einem gegebenen Halsumfang auszulösen hatte. Und wäre die altrömische Sitte des Verzehrs von Haselmäusen in England wieder neu aufgekommen, hätte er bestimmt auch darüber alles gewußt: angefangen davon, wie man sie in Steingutbehältern mit Nüssen mästete, bis hin zur richtigen Methode des Füllens und der Zubereitungsweise. »Fünfzehn Minuten bei Stufe II«, hätte er vermutlich in einem Tonfall von unanfechtbarer Autorität empfohlen.

Seit er Mr. Pickering kannte, hatte Monsieur Pamplemousse viel über die Engländer gelernt. Dieser Herr würde ganz bestimmt alles wissen, was es über englische Zeitungen überhaupt zu wissen gab. Und darin wurde er nicht enttäuscht. Schon nach kurzer Schilderung von Inhalt und Aussehen der Zeitungsausschnitte nannte Mr. Pickering den Namen des Presseorgans, ohne mehr als den Bruchteil einer Sekunde zu zögern.

»Diese Zeitung ist für ihr schlechtes Verhältnis zu den Gewerkschaften bekannt. In der Druckindustrie hat es der Fortschritt recht schwer, weil es unter den Arbeitnehmern große Widerstände gegen die Einführung neuer Technologien gibt. Einstweilen machen die Eigentümer notgedrungen mit den alten Maschinen weiter.«

»Sie meinen... die Zeitung wird wirklich so verkauft?

Was ich da in der Hand habe, ist also nicht etwa ein unkorrigierter Vorabdruck? Sie ist immer so?« Monsieur Pamplemousse bemühte sich, seine aufkommende Empörung nicht durchklingen zu lassen.

»Sie hat eine Auflage von mehreren Millionen Exemplaren. Die Leute werden sehr ungehalten, wenn sie einmal eine Zeitlang nicht erscheint.«

»Mehrere Millionen? *Morbleu!* Ist den Lesern denn die Sprache völlig egal?«

»Ehrlich gesagt, ja.« Mr. Pickering schien die Frage zu erstaunen. »In gewisser Weise lassen sich Nachrichten viel leichter verdauen, wenn man sie nicht vollkommen versteht. So hat man wenigstens noch Hoffnung für die Zukunft. Das Leben wäre ja gänzlich unerträglich, wenn man alles verstünde, was vor sich geht.«

»Und die Fehler stören niemanden... die Druckfehler?«

»Nein, die Leute mögen sie sogar irgendwie. Sie machen das Lesen lustiger. Außerdem ist es schon seit langer Zeit so, und die Briten stehen Veränderungen im Grunde mißtrauisch gegenüber. Manchmal schreiben sie Leserbriefe deswegen, aber die meisten dieser Fehler sind ja auch eher in den politischen Meldungen zu finden – in Parlamentsberichten und solchen Sachen. Auf den Sportseiten findet man sie seltener – sonst gäbe es bestimmt bald großen Ärger –, und *niemals* im Kreuzworträtsel.«

Monsieur Pamplemousse war ein wenig verwirrt und wußte nicht recht, was er dazu sagen sollte. Wenn die Briten sich so wenig für Politik interessierten, war es kein Wunder, daß sie bei den übrigen Mitgliedern des Gemeinsamen Marktes nicht so beliebt waren.

»Und wenn ich nach einer Frau im Schriftsetzerberuf suchte?«

Mr. Pickering gab eine Reihe von Klickgeräuschen von sich. Es klang, als klopfte er sich mit einem Füllhalter gegen die Vorderzähne. »Höchst unwahrscheinlich. Die Druckindustrie ist ein ziemlich traditioneller Verein. Eine in sich geschlossene Männerwelt. Ich kann mir kaum vorstellen, daß die da Frauen hineinlassen.

A propos Kreuzworträtsel: es ist lustig, daß Sie gerade jetzt anrufen. Ich habe eben erst an Sie gedacht. Ich sitze nämlich hier an einem Wort, das ein bißchen mit dem Französischen zu tun hat: ›Ein schlecht gelauntes Arbeitstier nimmt innerlich vom Anfang zu und kommt so auf den Frühstückstisch.‹ Neun Buchstaben.«

Monsieur Pamplemousse schwieg. Er hatte schon genug Probleme und wollte seinen Kopf nicht auch noch mit Rätselfragen belasten.

»Ich werde Sie aus Ihrer Verlegenheit befreien«, sagte Mr. Pickering fröhlich. »Es ist eine Art Anagramm. ›Schlecht gelaunt‹ bedeutet *cross*, und das ›Arbeitstier‹ ist eine Ameise: *ant*. Der Anfang von ›innerlich‹ ist ein *i*. Setzt man das *i* in *cross* ein und fügt am Ende *ant* an, kommt man auf *croissant* – und damit auf den Frühstückstisch.«

»Ich habe auch eine Art Anagramm für Sie«, sagte Monsieur Pamplemousse, der Paroli bieten wollte. Er zog die zusammengewürfelte Nachricht aus der Brieftasche und las die einzelnen Wörter vor, und zwar ohne besondere Reihenfolge.

»Sagen Sie's mir nicht«, bat Mr. Pickering. »Ich löse solche Rätsel schrecklich gern. Ich rufe Sie sofort zurück, wenn ich es heraus habe.«

»Ich gehe aber in etwa einer halben Stunde weg«, sagte Monsieur Pamplemousse und forderte seinen Gesprächspartner damit heraus.

»Abgemacht!« sagte Mr. Pickering.

Als nächstes rief er einen früheren Kollegen in Paris an.

»Das *Institut des Beaux Arbres*? Was genau möchtest du darüber erfahren?«

»Alles«, erwiderte Monsieur Pamplemousse. »Und wenn es nichts zu erfahren gibt, dann möchte ich auch das erfahren. Alles und jedes, oder gar nichts.«

Die dritte Nummer, die er wählte, war die des Direktors. Fast im selben Moment wünschte er, er hätte es nicht getan, aber es war zu spät zum Auflegen. Die Stimme am anderen Ende klang unheilverkündend forsch.

»Sehr gut, Pamplemousse. Sie haben mein Telex also schon.«

»Nein, *monsieur le directeur.*«

»Sie haben mein Telex noch *nicht*?« Der Direktor klang leicht pikiert. »Aber ich habe es Ihnen schon heute früh geschickt. Es *muß* einfach angekommen sein. Das ist doch der Sinn eines Fernschreibers: die Gewißheit, daß jede Nachricht, die vom Adressaten entgegengenommen wird, damit gleichzeitig angekommen ist.«

»Vermutlich ist das Telex an der Rezeption auch angekommen«, sagte Monsieur Pamplemousse geduldig, »aber ich selbst bin noch nicht bei der Rezeption gewesen. Ich war einkaufen.«

»Sie waren einkaufen?« Der Direktor wiederholte die Worte in einem ähnlich von Ungläubigkeit geschwängerten Ton, wie ihn Mrs. Newton verwendet haben dürfte, als ihr Mann Isaac aus dem Garten hereinkam und verkündete, er habe soeben die Schwerkraft entdeckt.

»Ich habe große Fortschritte gemacht, Monsieur. Die Einkäufe waren ein notwendiger Bestandteil meines Planes, den ich sehr bald in die Tat umsetzen werde. Dieser Plan ist...«

»Pamplemousse.« Die gereizte Stimme des Direktors riß

ihn aus seinem Höhenflug. »Wären Sie heute vormittag schon am Empfang gewesen und hätten Sie dort das Telex gelesen, das ich mir zu senden erlaubt habe, so hätten Sie sich diese Fahrt in die Stadt erspart – und *Le Guide*, wie ich Ihrem Tonfall nach befürchten muß, eine beträchtliche Ausgabe. Eine Ausgabe, die ich unter diesen Umständen möglicherweise kaum rechtfertigen kann, wenn es daran geht, Ihr P39er-Formular abzuzeichnen.«

Die Pikiertheit war der Ironie gewichen. »Um Ihnen den weiten Weg bis zur Rezeption zu ersparen, werde ich Ihnen meine Nachricht vorlesen. Sie lautete ganz einfach: *BESTELLUNG FÜR SOUFFLÉ SURPRISE SOFORT STORNIEREN.*«

»Ich soll eine Bestellung für *Soufflé Surprise* stornieren? Das verstehe ich nicht ganz, Monsieur.« Er verstand sehr gut, aber er hatte nicht vor, es dem Direktor leichter als nötig zu machen.

»Es ist aber ganz leicht zu verstehen, Pamplemousse. Es gibt keinen Grund zur Besorgnis mehr. Inzwischen sind wir ein gutes Stück weiter gekommen. Einige der besten Köche Frankreichs haben sich für die Lösung des Problems gewinnen lassen. Ich kann hier natürlich nicht in Einzelheiten gehen, aber wenn ich Ihnen Namen wie Bocuse, Vergé und Guérard nenne, werden Sie begreifen, wie wichtig diese Angelegenheit genommen wird. Das Endergebnis kommt zwar nicht ganz an das Original heran – dies wäre ja in so kurzer Zeit auch zu schwierig –, aber ich glaube sagen zu können, daß es gut genug sein wird.« Im Hintergrund vermeinte Monsieur Pamplemousse das Geräusch von schmatzenden Lippen sowie beifälliges Gemurmel zu hören. Nun streuten sie ihm auch noch Salz in die offene Wunde.

»Aber was ist mit Jean-Claude?«

»Jean-Claude?« Der Direktor tat den Namen beiläufig ab, als hätte er keinerlei Bedeutung. »Ach, der wird sicher mit der Zeit wieder auftauchen.«

Monsieur Pamplemousse zog wieder das Photo aus seiner Brieftasche und lehnte es als moralische Unterstützung gegen den Telephonapparat. Bildete er es sich nur ein, oder sah ihn das Gesicht auf dem Photo wirklich mit einem flehenden Blick an? Vielleicht lag es nur daran, daß er jetzt in Gedanken selbst ein Bild von ihr hatte, ein Bild des Originals, das er mit dieser Aufnahme kombinieren und ihm so Leben einhauchen konnte. Er traf eine Entscheidung.

»Das genügt mir nicht, *monsieur le directeur.*«

»Wie? Was haben Sie gesagt, Pamplemousse?« Der Direktor unterbrach sich, denn er hatte eben einen Vortrag über die Probleme halten wollen, die sich beim Füllen eines *soufflé* mit genau der richtigen Menge von *surprise* ergaben.

»Ich sagte, daß mir das nicht genügt, Monsieur. Es gehen hier Dinge vor, die ich noch nicht ganz begreife.«

»*Überall* gehen Dinge vor, die *ich* nicht begreife, Pamplemousse.« Der Direktor kam wieder auf den Boden der Tatsachen zurück. »Ich muß auch ganz aufrichtig sagen, daß es viele Dinge gibt, die ich gar nicht begreifen *will.* Dinge, von denen ich am liebsten erst gar nicht erfahre. Doch das heißt für mich noch lange nicht, daß ich es als zu meiner Pflicht gehörig ansehe, diesen Dingen abzuhelfen. Die Welt als solche ist unvollkommen, Aristide. So ist es immer gewesen, so wird es, trotz all unserer Anstrengungen, auch immer sein. Das ist auch gar nicht unbedingt etwas Schlechtes. Vollkommenheit kann, in den Exzeß getrieben, höchst stumpfsinnig und langweilig sein.«

»Muß ich das so verstehen, Monsieur, daß ich in dieser

Angelegenheit nicht länger auf Ihre Unterstützung zählen darf?«

»Wenn Sie es so ausdrücken wollen, Aristide: ja. Auch ich habe meine Befehle. Und diese Befehle, Pamplemousse, kommen diesmal von einer Stelle, die noch höher ist als neulich. Um es ganz unverblümt zu sagen, ich habe den Auftrag, Ihnen zu sagen, daß Sie aufhören sollen. Sie waren im *Institut des Beaux Arbres*. Das gehörte nicht zu Ihrem ursprünglichen Auftrag. Ihr Auftrag lautete, Jean-Claude zu finden.«

»Es ist aber meine Überzeugung, Monsieur, daß da ein Zusammenhang besteht.«

»Pamplemousse... Sie haben Ihre Befehle.«

»Leider kann ich diese Befehle nicht befolgen, Monsieur.«

Am anderen Ende der Leitung gab es eine heftige Explosion. Es klang, als würde eine Faust auf einen Schreibtisch krachen. Als der Lärm erstarb, war die Stimme des Direktors wieder ganz beherrscht, laut und deutlich.

»Pamplemousse, ich muß Ihnen sagen, daß Sie auf eigene Gefahr handeln, wenn Sie weiter so halsstarrig sind. Es wird Ihnen niemand helfen. Sie werden *persona non grata* sein. Schlimmer noch: es könnte geschehen, daß Ihr Name auf eine Weise befleckt wird, gegen die Ihre Eskapade in den *Folies-Bergère* sich wie ein Besuch beim Weihnachtsmann ausnimmt.«

»Dann soll es so sein, *monsieur le directeur.*« Monsieur Pamplemousse legte auf, ehe der Direktor antworten konnte. Eigentlich wollte er den Hörer sogar neben die Gabel legen, als ihm einfiel, daß er ja noch mehrere Rückrufe erwartete, deshalb hängte er doch ein.

Er brauchte nicht lange zu warten.

Das Telephon klingelte gleich dreimal hintereinander. Der erste Anruf kam aus Paris.

»Hier Guillard. Dieses Internat, auf das du mich da angesetzt hast... da hättest du mich ja ruhig warnen können.«

»Warnen? Wovor denn?«

»Na ja, das ist ein ziemlich heißes Eisen. Niemand will darüber reden, und es haben schon alle möglichen Leute bei mir angefragt, weshalb ich mich so sehr dafür interessiere.«

»Hast du es ihnen gesagt?«

»Nein. Ich dachte mir, daß dir das nicht recht wäre, deshalb habe ich mir eine kleine Geschichte ausgedacht, daß ich es für einen Freund erfahren wollte. Ich glaube, sie haben es mir abgekauft.«

»*D'accord.*« Dieses Gefühl kannte Monsieur Pamplemousse.

»Jedenfalls habe ich dann doch einen meiner Bekannten im Ministerium zu fassen bekommen, und der erzählte mir, daß dieses Internat eine ganz erschreckende Unfallstatistik hat. *Incroyable.* Es ist kaum zu glauben. Neun Schülerinnen sind dort in den letzten Jahren verunglückt. Das schlimmste war eine Lawine im letzten Winter. Die Skilehrer konnten knapp entkommen, aber drei der Mädchen kamen in den Schneemassen um. Bald danach wurden zwei andere am Genfer See vermißt – vermutlich ertrunken. Im Jahr davor verschwanden zwei während eines Ausflugs nach Rom. Eine andere lief davon und wurde nie wieder gesehen. Und dann fiel noch eine in den Schacht eines stillgelegten Bergwerks.«

»Und von keinem der Mädchen hat man je wieder gehört? Man hat keine Leichen gefunden?«

»Keinerlei Hinweis. Alle spurlos verschwunden.«

»Vielen Dank.«

»Ist schon in Ordnung. Tut mir leid, daß ich dir nicht noch mehr sagen kann.«

»Du warst großartig. Ich bin dir sehr dankbar.« Er wollte gerade auflegen, da fiel ihm noch etwas ein. »Sag mal, du weißt wohl nicht zufällig, welche Haarfarbe sie hatten. Die Mädchen, die verschwunden sind, meine ich.«

»*Sapristi!*« Der Fluch am anderen Ende der Leitung war kaum unterdrückt. »Demnächst willst du noch wissen, welche Farbe ihr Nagellack hatte. Ich habe schon genügend Schwierigkeiten deinetwegen.«

»*Tant pis.* Schon gut.«

Er legte auf. Es war einen Versuch wert gewesen. Ein Schuß ins Blaue.

Der zweite Anruf kam aus England.

»Also wirklich... Sie sind ja sehr beschäftigt. Ich versuche es nun schon das sechste Mal, und bei Ihnen ist dauernd besetzt.« Mr. Pickering klang sehr zufrieden mit sich.

»Ist Ihnen noch etwas eingefallen?«

»Nein. Ich wollte Ihnen bloß die Lösung für dieses Worträtsel sagen, das Sie mir vorhin aufgegeben haben. Hat mich ja auch nur ein paar Minuten gekostet. Wie wär's hiermit? *HURRY – LIFE OF YOUR LOVED ONE IS IN DANGER. DO NOT INFORM POLICE. AWAIT MY NEXT MESSAGE* – also: Eile geboten – das Leben der Person, die Sie lieben, ist in Gefahr. Benachrichtigen Sie nicht die Polizei. Warten Sie meine nächste Nachricht ab. Hallo?... Sind Sie noch dran?«

»Ja, ich bin noch dran.« Monsieur Pamplemousse griff mechanisch nach seinem Füllhalter. »Würden Sie mir das bitte noch einmal wiederholen?«

Pickering tat ihm den Gefallen. »Verzeihen Sie die

Frage … geht mich ja eigentlich nichts an … aber das klingt ja alles höchst interessant.«

Monsieur Pamplemousse ließ sich nicht erweichen. »Es ist nur ein kleines Spielchen. Ich werde es Ihnen irgendwann einmal genauer erzählen.«

Mr. Pickering verstand den Wink. »*Au revoir,* Aristide. Passen Sie auf sich auf.«

»*Au revoir,* Monsieur Pickering. Und ich gratuliere Ihnen.«

Monsieur Pamplemousse überließ Mr. Pickering wieder seinen Kreuzworträtseln, legte den Hörer auf die Gabel und ging ans Fenster. Er schob es auf. Draußen auf der Terrasse deckten die Kellner die Tische für das Mittagessen. Dahinter, gleich bei der Einfahrt, parkte ein Polizeiwagen. Er war leer. Der *gendarme* auf dem Pfad in den Wald war inzwischen durch zwei Angehörige der Nationalgarde ersetzt worden, die ihre umgehängten automatischen Waffen schußbereit hielten.

Mr. Pickerings Zusammenstellung der Wörter ließ die Dinge in völlig neuem Licht erscheinen. Nun war die Nachricht ganz eindeutig an jemand anders gerichtet, oder jedenfalls war sie im Namen von jemand anderem abgeschickt. Von jemandem, der oder die bereits verschwunden war oder demnächst verschwinden würde?

Er wandte sich vom Fenster ab und nahm geistesabwesend den Photoapparat vom Schreibtisch, wo er ihn am Abend deponiert hatte, und zog ihn für das nächste Bild auf. Er hatte das Gefühl, daß er ihn bald wieder brauchen würde. Aber die Spanntrommel bewegte sich nicht. Entweder war der Film locker gewickelt – was eigenartig wäre, denn er war ja schon halb verbraucht, oder … er drückte den Verschluß und zog erneut auf, und dann ein drittes Mal. Immer noch bewegte sich die Trommel nicht. Kurzentschlossen öffnete er das Gehäuse. Die Kamera war leer.

Im Papierkorb unter dem Tisch fand er den abgewickelten Film. Er war ganz aus der Filmpatrone herausgezogen worden. Hier war die Abteilung für schmutzige Tricks am Werk gewesen.

Da klingelte das Telephon zum dritten Mal. Es war der Direktor. Er war sich nicht im geringsten bewußt, daß er einen ungünstigen Augenblick gewählt hatte, und legte mit einer umständlichen Entschuldigung los.

»Aristide! Wie gut, daß ich Sie noch erreiche. Es tut mir leid, wenn ich vorhin die Beherrschung verloren habe.«

»Wir alle verlieren hin und wieder einmal die Beherrschung, Monsieur. Ich bin gerade kurz davor, die meine zu verlieren.«

»Ich fürchte, ich war nicht ganz ich selbst, Aristide. Ein kleiner Ausbruch des Temperaments. Zuviel *soufflé*, verstehen Sie? Wir hatten die ganze Nacht hindurch gekostet und gekostet und gekostet. Außerdem war ich leider nicht allein.«

»Ich verstehe schon, *monsieur le directeur.* Während Sie in Ihrem Büro saßen und damit beschäftigt waren, *Soufflé Surprise* zu verkosten, waren andere dabei, in mein Zimmer einzudringen – um dort den Film in meiner Kamera unbrauchbar zu machen. Während Sie gastronomische Höhenflüge testeten, waren andere dabei, die Hydraulikleitung zum Hauptbremszylinder an meinem Wagen durchzusägen.«

»Wie bitte?« Der Direktor schien den Hörer mit beiden Händen zu packen. »Das ist ja schrecklich, Aristide. Wenn Ihnen – oder Pommes Frites – etwas passiert wäre, hätte ich mir das nie verzeihen können. Gott sei Dank haben Sie die Sabotage offenbar rechtzeitig bemerkt.«

»Wir haben sie *nicht* rechtzeitig bemerkt, Monsieur. Pommes Frites und ich können von Glück reden, daß wir noch leben. Wäre da nicht ein Verkehrsschild gewesen, das uns im Weg stand ...«

»Ein Verkehrsschild? Sie sind mit einem Verkehrsschild kollidiert? Ist der Schaden am Wagen groß?«

»Eine neue Stoßstange vermutlich. Vielleicht auch ein Kotflügel. Glücklicherweise läßt sich beim 2CV ja alles leicht ersetzen. Das ist einer seiner vielen Vorzüge.«

Der Direktor reagierte unwillig. »Das sind schlechte Neuigkeiten, Aristide. Wirklich sehr schlechte Neuigkeiten. Wie Ihnen wohlbekannt sein dürfte, ist es die Geschäftspolitik von *Le Guide*, alle Mitarbeiter dazu anzuhalten, nur gängige Standardmodelle zu fahren. Deshalb bin ich jedes Jahr auf der Pariser Automesse. In Ihrem Falle wurde eine Ausnahme gemacht – vorausgesetzt, daß keine unnötigen und überhöhten Ausgaben daraus erwüchsen. Madame Grante wird ganz und gar nicht erfreut sein. Es könnte notwendig werden, die Situation im Lichte dessen, was Sie mir da eben berichtet haben, neu zu überdenken.«

Monsieur Pamplemousse holte tief Luft. »*Baisez* Madame Grante!«

Es herrschte einen Augenblick lang Schweigen, während der Direktor die Bemerkung überdachte. »Ein interessanter Gedanke, Aristide.« Seine Stimme klang sanfter, beinahe vertraulich. »Nicht daß er mich besonders reizt, zugegeben. Da lasse ich Ihnen lieber den Vortritt. Wer weiß, was dabei an verborgenen Leidenschaften – neben allem anderen – zum Vorschein käme? Leidenschaften, die jahrelang durch beständiges Begutachten von P39er-Formularen im Zaum gehalten wurden.«

»Einen Moment bitte, Monsieur.« Von draußen drang

der Lärm eines Hubschraubers herein, der sich über dem Wald näherte. Schnell und sehr niedrig. Der Lärm erschwerte die Verständigung mit dem Direktor.

Monsieur Pamplemousse klemmte sich den Telephonhörer unter das Kinn und ging zum Fenster hinüber. Die beiden Nationalgardisten waren in heller Aufregung; sie hielten ihre Maschinengewehre schußbereit und hoben die Köpfe zum Himmel, in Richtung der Stelle, wo die Baumwipfel schon heftig im Luftsog der Hubschrauberrotoren schwankten. Die Kellner hatten ihre Arbeit unterbrochen und beobachteten das Schauspiel ebenfalls. Die beiden farbigen Pagen vom Empfang kamen mit einem Wägelchen herbeigeeilt, auf dem ein großer, zusammengerollter Läufer lag. Monsieur Pamplemousse schloß das Fenster. Der Direktor redete noch immer.

»Ich kann Sie also nicht dazu bringen, Ihre Meinung noch zu ändern?«

»Nein, Monsieur.«

»Manchmal wünschte ich, ich hätte Ihr Gespür für Recht und Unrecht, Pamplemousse. Es ist ein beneidenswertes Talent.«

»*Comme ci, comme ça, monsieur le directeur.* Manchmal ist es ein Segen, manchmal aber auch ein Fluch.«

»Pamplemousse...«

»*Oui*, Monsieur?«

»Ich weiß nicht, was Sie vorhaben, und vielleicht sollte ich auch lieber nicht danach fragen. Ich weiß auch gar nicht genau, ob ich Ihnen das folgende sagen dürfte – eigentlich ist es geheim –, aber der ›Einkaufsbummel‹ von *Grosse Légume* ist aus Sicherheitsgründen vorverlegt worden. Er trifft bereits heute in Les Cinq Parfaits ein.«

»Ich glaube, diese Person landet gerade in diesem Augenblick.«

»*Alors!*« Der Direktor klang deprimiert. »In diesem Fall kann ich Ihnen nur gutes Gelingen wünschen, Aristide.«

»*Merci, monsieur le directeur.*«

Monsieur Pamplemousse legte auf und sah auf die Uhr. Es war kurz nach halb eins. Wenn er zu seiner Verabredung mit Fräulein Brünnhilde pünktlich sein wollte, würde er sofort aufbrechen müssen.

Er ging zum Kühlschrank und öffnete ihn. Offensichtlich hatte das Zimmermädchen schon die Runde gemacht, denn die Vorräte an Aperitifgetränken und Mineralwasser waren neu aufgefüllt, doch die Flasche Champagner, die er bestellt hatte, war nirgends zu entdecken. Schlimmer noch: die zweite Flasche Château d'Yquem war ebenfalls verschwunden.

»*Merde!*« Gerade wollte er die Tür verärgert zuwerfen, da hielt er inne und sah im Gefrierfach nach. Dort lag eine Flasche mit dem verheißungsvollen Etikett des Hauses Gosset auf dem Eiswürfelbehälter, doch vom d'Yquem war weiterhin keine Spur. Jemand mußte ihn irgendwo in Sicherheit gebracht haben – solche Schätze erforderten besondere Aufbewahrung. Er hob den Champagner behutsam aus dem Gefrierfach und untersuchte die Flasche. Er konnte sich kaum beschweren, denn er hatte sie so gut wie möglich kühlen wollen; jetzt aber war sie so kalt, daß sich außen eine weiße Eisschicht gebildet hatte. Er prüfte den Thermostat – das Gerät war auf maximale Kühlung eingestellt. Er würde den Champagner mit Respekt behandeln müssen: im gegenwärtigen Zustand war die Flasche eine tödliche Waffe.

Er schloß die Kühlschranktür, zog die Kartonhülle aus der Einkaufstüte und schob die Flasche vorsichtig hinein. Sie paßte wie angegossen.

Als er sah, wie sein Herr nach der zweiten Tüte griff,

wurde Pommes Frites lebendig. Er liebte Picknicks, und so oder so hatte er beim Essen eine Menge nachzuholen. Abgesehen davon teilte sich ihm die entschlossene Stimmung von Monsieur Pamplemousse deutlich mit. Gleich an zweiter Stelle nach dem Essen kannte Pommes Frites kein größeres Vergnügen als ein kleines Abenteuer. Er leckte sich die Lippen. Seine Sinne sagten ihm unzweideutig, daß er in allernächster Zukunft mit ein wenig Glück beides erleben würde.

Das Picknick

Die Fahrt nach *Les Beaux Arbres* dauerte diesmal sogar noch länger als beim ersten Mal, was größtenteils am Zustand des Wagens lag. Da der 150.000-km-Service schon seit längerem fällig war und die Beläge der Bowdenzug-Vorderradbremse jetzt, nach der Sabotage am hydraulischen System, sogar noch dringender eines Austausches bedurften, hatte Monsieur Pamplemousse große Angst, an einem steilen Straßenabschnitt hängen zu bleiben. Sobald sie erst einmal rückwärts rollten, war es höchst ungewiß, wo sie landen würden. Er konnte kaum darauf hoffen, daß sich ihnen wieder an günstiger Stelle ein Verkehrszeichen in den Weg stellte, und der Talboden neben der Straße war einfach zu weit entfernt, als daß seine Wiesen gemütlich wirken konnten.

Fräulein Brünnhilde erwartete sie hinter einem Gebüsch. Sie trug einen bunten Baumwollrock, der so dünn war, daß er beinahe durchsichtig schien, und darüber – was eine gewisse Enttäuschung war – ein T-Shirt mit einer Karte von Nordamerika. Ihr blondes Haar war zu einem ordentlichen, aber recht strengen Knoten frisiert. Seltsamerweise hatte sie etwas unter dem Arm, das aussah wie eine große Plastikplane.

»Das ist für unser Picknick«, verkündete sie, als sie auf dem Beifahrersitz Platz nahm.

Monsieur Pamplemousse warf einen mißtrauischen Blick auf die Plane, während er ihr mit dem Sicherheitsgurt half. Er stellte ihn von P.F.N. (*Pommes Frites Normal*) auf eine passendere Weite – im oberen Ende des Bereichs.

Von den möglichen erwünschten und unerwünschten Konsequenzen, die das Teilen einer Plastikplane möglicherweise nach sich ziehen konnte, einmal abgesehen, wollte er viel lieber den Klapptisch und die Stühle benutzen, die er immer im Kofferraum mit sich führte. Seiner Erfahrung nach konnte nämlich selbst die saftigste aller Wiesen in nur wenigen Augenblicken unerträglich hart werden. Und außerdem galt der Grundsatz, daß proportional zum erfreulichen Anblick der Natur immer auch deren tierische Population zunahm; für einen einzigen Quadratmeter Boden hatte er da einmal eine geradezu unglaubliche Zahl gehört.

Pommes Frites hatte noch strengere Ansichten zum Thema Picknick und betrachtete daher das merkwürdige Paket, das auf dem Sitz neben ihm landete, mit angewidertem Blick. Es war schon schlimm genug, auf die Rückbank verbannt zu werden, auch ohne daß diese noch zur Hälfte von etwas eingenommen wurde, das er als höchst unnötigen Ballast ansah, und er zeigte seine Mißbilligung, indem er seinem Herrn die Schnauze in den Nacken schob und heftig hechelte. Binnen kürzester Zeit entstand ein feuchter Fleck auf dem Hemdkragen, was ihm eine gewisse Genugtuung verschaffte.

Sie waren erst ein kurzes Stück gefahren, da fing Fräulein Brünnhilde plötzlich an, sich auf dem Sitz zu winden. »Ich werde mich verstecken, wenn wir am Tor zur Schule vorbeikommen«, erklärte sie und verschwand im selben Moment unter dem Armaturenbrett, ohne sich auch nur im geringsten darum zu kümmern, ob ihr Rock bei dieser Bewegung Folge leisten würde. Monsieur Pamplemousse bekam eine trockene Kehle, als er dies mit einem Seitenblick überprüfte. Ganz offenkundig hatte sich der Rock gegen die Möglichkeit entschieden, seiner Trägerin zu folgen.

Aus der Nähe betrachtet, schien Fräulein Brünnhilde sogar noch an Statur hinzuzugewinnen; um sie zu beschreiben, wäre der Begriff »Amazone« gewiß nicht fehl am Platze gewesen. Der Stoff ihres T-Shirts spannte sich weit über die Grenze der Belastbarkeit, denn mit derartigen Volumina brauchte selbst der großzügigste aller Bekleidungsfabrikanten normalerweise nicht zu rechnen. Von der Rückbank aus folgte Pommes Frites dem Blick seines Herrn, und auch er beäugte den Passagier nun mit Interesse. Dieses Interesse war – trotz seines Grolls wegen der Plane – mit einer gehörigen Portion Respekt vermengt.

Monsieur Pamplemousse dankte seinem Glücksstern, daß er daran gedacht hatte, vor dem Aufbruch das Verdeck aufzuklappen – ansonsten wäre ihm jetzt nämlich unerträglich heiß geworden. Als sie am Tor zum Internat vorbeifuhren, warf er einen Blick auf die Zufahrt. Dort war nichts zu sehen. Das Tor war verschlossen.

»Sie können jetzt ruhig wieder hervorkommen.«

Fräulein Brünnhilde zwängte sich wieder in eine sitzende Position und schob den Gurt zurecht, wobei sie sich einige Hundehaare von der Kleidung strich. »Ich sehe, Sie lesen englische Zeitungen«, sagte sie, als sie das Exemplar sah, das auf dem Armaturenbrett lag.

Monsieur Pamplemousse interessierte diese Bemerkung außerordentlich: er wog sie ab, analysierte sie und fragte sich, ob nicht vielleicht seine ursprüngliche Theorie doch richtig gewesen war.

»Interessieren Sie sich für die Schriftsetzerei?«

»Nein. Ist denn da irgend etwas Interessantes dran?« Er erhielt einen befremdeten Blick zur Antwort.

»Ich habe mich das nur so gefragt, sonst nichts.«

»Es ist aber eine sehr seltsame Frage. Warum fragen Sie, ob ich mich für die Schriftsetzerei interessiere?«

Monsieur Pamplemousse wünschte, er hätte nicht damit angefangen. Fräulein Brünnhilde besaß eine höchst buchstäbliche Denkungsart, die der Sprachlektions-Stil ihrer Konversation nur noch unterstrich. Er beschloß, sich in Geduld zu üben. Fairerweise mußte er zugeben, daß seine Kenntnisse des Deutschen noch wesentlich geringer waren.

»Haben Sie vielleicht Mühe mit der Rechtschreibung?« fragte er hoffnungsvoll.

»Meine Rechtschreibung ist sehr gut. Warum fragen Sie, ob ich Mühe mit der Rechtschreibung habe?«

»Weil sie bestimmt nicht besser wird, wenn man diese Zeitung hier liest«, sagte Monsieur Pamplemousse mit Überzeugung.

»Warum sagen Sie das? Was ist schlecht daran? Es ist eine sehr gute Zeitung.«

»Sie enthält viele Druckfehler. Viele Buchstaben stehen nicht dort, wo sie stehen sollten. Manchmal stehen ganze Zeilen nicht dort, wo sie stehen sollten.« Diese Redeweise war ansteckend. Nicht mehr lange, und er würde in Sätzen aus seinem alten englisch-französischen Konversationsführer sprechen, den er für Notfälle immer bei sich führte. »Sie haben mir den falschen Zahn gezogen!« hatte immer zu seinen Lieblingssätzen gehört. Er lohnte beinahe einen Besuch beim Zahnarzt, um ihn auszuprobieren und zu sehen, wie er wirkte.

»Ich will meinen Wortschatz verbessern. Die Schülerinnen sprechen alle englisch. Es ist sehr schwer, sich mit ihnen zu unterhalten. Sie sagen Sachen, die ich nicht verstehe, deshalb löse ich immer das Kreuzworträtsel in dieser Zeitung.«

»Ah, das Kreuzworträtsel!« Monsieur Pamplemousse fuhr ganz gedankenverloren und spürte auf einmal die

Wärme ihres Körpers an seinem, als er eine Kurve etwas zu rasch nahm. »Ein schlecht gelauntes Arbeitstier nimmt innerlich vom Anfang zu und kommt so auf den Frühstückstisch. Neun Buchstaben.«

Fräulein Brünnhilde setzte sich kerzengerade auf. »Was sagen Sie da? Ich verstehe Sie nicht.«

»Es ist eine Aufgabe aus einem englischen Kreuzworträtsel«, erklärte er.

»Aha!« Fräulein Brünnhilde nickte. »Und wie lautet die Lösung?«

»*Croissant*.«

»*Croissant?* Das verstehe ich nicht.«

Monsieur Pamplemousse schaltete herunter, als sie an eine noch schärfere Kurve kamen. Vor ihnen ragten die mächtigen Cornettes de Bises auf, die die Grenze zwischen Frankreich und der Schweiz markierten. »Es hat mit einer schlecht gelaunten Ameise zu tun – das ist das Arbeitstier –, und in der Mitte von *cross* ist noch das *i* vom Anfang von ›innerlich‹ drin.« Er spürte, wie seine Stimme unsicher wurde. Er hatte die Antwort selbst nicht ganz verstanden, und jetzt klang sie noch unwahrscheinlicher.

»Warum ist das *i* vom Anfang denn in der Mitte? Und in welchem Kreuz?« wollte Fräulein Brünnhilde wissen. »Und weshalb ist die Ameise schlecht gelaunt?«

Monsieur Pamplemousse war versucht, ihr zu antworten, daß diese Ameise sich vielleicht gerade erfolglos bemüht hatte, einer idiotischen ausländischen Ameise ein Rätsel zu erklären, doch er hielt sich zurück.

»Samstags gibt es immer eine Tombola«, sagte Fräulein Brünnhilde überraschend. »Wer dabei gezogen wird, bekommt einen Gutschein. Mit dem Gutschein kann man dann ein Buch bekommen. Mich haben sie aber bis jetzt noch nicht gezogen. Ich habe noch nie einen Preis gewonnen.«

»Lesen Sie denn gern?«

»Nein. Ich lese nicht gern.«

»In diesem Fall«, sagte Monsieur Pamplemousse, »ist es ja ganz gut, daß Sie noch nie gewonnen haben.« Nach dieser Bemerkung verstummte er. Die Aussicht auf ein Picknick mit Fräulein Brünnhilde verlor sehr rasch ihren Reiz. Er blickte zu ihr hinüber. Aus irgendeinem Grund atmete sie schwer und rutschte dauernd hin und her, als hätte sie unter ihrem T-Shirt Probleme. Als sie sich nun vorbeugte, um unerklärliche Korrekturen und Verrichtungen an ihrer Rückenpartie vorzunehmen, nahm er gezwungenermaßen wahr, wie die Küstengebirge Kaliforniens und die Appalachen-Kette in den Oststaaten der USA eindrucksvoll gegen das Armaturenbrett ragten. Obwohl sie sich im Takt mit den Bewegungen des Wagens auf und ab bewegten, hüpften sie keineswegs mit jener ausgelassenen Fröhlichkeit, die er erwartet hätte. Offenkundig wurden sie durch irgendein Halterungssystem gesichert.

Indem er den Blick abwandte und fest auf die Straße vor sich heftete, griff er mit der freien Hand nach ihrem Sicherheitsgurt. »Darf ich Ihnen behilflich sein?«

Sein Angebot wurde höchst brüsk zurückgewiesen.

»Bitte tun Sie das nicht!« Fräulein Brünnhilde sah ihn strafend an. »Ich kenne Ihre Sorte zur Genüge!«

Woher nur, fragte sich Monsieur Pamplemousse. Er war leicht gekränkt, und zwar sowohl über die Ablehnung seines durchaus ehrlichen Hilfsangebots als auch über den verallgemeinernden Rundumschlag, der diese Ablehnung begründete und unter anderem auch ihn einzuschließen schien.

»Meinen Oberbau dürfen Sie nicht anfassen. Das ist

VERBOTEN! Sie dürfen meine Knie anfassen. Sie dürfen meine Knöchel anfassen. Sie dürfen meinen Unterbau anfassen. Alles andere. Aber nicht meinen Oberbau.«

Monsieur Pamplemousse war sich nicht ganz klar, ob er damit eine Einladung, einen Verweis oder eine Art Überblick auf architektonische Richtlinien zur späteren Orientierung bekommen hatte, und fiel deshalb erneut in Schweigen.

Fräulein Brünnhilde ergriff als erste wieder das Wort. »Fahren wir noch viel weiter hinauf?« wollte sie wissen. »Große Höhen machen mir immer Schwierigkeiten. Und große Tiefen auch. Am besten geht es mir auf Meereshöhe.«

Diese Feststellung fand Monsieur Pamplemousse so kryptisch, daß er darüber nicht einmal nachdenken mochte. Holmes hätte sie bemerkenswert gefunden, vielleicht auch Mr. Pickering. Für ihn jedoch klang sie wie eine der Aufgaben im Kreuzworträtsel.

»Wir sind schon fast da. Ich zeige Ihnen eine schöne Stelle, die ich dort kenne.«

»Zeigen Sie die Stelle all Ihren Mädchen?«

»Ich habe noch nie in meinem ganzen Leben ein Mädchen dorthin mitgenommen.«

Dies konnte Monsieur Pamplemousse ehrlich behaupten. Er war dort bisher nur ein einziges Mal gewesen, und zwar mit Madame Pamplemousse, als sie seinerzeit die Gegend erkundet hatten – und das gehörte ja wohl kaum in die gleiche Kategorie. Er erinnerte sich noch gut daran; am meisten hatte ihm die Fülle der wilden Blumen dort gefallen. Weiter unten im Tal und an den Berghängen hing das Obst in den Bäumen und wartete auf die Ernte, der Wein stand kurz vor der Lese, und dort oben, hoch in den Bergen, gab es dann wilde Geranien, Glockenblumen, Gänseblümchen und späte Krokusse auf den Bergwiesen.

Er passierte ein Schild, auf dem die durchschnittliche Stundenzahl angeschrieben war, die ein Wanderer bis zum nächsten Aussichtspunkt brauchen würde. Hier bog er von dem schmalen Fahrweg ab, fuhr in eine kleine Senke hinab und danach wieder eine grasbewachsene Anhöhe hinauf, bis sie auf einer Hügelkette ankamen. Von dort oben gab es, wenn ihn sein Gedächtnis nicht trog, durch einen Einschnitt in den Bergen eine wunderschöne Aussicht auf den Genfer See und auf die Berggipfel dahinter, die mit ewigem Eis und Schnee bedeckt waren. Er wurde nicht enttäuscht. Das Wetter war auf seiner Seite, und das Panorama atemberaubend.

Indem er eine weite Kurve beschrieb, brachte er den Wagen oben auf dem Hügel so zum Stehen, daß er in die Richtung zeigte, aus der sie gekommen waren, also mit der Motorhaube talwärts gewandt. Da er einen stark brenzligen Geruch der überlasteten Bremsbelägen wahrnahm, legte er nur den Gang ein und stieg dann aus, gefolgt von Pommes Frites.

»Es ist sehr schön hier. Es ist ein guter Platz.« Fräulein Brünnhilde trat neben ihn, unter dem Arm die Plane. Sie atmete tief ein, wobei sie vor Schmerz sichtlich zusammenzuckte und umfaßte dann mit einer Hand ihren Ellenbogen. »Es ist sehr romantisch hier. Der See und die Berge.«

»Diese Gegend hat schon immer Dichter und Schriftsteller angezogen«, sagte Monsieur Pamplemousse. »Vor allem aus England. Englische Dichter lieben ja Seen.« Er verließ sich hier auf die Erinnerung an seine Unterhaltungen mit Mr. Pickering. »So hat zum Beispiel Lord Byron seine erste Begegnung mit Shelley vor dem Hôtel d'Angleterre in Sécheron gehabt. Gibbon, ein anderer Schriftsteller, beendete sein Buch mit dem Titel *Verfall und Untergang des Römischen Reiches* in Lausanne.« Er zeigte auf den Einschnitt in der Hügelkette. »Gleich dort unten, wo der See am tiefsten ist, kamen Shelley und Byron einmal in einem plötzlichen Gewitter beinahe um.«

Er nahm ihr die Plane ab, schüttelte sie auf und breitete sie hinter dem 2CV aus. An den Seiten hatte sie in regelmäßigen Abständen metallgefaßte Ösen, durch die kurze Schnüre gezogen waren. In der Nähe der hinteren Stoßstange nahm er diese Schnüre und band die Plane daran fest, wobei er sie etwas weiter in die Höhe zog und so eine Barriere gegen den leichten Südwestwind schuf.

»Es ist schwer, sich an einem so schönen Tag wie heute ein Gewitter vorzustellen. Gewitter paßt nur zu schlechten Tagen.« Fräulein Brünnhilde entfernte einige Nadeln aus ihrem Haar und schüttelte dabei energisch den Kopf. Lange blonde Locken schimmerten im Sonnenschein, als sie ihr den Rücken hinabfielen. Es hatte einen erregenden Effekt, wie das plötzliche Freisetzen eines Wasserfalls, wie die Verwandlungsszene in einem Theaterstück.

Monsieur Pamplemousse räusperte sich, denn ihm war klar, daß auch Pommes Frites zusah. Er mühte sich angelegentlich mit einem Knoten. »Vielleicht war es ja auch Shelleys eigene Schuld. Wasser übte immer eine große Faszination auf ihn aus. Seinen Tod fand er schließlich in einem Boot, das Byron auf den Namen *Don Juan* getauft hatte.«

Fräulein Brünnhilde betrachtete ihn interessiert. »Sie wissen aber eine Menge über manche Dinge.«

»Nein.« Monsieur Pamplemousse ging auf die Beifahrerseite des Wagens und holte die Einkaufstüten heraus. »Ich weiß ein *wenig* über viele Dinge. Das ist nicht dasselbe. Das war schon immer mein Problem. Ich schnappe immer unwichtige Nebensächlichkeiten auf.«

Ehe er die Wagentür wieder schloß, machte er Pommes Frites ein Zeichen, er solle wieder einsteigen. Es gab Momente, da konnte Pommes Frites sehr im Weg sein, wenn ihm danach war. Oder um es ganz unumwunden auszusprechen: wenn er eifersüchtig wurde. Und jetzt machte er deutlich den Eindruck, als stünde er dicht vor einem ziemlich heftigen Eifersuchtsanfall. Er befolgte den Befehl daher auch mit deutlichem Mangel an Enthusiasmus: Als er in den Wagen kletterte, setzte er eine Miene auf, die soviel hieß wie: »Mir wird übel mitgespielt.«

Monsieur Pamplemousse ignorierte seinen unverwandten Blick aus dem Rückfenster geflissentlich und begann, die Picknickutensilien auszupacken, wobei er die Tüten möglichst mit seinem Körper verdeckte, um nicht noch Salz in die Wunden seines Partners zu streuen. Er stellte die Flaschen mit Mondeuse und Evian-Wasser sowie die Kartonhülle mit dem Champagner ordentlich vor der Stoßstange auf, dann griff er in die zweite Tüte. »Sehen Sie sich zum Beispiel diesen *gâteau de foies blonds de volaille* an. Manche Leute mögen meinen, es sei ziemlich egal, wie und woraus so etwas hergestellt wird; daß diese Geflügelleber von einem *poulet de Bresse* stammt, bedeutet ihnen nichts. Für mich jedoch heißt es eine Menge, denn ich weiß damit, daß das brave Tier dem Gesetz nach sein ganzes Leben lang niemals weniger als zehn Quadratmeter Platz für sich hatte, auf dem es sich frei bewegen und natürlich ernähren konnte: deshalb wird es ein besonders saftiges Fleisch haben, und dies wird meinen Appetit anspornen und damit mein Vergnügen noch vergrößern.«

Er zog zwei weitere Päckchen hervor und hielt sie hoch. »Zu wissen, daß dieser Schinken über Kiefernholz und Wacholderbeeren geräuchert wurde, und zwar hoch oben in den Bergen, wo die Luft kühl und frisch ist, wird seinem

Geschmack zusätzliche Romantik verleihen. Und wenn wir ihm diesen Genuß hier folgen lassen« – dabei wickelte er den *reblochon* aus, – »so wird das Wissen, daß man mit dem Wort *reblocher* das Abmelken der letzten und gehaltvollsten Milchtropfen aus dem Euter der Kuh bezeichnet, den Käse zwar nicht verdaulicher machen, es mir aber ein wenig wärmer ums Herz werden lassen.«

»Sie interessieren sich für Essen?« Der Gedanke war offensichtlich neu für sie.

»Wenn ich meinen neunzigsten Geburtstag erleben darf«, erwiderte Monsieur Pamplemousse, »und wenn ich außerdem noch das Glück habe, wie bisher auch weiterhin drei Mahlzeiten pro Tag zu mir zu nehmen, so ergibt dies im Laufe meines Lebens eine Gesamtsumme von fast einhunderttausend Mahlzeiten. Also wäre es doch dumm, sich nicht für etwas zu interessieren, das einen so großen Teil des Lebens einnimmt und zum Teil ja auch für seinen Fortgang verantwortlich ist. Es wäre sogar noch dümmer, als am Bett zu sparen, in dem man ja immerhin etwa ein Drittel des Daseins zubringt.«

Fräulein Brünnhilde ließ sich behutsam auf der Plane nieder, legte sich auf den Rücken und starrte in den Himmel. Im Ausführen dieser Bewegung schien sie gewisse Probleme zu haben, fast als hätte sie mit verborgenen, hinderlichen Kräften zu kämpfen, schließlich aber machte sie es sich doch noch bequem.

»Für mich ist die Sonne wichtiger. Das ist meine liebste Nahrung. Jedenfalls ist alles besser als im *Institut* zu sein.«

»Erzählen Sie mir etwas über das *Institut*.«

Sie zog eine Grimasse. »Das ist nicht interessant.«

»Alles ist interessant«, sagte Monsieur Pamplemousse. »Ich habe es Ihnen doch erzählt. Ich schnappe immer unwichtige Nebensächlichkeiten auf. Erzählen Sie mir zum Beispiel etwas über die Krankenstation dort.«

Fräulein Brünnhilde setzte sich auf. »Ah! Da haben Sie sich gleich das schlimmste Thema ausgesucht. Das ist keine Nebensächlichkeit. Drei Tage lang hat man mir in meiner eigenen Schule verboten, ins Krankenzimmer zu gehen. Und für welchem Grund?«

»Für welchem Grund denn?« wiederholte Monsieur Pamplemousse höflich ihren Fehler.

»Ich glaube, es liegt daran, daß sie mir nicht vertrauen. Irgend etwas geschieht dort, über das ich nichts erfahren soll. Aber ich werde es herausfinden.« Beim Sprechen klopfte sich Fräulein Brünnhilde auf die Brust. Einen kurzen Moment lang schien sie diese Geste zu bereuen, dann aber erholte sie sich.

»Hier drin habe ich einen Schlüssel. Und von dem wissen sie nichts. Den einen haben sie mir weggenommen, aber sie dachten, das war der einzige. Hier drin habe ich aber noch einen Ersatzschlüssel.«

Monsieur Pamplemousse betrachtete sie nachdenklich. Ein Schlüssel zur Krankenstation war das, was er momentan am allermeisten ersehnte. Er hatte das Gefühl, daß sich ihm damit noch weitere Türen öffnen würden. An den Schlüssel heranzukommen, dürfte jedoch nicht ganz leicht werden.

Er griff nach einer Flasche Evian, riß den Plastikring herunter, drehte den Verschluß ab und goß vorsichtig zwei Gläser ein, dann fügte er noch eine angemessene Portion Eis aus dem Behälter hinzu.

Als Fräulein Brünnhilde sich vorbeugte, um nach einem der Gläser zu greifen, rutschte ihr T-Shirt aus dem Rock und eröffnete eine klaffende Lücke. Einen Moment lang spielte er mit dem Gedanken, einen kurzen Vorstoß in

Form eines raschen Zangenangriffs in die Gegend von Louisiana zu unternehmen, mit dem festzustellen wäre, auf welche topographischen Hindernisse eine größere Invasion nach Arkansas und weiter nördlich eventuell stoßen würde. Doch er konnte seinen Plan nicht ausführen. Fräulein Brünnhilde wich zurück und hob dabei ihr Glas.

»Prost!«

»*Balcons!*« Kaum war ihm dieser Freudsche Versprecher entschlüpft, bedauerte er ihn schon. Fräulein Brünnhilde rutschte noch weiter zurück. Der Augenblick war ungenutzt verstrichen.

»Sie haben schlechte Gedanken«, sagte sie tadelnd. »Sie sind wohl ein Mann, der auf *tétons* fixiert ist?«

»Ich bin ein Mann«, sagte Monsieur Pamplemousse schlicht und gab damit eine direkte Antwort auf diese direkte Feststellung.

»Ach, Männer!« Es gelang Fräulein Brünnhilde, in diesem Wort einen ganzen Schatz von Bedeutungen anklingen zu lassen, und nicht alle davon waren schlecht. Es schwang auch eine gewisse Sehnsucht in ihm mit.

»Ich freue mich eben über die Schönheiten der Natur, wenn ich sie sehe«, verteidigte sich Monsieur Pamplemousse, »und ich genieße sie auch gern. Wenn Sie einen Bergsteiger fragen: ›Warum klettern Sie auf den Mount Everest?‹, würde ihm die Antwort ganz leichtfallen. Er würde nämlich sagen: ›Weil er eben da ist.‹ Das wäre ihm Grund genug.«

»In meinem Fall ist es aber nicht Grund genug«, sagte Fräulein Brünnhilde bestimmt. Sie betrachtete Monsieur Pamplemousse träge über den Rand ihres Glases hinweg, während er damit beschäftigt war, den Rest des Picknicks auszubreiten.

»Der Herr Professor im *Institut* ist auch auf *tétons* fixiert.

Er tut immer so, als wäre er ein Naturfreund, aber er beobachtet mit seinem Fernglas die Mädchen durch das Fenster des Umkleideraums. Er glaubt, daß niemand davon weiß. Aber ich habe ihn gesehen. Ich sage den Mädchen immer, daß sie ihre Trikots nie ausziehen dürfen.«

»Möglicherweise ist er frustriert«, gab Monsieur Pamplemousse zu bedenken. Dabei genehmigte er sich verstohlen ein *dragée*. Tag und Nacht von verführerischen Neunzehnjährigen umgeben zu sein, brachte bestimmt gewisse Probleme mit sich. Nach sonstigen Ablenkungen mußte man im *Institut des Beaux Arbres* wohl mit der Lupe suchen. Er war jedenfalls froh, sein eigenes Fernglas im Hotel gelassen zu haben. Fräulein Brünnhilde hätte wohl das Schlimmste vermutet.

»*Er* soll frustriert sein? Und was ist mit mir? Ich bin auch frustriert. Sie haben keine Ahnung, wie das ist, wenn man sich dort den ganzen Tag lang mit niemandem als einem Haufen junger Mädchen unterhalten kann.«

»Weshalb arbeiten Sie dann dort?«

»Ich habe eine Annonce in einer deutschen Zeitung gelesen. Damals hielt ich das für eine gute Idee. Heute denke ich anders. Es gefällt mir dort überhaupt nicht. Ich bin unglücklich. Ich bin zuviel allein. In der Nacht ist es am schlimmsten.«

»Was ist mit den anderen Männern?«

»Es gibt keine anderen Männer.«

»Nicht einmal die Skilehrer?«

»Die sind ja den ganzen Sommer über weg. Erst jetzt treffen sie langsam wieder ein. Außerdem sind sie merkwürdig. Ich traue ihnen nicht.«

Monsieur Pamplemousse fragte sich, warum das so war. Vielleicht waren in den Augen des Fräuleins alle Männer gleich, nur einige noch etwas gleicher. Wenn die Gruppe, die er am Vortag gesehen hatte, auch nur halbwegs repräsentativ für die Mädchen des Pensionats waren, dann begriff er gut, weshalb die Skilehrer auf dem Photo eine so vergnügte Truppe abgaben. Sie hatten einen Traumjob. Allerdings war Vergnügen ein Wort mit vielerlei Konnotationen. In ihren Mienen schien noch etwas anderes zu liegen. Ein Moment, das sich nur schwer beschreiben ließ. Eine gewisse Härte. Wäre er der Vater einer der Schülerinnen, hätte er sich wohl ein wenig Sorgen gemacht.

»Ich stelle Ihnen noch eine andere Frage.« Fräulein Brünnhilde unterbrach seine Überlegungen. »Wie kommt es, daß alle Mädchen blond sind? Warum sind nie Brünette dabei? Warum keine Rothaarigen?«

Monsieur Pamplemousse schwieg. Sie hatte ganz recht. Er hatte die Tatsache ursprünglich nur registriert, ohne viel darüber nachzudenken, aber unbewußt dürfte sie seine Frage an Guillard motiviert haben.

»Vielleicht«, begann er, »ist es nur ein Zufall.«

»Vielleicht«, sagte Fräulein Brünnhilde selbstzufrieden, während sie sich zurücklehnte und die Hände über dem Bauch faltete. »Vielleicht auch nicht.«

Als sich Monsieur Pamplemousse vorbeugte, um sein Glas an einem sicheren Ort abzustellen, bemerkte er ein höchst eigenartiges Phänomen, eine Art Kombination aus Bewegungen von wogenden Brüsten und sich hebenden und senkenden Armen, die nicht ganz zueinander zu passen schienen. Es war schwer, das Gefühl in Worte zu fassen, aber wieder einmal hatte er den Eindruck, daß hier einander widerstrebende Kräfte am Werk waren. Nur zu deutlich bemerkte er außerdem, daß T-Shirt und Rock inzwischen schon sehr weit auseinandergerutscht waren. Nacktes, weißes, warmes, unzweifelhaft lebendiges Fleisch lag direkt neben ihm, in seiner Reichweite. Sein Blick fiel auf etwas Metallenes.

Es könnte den Versuch lohnen. Nur: wenn er es versuchte und dabei scheiterte – falls der Schlüssel an einer Kette befestigt war, vielleicht sogar an einer primitiven Alarmanlage (zuzutrauen wäre ihr so etwas) –, dann würde er nie wieder eine solche Chance bekommen.

Er stellte sein Glas auf die Plane, wo es nicht umkippen konnte. Gerade wollte er etwas näher an Fräulein Brünnhilde heranrutschen, da bemerkte er im Aufblicken, daß Pommes Frites durch das Rückfenster des Wagens jede seiner Bewegungen genauestens beobachtete. Die Hinterpfoten gegen das Armaturenbrett gestemmt, streckte er den Kopf weit über die Rückbank hinaus und bemühte sich auf diese Weise, eine möglichst gute Sicht auf alles zu bekommen, was draußen vorging. Als er Monsieur Pamplemousse' Blick auffing, setzte er seine rätselhafte Miene auf. Wenn er wollte, konnte Pommes Frites sehr puritanisch wirken. Es hatte mit den Hautfalten in seinem Gesicht und den tiefliegenden Augen zu tun. Mit einer entsprechenden Kopfbedeckung hätte er ohne weiteres als einer der Pilgerväter durchgehen können, der durch ein Bullauge auf der Breitseite der *Mayflower* gerade seinen ersten Blick auf Massachussetts/U.S.A. warf – und nicht allzu erfreut war von dem, was er dort sah.

Das Ganze hatte auf Monsieur Pamplemousse eine… nun eine zumindest sehr abregende Wirkung. Jeder Gedanke an einen frontalen Angriff auf Fräulein Brünnhilde war auf einmal wie weggewischt. Er rutschte wieder in seine ursprüngliche Lage zurück und überlegte, ob er zuvor nicht lieber den Boden ein wenig bereiten sollte.

»Möchten Sie vielleicht ein Glas Champagner?«

»Das wäre eine sehr gute Idee.« Sie räkelte sich träge, fast ein wenig enttäuscht.

Pommes Frites sah mit erneutem Interesse zu, wie sein Herr sich nun zurücklehnte und nach hinten griff.

Dies waren die letzten bewußten Handlungen, die einer der beiden während der nun folgenden Zeitspanne ausführte.

Denn mit einem Mal wurde der Friede am Dent d'Oche von einer gewaltigen Explosion erschüttert, und Monsieur Pamplemousse spürte, wie es ihm die Kartonhülle aus der Hand riß.

Wäre zufällig ein Winzer aus Epernay des Weges gekommen, er hätte, was die Ursache dieser Explosion anging, sofort die richtige Erklärung gehabt. Auch ein Student der Physik hätte anhand der Fakten schon nach wenigen Semestern zu einem eindringlichen Vortrag darüber ansetzen können, wie wenig ratsam es sei, Champagner im Gefrierfach anstatt in dem dafür vorgesehenen Teil des Kühlschranks aufzubewahren. Unter normalen Umständen und mit etwas mehr verfügbarer Zeit zum Nachdenken, dies muß man wohl eingestehen, wäre auch Monsieur Pamplemousse recht bald in der Lage gewesen, zwei und zwei zusammenzuzählen.

Eine mit Gasperlen durchsetzte Flüssigkeit, die sich während des kurzen Verbleibs im *frigidaire* gelöst hatten, dann aber von der Herbstsonne allmählich wieder erwärmt und auf der langen, holprigen Bergfahrt systematisch durchgerüttelt worden waren, erwachte zum Leben, denn sie hatte in ihrem Inneren einen Druck aufgebaut, der den üblichen Normwert von sieben Atmosphären weit überstieg, so daß sie nun rebellieren mußte.

Daß die Flasche nicht schon während der Fahrt detoniert war, war zweifellos ein Tribut nicht nur an ihre Hersteller, sondern auch an alle Nachfolger des Dom Perignon, die im Laufe der Jahre jene Kunst perfektioniert hatten, die darin bestand, die geschichtete Rinde der spanischen Eiche *Quercus suber* sorgfältig zu verleimen und ein Verfahren zu entwickeln, mit dessen Hilfe man den so entstandenen Korken fast auf die Hälfte seiner Größe zusammenpressen konnte, um ihn dann mit einem elektrischen Schlaghammer in den Flaschenhals zu treiben, wo er sich dann wieder ausdehnen durfte, nach außen hin allerdings von einem *muselet* aus feinem Draht an Ort und Stelle gehalten.

Doch alles hat seine Grenzen. Da sie dem enormen Druck keine Sekunde länger widerstehen konnte, hatte die Flasche sich als Reaktion auf die abrupte Bewegung, mit der Monsieur Pamplemousse nach ihr griff, von ihrer Bodenplatte getrennt. Solcherart sich selbst überlassen, schoß sie aus der Kartonhülle hervor, und zwar auf eine Weise, die in Cape Canaveral spontanen Beifall ausgelöst hätte.

Monsieur Pamplemousse reagierte ebenso rasch wie vehement. Überzeugt davon, daß es sich um einen weiteren Anschlag der »Abteilung für schmutzige Tricks« auf sein Leben handelte, wobei man sich solche Details wie Countdowns oder Vorwarnungen offenbar sparte, hechtete er sich ganz automatisch auf die Gestalt an seiner Seite und warf sich mit dem ganzen Körper über sie, um sie zu schützen. Als er auf ihr landete, spürte er ein scharfes Stechen in der Brust. Ein Keuchen ertönte, dicht gefolgt von einer zweiten, kleineren Explosion irgendwo unter ihm. Ein leises, zischendes Geräusch und etwas, das sich wie der Anfang eines Erdbebens anfühlte, steigerten seine Verwirrung noch mehr. Beine und Arme schlangen sich um seinen Körper und hielten ihn in einem schraubstockartigen

Griff gefangen, aus dem es kein Entrinnen gab, während ein Schrei an seinem linken Ohr einen Moment lang jeden Versuch zum vernunftmäßigen Erfassen der Situation unmöglich machte.

Verzweifelt um sich greifend, bekam er das nächstgelegene Objekt zu fassen, das sich seiner Hand bot, und während das Rütteln und Schütteln und Rumpeln mit jeder Sekunde heftiger wurde, hielt er sich daran fest, als stünde sein Leben auf dem Spiel.

So komplex auch die Gründe für die Explosionen sein mochten, die vulkanartigen Eruptionen unter der Plane ließen sich wesentlich leichter erklären. Pommes Frites hätte ihre Ursache problemlos mit der Pfote aufzeigen können. Oder vielmehr, um es genau zu sagen: eine seiner Pfoten *war* die Ursache.

Pommes Frites, dem emotionale Ausbrüche für gewöhnlich fremd waren und der wie sein Herr daran gewöhnt war, im Antlitz der Gefahr keine Furcht zu zeigen, hatte die erste Explosion immerhin derart erschreckt, daß er sich rasch in Sicherheit brachte. Bei seinem gewaltigen Luftsprung von so olympischen Dimensionen, daß er durch das offene Verdeck hinaussegelte, benutzte er den Schalthebel als Absprungbasis und legte dabei versehentlich den Leerlauf ein.

Die Wirkung war ebenso spektakulär wie die Ursache, und Pommes Frites sah dem Gang der Dinge mit zusehends betrübter Miene zu: Der Wagen gewann rasch an Geschwindigkeit und rollte hügelabwärts, wobei er die Plane samt den darauf befindlichen Picknickfreunden mit sich riß. Pommes Frites zuckte richtiggehend zusammen, als der 2CV schließlich unten in der Senke gegen einen Baum prallte und damit abrupt zum Stillstand kam.

Einen Moment lang spielte er mit dem Gedanken, einen

kleinen Spaziergang anzutreten. Es war ein schöner Tag, und er hatte das unangenehme Gefühl, daß sein Herr nicht eben gut auf ihn zu sprechen sein würde. Aber nur einen Moment lang. Seine Loyalität – allerdings auch der Wunsch herauszufinden, was eigentlich passiert war – gewann bald die Oberhand, und so machte er sich so rasch wie möglich auf den Weg bergab.

Er erreichte den Schauplatz gerade noch rechtzeitig, um zu sehen, wie sein Herr die Stoßstange losließ und sich vergeblich bemühte, eine sitzende Position einzunehmen. Dieser Versuch war ganz ohne Frage zum Scheitern verurteilt, denn Fräulein Brünnhildes Arme blieben weiterhin fest um ihn geschlungen.

Monsieur Pamplemousse betrachtete sie mit großer Beunruhigung. Sie hielt die Augen in Ekstase fest zugekniffen, ihre Lippen waren geöffnet und auf ihrem Gesicht lag ein Ausdruck von Glückseligkeit aus einer anderen Welt – aber gleichzeitig sah sie, gelinde gesagt, ziemlich unausgewogen aus. Windschief war wohl das richtige Wort: Kalifornien schien ein größeres Erdbeben erlitten zu haben, und Atlantic City an der Ostküste war von einem dünnen Splitter grünen Glases durchbohrt, an dem noch ein Stück des Etiketts klebte. Als er es vorsichtig entfernte, nahm er das leise Zischen von entweichender Luft wahr. Darauf versuchte er, den Glassplitter wieder zurückzuschieben, aber es war zu spät. Schon entstand eine tiefe Senke in dem betreffenden Gebiet. Er wappnete sich gegen einen mächtigen Zornesausbruch, da bemerkte er zum ersten Mal die roten Flecke auf ihrem T-Shirt.

»Sind Sie verletzt?« Noch als er die Frage stellte, wurde ihm klar, daß das Blut aus einem kleinen Schnitt in seiner eigenen Brust stammte.

Fräulein Brünnhilde stieß ein leises Stöhnen aus und

warf den Kopf von einer Seite zur anderen. »Du meine Güte! Das war wie *Liebfrauenmilch*!« Ihr Griff wurde noch fester. »Das war wunderschön! Die Erde hat gebebt. Haben Sie es gespürt? Die Erde hat gebebt.«

»Ja«, antwortete Monsieur Pamplemousse vorsichtig. »Ich habe es auch gespürt.« Jede Bewegung war relativ. Wenn man ihn fragte, so fühlte er sich, als hätten sie die halbe Strecke bis Evian auf der Plane zurückgelegt.

»Wie *Beerenauslese*!« Ihm blieb geradezu die Luft weg, als sie ihn jetzt noch fester packte. »Mehr! Mehr!«

Monsieur Pamplemousse sah sich hilfesuchend um, doch da war nur Pommes Frites, der ihm hätte Beistand leisten können. Dieser jedoch wandte den Blick ab. Auch er war nicht ohne Feingefühl. Von dieser Seite würde jedenfalls keine Hilfe kommen.

»Die Liebe ist ganz und gar keine exakte Wissenschaft«, keuchte er und versuchte, etwas Zeit zu gewinnen, um vor ihrem nächsten Ansturm neuen Atem zu schöpfen. »Es ist wie mit weichgekochten Eiern. Der Erfolg ist nicht immer garantiert. Die Freude darüber, daß man es genau richtig hinbekommen hat, ist nicht so leicht zu wiederholen.«

Wieder stieß Fräulein Brünnhilde ein Stöhnen aus, und Schauer durchliefen ihren ganzen Körper, als sie den Moment nochmals erlebte.

»Wie *Trockenbeerenauslese*! So etwas habe ich noch nie erlebt.«

»Ich möchte bezweifeln«, sagte Monsieur Pamplemousse, »daß *irgend jemand* so etwas schon einmal erlebt hat.«

»Wie *Eiswein*! ... Bitte ...«

Monsieur Pamplemousse versuchte, sie ein wenig abzulenken. »Eiswein wird aus Trauben gemacht, die man bis nach dem ersten Frost an der Rebe beläßt. Sie werden erst etwa zu Weihnachten gepflückt. Der Wein ist unermeßlich süß, aber so etwas geschieht nur sehr selten. Vielleicht einmal im Jahrzehnt.«

Fräulein Brünnhilde öffnete die Augen. Zum ersten Mal fiel ihm auf, wie blau sie waren. »Dann lassen Sie es noch einmal geschehen. Bitte lassen Sie es noch einmal geschehen.«

»Es ist aber noch nicht Weihnachten«, begann Monsieur Pamplemousse.

»Aber ich bin ja auch nicht frostig.«

»Vielleicht können wir einen Handel abschließen«, sagte Monsieur Pamplemousse und beugte sich so dem Unvermeidlichen. »Sie können mir auch bei etwas helfen. Aber zunächst müssen Sie mich loslassen, damit ich den Wagen bewegen kann.«

Fräulein Brünnhilde schloß von neuem die Augen. »Lassen Sie mich nicht zu lange warten. Ich kann es nicht ertragen, wenn ich zu lange warten muß.«

»Ich werde mich so sehr beeilen, wie ich nur kann«, sagte Monsieur Pamplemousse. Er machte sich frei, kam unsicher auf die Beine und winkte dabei Pommes Frites zu sich heran.

Pommes Frites kam mit wedelndem Schwanz herbeigetrottet. Er spürte, daß eine Art Spiel bevorstand. Pommes Frites mochte Spiele sehr gern, und dieses versprach noch lustiger zu werden als die meisten anderen.

Ein einmaliges Mahl

Während der ersten Hälfte der Fahrt talwärts, zurück zum *Institut des Beaux Arbres* schwiegen alle. Pommes Frites vertrieb sich die Zeit, indem er versonnen aus dem Rückfenster blickte, seinen Gedanken nachhing und dabei den Schafen, die in der hereinbrechenden Dämmerung grasten, hochmütige Blicke zuwarf. Monsieur Pamplemousse war zu sehr beschäftigt, sich darauf zu konzentrieren, den 2CV mit der Handbremse unter Kontrolle zu halten, um nebenbei noch höfliche Konversation machen zu können. Außerdem war er im Geiste längst bei den Dingen, die er noch vor sich hatte. Jetzt, da er seine Pläne endlich geordnet hatte, wollte er sie auch so rasch wie möglich in die Tat umsetzen. Rasches Handeln war dabei das Wichtigste. Rasches Handeln und Selbstvertrauen. Plus eine gehörige Portion Glück. Der Schlüssel zur Krankenstation ruhte inzwischen sicher in seiner Tasche. Er würde bestimmt nicht zögern, ihn zu benutzen. Falls es nötig war, würde er auch die örtliche Polizei zu Hilfe rufen. Dies erforderte jedoch eine Menge mühsamer Erklärungen, die viel Zeit kosteten. Und Zeit war genau das, wovon ihm im Augenblick am wenigsten zur Verfügung stand. Wenn alles andere fehlschlug, würde er bei möglichst hochrangigen Regierungsstellen in der Angelegenheit zu intervenieren versuchen. Und wenn auch dies fehlschlug... nun, wenn auch dies fehlschlug, hätte er zumindest die Genugtuung, daß er es versucht hatte. Sein Gewissen wäre dann rein. Außerdem verfügte er immer noch über hervorragende Kontakte zu den richtigen Zeitungen.

Auch Fräulein Brünnhilde war in Gedanken versunken. »Glauben Sie, beim ersten Mal war es am besten?« fragte sie unvermittelt. »Oder eher beim vierten Mal?«

Monsieur Pamplemousse gab seine Konzentration einen Moment lang auf, lange genug jedenfalls, um seine Beifahrerin voller Staunen anzusehen. Sie war wie ein Kind mit einem neuen Spielzeug, oder wie eine Katze, die gerade entdeckt hat, was Sahne ist. Zum Glück hatten die Schnüre, mit denen die Plane am Auto befestigt gewesen war, irgendwann nachgegeben. Sonst ginge es wohl immer noch weiter.

»Ich glaube, beim dritten Mal war es am besten.« Damit wandte er seine Aufmerksamkeit wieder der Straße zu.

»Das ist interessant«, stellte sie verträumt fest. »Ich möchte wissen, warum.«

Monsieur Pamplemousse gab keine Antwort. Er fand, es sei nicht ganz die rechte Zeit zur Erörterung derartiger Details. Die einfache Anwort war schlechterdings, daß das Essen und der Wein nach der zweiten Rutschpartie neue Energien in ihm freigesetzt hatten, mit deren Hilfe alles leichter fiel, und zu diesem Zeitpunkt hatte die Sache auch Pommes Frites riesigen Spaß gemacht. Er war ganz aufgeregt, ein neues Vergnügen entdeckt zu haben, und machte sich schon nicht mehr die Mühe, vom Wagen abzuspringen. Doch als es dann an den vierten Ausflug hügelabwärts gegangen war, hatte Monsieur Pamplemousse' Verdauungstrakt zu rebellieren begonnen und die Romantik war zum Fenster hinausgeflogen.

»So ein Glück, daß Pommes Frites Flickzeug dabei hatte. Ich habe noch nie einen Hund getroffen, der so etwas bei sich hatte.«

»Er geht nie ohne Flickzeug auf Reisen.« Monsieur Pamplemousse zog heftig an der Handbremse, weil sie sich einer Spitzkehre näherten. Im Tal unter ihnen gingen langsam in den Häusern die Lichter an.

»Und eine Druckluftdose. Das ist auch sehr ungewöhnlich.«

»Er braucht es für seine Hundehütte. Er hat eine aufblasbare Hundehütte. Wir sind sehr viel miteinander auf Reisen, und dabei muß er manchmal im Freien schlafen. Das tut er nur bei schönem Wetter gern.«

»Aha. Es gibt bestimmt nicht viele Hunde mit einer aufblasbaren Hundehütte.«

»Er ist der einzige, soweit ich weiß«, sagte Monsieur Pamplemousse, »Ich habe sie speziell anfertigen lassen.«

»Meinen *soutien-gorge* habe ich mir auch speziell anfertigen lassen. Er wurde extra für mich gemacht. Das ist doch auch sehr ungewöhnlich. Haben Sie so etwas schon einmal gesehen?«

»Noch nie«, bekannte Monsieur Pamplemousse. Nur gelesen hatte er davon schon. Er hatte gehört, daß aufblasbare Büstenhalter einmal kurzfristig sehr *en vogue* waren, aber sozusagen aus erster Hand hatte er nie einen kennengelernt. Jetzt, da ihm einer vorgeführt worden war, verstand er auch, weshalb sie sich nie so recht durchgesetzt hatten. Wenn er wieder mit einem zu tun bekäme, würde er ihn mit viel Respekt behandeln und immer auf Meereshöhe bleiben, wo der Luftdruck normal war. Als die Straße etwas ebener wurde und sie auf eine vergleichsweise lange Gerade kamen, nutzte er die Gelegenheit zu einem kurzen Blick auf seine Begleiterin.

»So etwas ist unnötig. In Ihrem Falle ist es ganz und gar unnötig. Es ist, als würde man Orchideen vergolden.«

Er spürte ihre Hand auf seinem Knie. »Sie sind sehr freundlich.«

»Ich spreche nur die Wahrheit.«

»Er ist gut für mein Ego. Der *soutien-gorge*, meine ich.«

»Was gut für das Ego ist, kann manchmal schlecht für andere Dinge sein. Egos sind wie Bäuche – sie werden leicht so dick, daß es gar nicht mehr angenehm ist.«

Fräulein Brünnhilde sah an sich hinab. »Sie meinen, ich sollte meine Egos ablegen?«

»Ich bin fest davon überzeugt. Jeder Mensch ist, was er ist. Ich habe noch nie jemanden getroffen, der nicht gern irgendwie anders gewesen wäre: der eine hätte gern eine längere Nase oder eine kürzere, oder eine weniger krumme, die andere eine schmalere oder fülligere, eine größere oder kleinere Figur. Und weshalb? Das ist, als ob man ein Buch kauft, in dem einem eine Filmschauspielerin erklärt, wie man so schön wird wie sie. Das ist einfach widersinnig. Wenn sie auch nur einen Augenblick lang daran glauben würde, daß dieser Wunsch ihrer Leserinnen die geringste Chance auf Erfüllung hätte, würde sie das Buch ja sofort aus dem Handel ziehen. Warum wollen die Menschen nur immer aussehen wie jemand anders? Jeder ist verschieden, das ist doch ein Teil des Schönen am Leben.«

»Dann werde ich sie mir als Souvenir aufheben. Oder möchten Sie meine Egos als Souvenir?«

Monsieur Pamplemousse schüttelte den Kopf. »Das wäre keine gute Idee. Madame Pamplemousse hätte wohl keine Freude daran.«

»Ah!« Fräulein Brünnhilde verstummte wieder.

Es wäre bestimmt keine gute Idee. Doucette wäre ganz und gar nicht erfreut darüber, in seinem untersten Kommodenfach unerwartet auf ein Paar aufblasbare *doudounes* zu stoßen. Jeder Erklärungsversuch seinerseits wäre kompliziert und langwierig und stieße letzten Endes auf tiefsten Unglauben.

Wieder spürte er eine Hand auf seinem Knie, diesmal etwas leichter. »Ich glaube, Madame Pamplemousse hat großes Glück mit Ihnen. Ob sie wohl weiß, daß sie so großes Glück hat?«

Monsieur Pamplemousse wog die Frage im Geiste ab. Es war schwer zu sagen. Man konnte das halbe Leben mit jemandem zusammenleben und doch nicht dessen wahre Gefühle kennen.

»Das kann ich nicht beantworten«, sagte er schließlich. »Sie freut sich immer sehr, wenn ich heimkomme, das weiß ich genau. Allerdings glaube ich, daß sie sich nach ein paar Tagen manchmal ebenso sehr freut, wenn ich wieder wegfahre.«

»Und Sie? Freuen Sie sich nicht auf das Heimkommen?«

»Doch. Aber auch ich freue mich schon darauf, irgendwann wieder wegzufahren. Es ist ein gutes System. Wir sind nicht unglücklich. Wichtig ist dabei nur der Wunsch zurückzukehren. Das, und die Tatsache, daß einen jemand zurückwünscht.«

Noch zwei Kurven, und dann waren sie da. Als die Umzäunung in Sicht kam, hielt er am Straßenrand und schaltete den Motor ab.

»Verraten Sie mir etwas.« Fräulein Brünnhilde zog das Photo aus ihrer Handtasche und betrachtete es. »Sind Sie an diesem Mädchen so interessiert, weil Sie keine eigenen Kinder haben?«

Monsieur Pamplemousse bedachte diese Frage sehr sorgfältig, ehe er eine Antwort gab. Es stimmte in gewisser Weise. Ohne daß es ihm richtig klar geworden wäre und ohne daß er je mit ihr gesprochen hatte, kam es ihm vor, als ob er dieses Mädchen persönlich kannte und sie beschützen wollte. »Es ist jedenfalls nicht aus dem Grund, den man vielleicht annehmen könnte.«

»Dann ist es gut. Das hätte mir nicht sehr gefallen. Ich werde Ihnen also helfen.«

»Gut.« Er nahm ihr das Photo aus der Hand. »Sie wissen, was Sie zu tun haben?«

»Ganz genau.« Sie wiederholte noch einmal seine Instruktionen.

»Hervorragend. Packen Sie also Ihre Sachen. Und sagen Sie dem Mädchen, sie soll dasselbe tun. Was den jungen Mann angeht – das wird sich schon klären.« Er sah auf die Uhr. Sie zeigte 18.52 Uhr. Daß sie die Erschütterungen während der Rutschpartie auf dem Hügel überstanden hatte, war im Grunde ein Wunder: ein Qualitätszeugnis für den Hersteller – Capillard Rième. Vielleicht würde er der Firma schreiben. Nur ließ sich all das, was geschehen war, unmöglich schildern. Jedenfalls konnten sie es bestimmt nicht für ihre Werbung verwenden.

»Vergleichen wir unsere Uhren. Ich werde um Punkt 20 Uhr wieder hierher zurückkommen.«

»Es tut mir leid, aber meine Armbanduhr ist stehen geblieben. Sie zeigt immer noch 14.12 Uhr.«

»In diesem Fall gebe ich Ihnen am besten meine. Ich habe ja noch die Uhr im Auto. Es ist sehr wichtig, daß Sie pünktlich kommen.«

Er nahm seine Uhr ab und fühlte sich ganz nackt ohne sie. Nach seinem Füllhalter war die Uhr jener persönliche Gegenstand, den er am meisten schätzte. Als er sie über Fräulein Brünnhildes Handgelenk streifte und das Armband befestigte, erschauerte sie.

»Ist Ihnen kalt?«

»Nein. Nur ein bißchen einsam. Sonst nichts. Nach heute abend werde ich sie ja nicht mehr wiedersehen.«

»Wenn alles gut geht, sehen wir uns in Paris wieder.«

»Das ist nicht dasselbe.«

Nein, es würde nicht dasselbe sein. Die Kopfsteinpflasterstraßen am Montmartre waren für derartige Eskapaden nicht geeignet. Außerdem würde Doucette ein wachsames Auge auf sie haben.

»Es ist niemals weise, sich rückwärts zu wenden und zu versuchen, das Unwiederholbare zu wiederholen.«

Sie lachte. Das war ein gutes Zeichen – er hörte sie zum ersten Mal lachen. »Es ist seltsam: ich weiß noch nicht einmal, wie Sie heißen.«

»Meine Freunde nennen mich Aristide.«

Auf der Stirn spürte er eine hingehauchte Berührung: ein Kuß wie ein Schmetterling. Dann öffnete sie die Tür.

»Vielen Dank, Aristide. Ich werde meine Uhr so lassen, wie sie stehengeblieben ist. So wird sie mich immer an einen sehr glücklichen Nachmittag in den Bergen erinnern.«

Er ließ sie ein kleines Stück die Straße hinuntergehen, ehe er den Motor anließ, und holte sie dann ein, als sie gerade durch eine Lücke in den Büschen verschwand. Er fing einen zweiten Kuß aus der Luft auf und tat so, als steckte er ihn in die Tasche, dann war sie außer Sichtweite.

Pommes Frites gähnte lauthals und trat auf der Rückbank ruhelos von einem Fuß auf den anderen. Sein Herr verstand den Wink und hielt kurz an, damit sein Partner auf den Beifahrersitz klettern konnte, der immer noch warm von Fräulein Brünnhilde war. Bald darauf nahmen sie ihre Fahrt wieder auf, und jeder hing seinen eigenen Gedanken nach.

Es war schon spät, als Monsieur Pamplemousse schließlich den Speisesaal von Les Cinq Parfaits betrat. Alle Tische waren besetzt, und die Zeremonie des Lüftens der silbernen

Serviertellerdeckel war in vollem Gang. Man hörte das Raunen lebhafter Unterhaltungen.

Sein Gang war ein wenig steif: einige Gelenke versagten ihm den Dienst, Muskeln machten sich bemerkbar und rebellierten schon bei den einfachsten Alltagsverrichtungen, etwa beim Bewegen der Beine. Nicht einmal ein langes heißes Bad hatte ihre Verfassung gebessert. Er blieb an dem Fenster stehen, das die *cuisine* vom Speisesaal trennte. Die Szene auf der anderen Seite der getönten Scheibe erinnerte an eine moderne Ballettvorstellung. Der *commis-poissonier* führte zusammen mit Gilbert einen *pas de deux* über einer *truite* auf und streute mit der maskulinen Grazie und Sicherheit eines Rudolf Nurejew Mandeln darüber. Der *commis-rôtisseur* und Edouard machten vor einem Ofen Lockerungsübungen und bereiteten sich auf ihren persönlichen Augenblick der Wahrheit vor. Alain trat soeben mit einer großen Schüssel in den Händen von der Bühne ab.

Dort, wo Jean-Claude immer gestanden hatte, war ein neues Gesicht: vielleicht genoß der *commis-pâtissier* seinen großen Tag als Ersatzmann. Monsieur Pamplemousse sah auf die Uhr. Inzwischen war Jean-Claude sicher schon unterwegs nach Paris. In der Küche huschte das *corps de ballet* mit raschen, präzisen Bewegungen umher, hob mit Lichtgeschwindigkeit fertige Speisen von den Platten und legte sie dem *sous-chef* zur Endkontrolle und Überprüfung vor, ehe sie den Kellnern übergeben wurden, die sie dann den Gästen im benachbarten Raum servierten. Von Albert Parfait war nichts zu sehen. Am anderen Ende des Restaurants blitzte kurz eine weiße Haube auf, also drehte er offenbar gerade seine Runden.

Monsieur Pamplemousse näherte sich seinem Tisch. Das war der Auslöser für Bewegungsabläufe, die wiederum sehr an eine Ballettaufführung erinnerten. Kellner schritten ihm voran, in korrekter Hackordnung wurden Begrüßungen gewechselt. In einem haarscharf abgestimmten Augenblick wurde sein Stuhl zurückgezogen und zum Setzen behutsam wieder hingeschoben. Die Serviette wurde vom Tisch gezogen, aufgeschüttelt und auf seinem Schoß plaziert. Als *apéritif* bestellte er sich einen Kir aus *framboises* – eine Spezialität des Hauses.

Man brachte die Speisekarte, zusammen mit einer Flasche des allgegenwärtigen Evian-Wassers – einer von sechshundert Millionen, die jedes Jahr die Fabrik verließen. Die *carte des vins* legte man diskret daneben, wie durch Zauberei erschien auf dem Tisch eine Platte mit warmen *friandises* – leichte Wurstscheibchen in ganz feinem Gebäck. Er versuchte eines, und es zerschmolz ihm geradezu auf der Zunge. Jean-Claudes Ersatzmann machte offenkundig das beste aus seiner großen Chance. Dann zog sich das Personal zurück und überließ ihn seinen *friandises* sowie seinen Gedanken über die Vorfälle des Abends.

Die Neuigkeit der drohenden Invasion ihres Heims hatte Doucette bemerkenswert gut aufgenommen, ja sie hatte die Sache mit forschem Elan in Angriff genommen. Sie würde die Zimmer lüften und die Betten frisch beziehen. Bestimmt würde sie sogar noch in den Laden gehen und ein paar Blumen kaufen. Bei ihr wußte man eben nie. Vielleicht hatte sie die Dringlichkeit in seiner Stimme gespürt. Vielleicht war es auch einfach nur ihr Bedürfnis, gebraucht zu werden. Sobald er wieder in Paris war, würde er für ein anderes Arrangement sorgen müssen. Lange, schmachtende Seitenblicke von Fräulein Brünnhilde beim Abendessen würde Doucette gewiß weniger goutieren. Mit dem englischen Mädchen würde es Sprachprobleme geben. Aber ebensogut konnten sie alle auch prächtig miteinander auskommen. So etwas konnte man wirklich nie im voraus wissen.

Aber eines nach dem anderen. Er wandte seine Aufmerksamkeit der Speisekarte zu. Aller Wahrscheinlichkeit würde dies seine letzte Mahlzeit in Les Cinq Parfaits sein. Deshalb mußte er das Beste daraus machen. An diesem Abend würde ihm zudem kein Zuschauer am Fenster den Appetit verderben.

Die Sache im *Institut des Beaux Arbres* war bestens verlaufen. In vielerlei Hinsicht hatte es geradezu wie ein Traum gewirkt. Durch einen Bluff war alles wie geschmiert gegangen: Den schwarzen Pagen anzuheuern, der ihm am ersten Abend den Weg zu Jean-Claudes Wohnung gezeigt hatte, erwies sich als äußerst glückliche Idee. Das hatte der Aktion den nötigen Schuß Realismus verliehen. Tatsächlich war Madame Schmidt weder darüber erstaunt gewesen, daß er sich plötzlich vom Kundschafter für eine potentielle Schülerin zur Amtsperson gewandelt, noch darüber, daß er Jean-Claude einfach mitgenommen hatte. Monsieur Schmidt war da schon mißtrauischer gewesen und hatte Papiere zu sehen verlangt. Ihn hatte er ein wenig unter Druck setzen müssen, indem er seinen bewährten Kasernenhofton à la »Ich stelle hier die Fragen!« anschlug: »Nehmen Sie sich bloß in acht, sonst geraten Sie in Schwierigkeiten.« Es hatte funktioniert, so wie es immer funktioniert hatte. Pommes Frites hatte zudem genau im rechten Moment die Zähne gebleckt.

Auch der Taxifahrer mit der geliehenen Limousine war einfach perfekt gewesen: er hatte exakt das richtige Maß an zwangloser Gleichgültigkeit an den Tag gelegt – genau der Typ, den nichts auf dieser Erde mehr wunderte: Zahnstocher im Mund, die Mütze in einem angemessen frechen und verwegenen Winkel auf dem Kopf, so hatte er an seiner Motorhaube gelehnt, bis er gebraucht wurde. Als würde er tagtäglich Menschen entführen. Vielleicht hatte er genau das ja früher auch getan. Die Verabredung mit Fräulein Brünnhilde und dem Mädchen hatte ebenfalls hervorragend geklappt. Madame Grante würde zwar einen Anfall bekommen, wenn sie die Rechnung für den Mietwagen sah, aber das war das geringste Problem.

In einiger Entfernung hielt der V.I.P. im Speisesaal Hof. Man hatte seinen Tisch ein winziges Stück und sehr diskret von den übrigen Gästen abgesetzt. Seine Entourage bestand aus vier Männern, die um das Privileg wetteiferten, ihm jeden seiner Wünsche von den Augen abzulesen – und die zweifellos auch als seine Leibwächter agierten. Der V.I.P. machte einen Witz. Seine lose in Seidengewänder gehüllten Fettwülste bebten vor Lachen. Nacheinander erfolgten die Echos in Form von Gekicher rings um den Tisch. Als Monsieur Pamplemousse die Szene über seine Speisekarte hinweg beobachtete, ging ihm die Frage durch den Kopf, was wohl geschehen würde, wenn einer von ihnen seinen Einsatz verpaßte. Rosig wären seine Aussichten bestimmt nicht. Was hatte der Chef über *Grosse Légume* gesagt?

»Die Geschwindigkeit, mit der er seine sagenhaften Reichtümer angehäuft hat, steht in keinem Verhältnis zum Ausmaß seiner Menschenfreundlichkeit.«

Hinter dieser Fröhlichkeit lauerten Korruption und Dekadenz. Der junge Schwarze hatte etwas sehr Zutreffendes gesagt, als sie zusammen zum *Institut* hinaufgefahren waren: »Er lassen Idi Amin aussehen wie Schutzengel auf Kirchweihfest.«

Und tatsächlich: noch während er hinübersah, ereignete sich ein Vorfall, der trotz seiner vergleichsweisen Unwichtigkeit die Worte des Jungen voll unterstrich. Einer der Unterkellner, der eine Ladung silberner Serviertellerdeckel in die Küche zurücktrug, kam im Vorbeigehen dem Ellenbogen des großen Mannes gefährlich nahe und ließ bei seinem hastigen Ausweichmanöver versehentlich einen der Silberdeckel zu Boden fallen.

Grosse Légume, dessen Redefluß dadurch kurzfristig unterbrochen war, fuhr aus seinem Stuhl hoch. Einen Moment lang glaubte Monsieur Pamplemousse, der Mann werde den Kellner schlagen. Dieser dachte offenbar ähnlich und duckte sich in Panik, was leider auch den Rest seiner silbernen Last zu Boden gehen ließ.

Das Scheppern hallte im ganzen Saal wieder, und einen Augenblick lang kam völlige Stille auf. Dann kicherte irgendwo jemand, so wie es in Restaurants auf der ganzen Welt in solchen Situationen geschieht, und die Spannung war wieder gelöst.

Grosse Légume setzte sich wieder und ließ ein breites Grinsen sehen. Aber es war ein freudloses Grinsen, das einen langen Schatten warf. Zu einer anderen Zeit und an einem anderen Ort, schien es zu sagen, wäre dein Leben keinen Pfifferling mehr wert. Dieser Mann war ein *salaud. Un salaud de première classe*.

»*Vous avez choisi*, Monsieur?« Der *maître d'hôtel* erschien neben ihm, einen Block in der Hand und den Bleistift gezückt.

Monsieur Pamplemousse kam auf die Erde zurück. Er hatte sich bereits dagegen entschieden, ein zweites Mal das *menu gastronomique* zu nehmen. Ebensogut hätte er versuchen können, die Freuden seiner Bergpartie zu wiederholen. Andererseits gab es durchaus Grund für eine kleine Feier. Was hätte Holmes wohl gewählt? Austern und Fasan vermutlich, gefolgt von *cheddar cheese* und *syllabub*. Oder nein, korrigierte er sich, die letzten zwei Gänge wären nach englischer Sitte wohl in umgekehrter Reihenfolge serviert worden. Rasch überflog er die Karte. Alle vier Gerichte glänzten darauf durch Abwesenheit.

Als er den Blick genauer über die *entrées* schweifen ließ, kam ihm plötzlich eine Idee. Unter den aufgeführten Vorspeisen fiel ihm eine mit einem kleinen Sternchen davor auf: *soupe aux truffes noires* – die Bocuse 1975 extra für Präsident Giscard d'Estaings berühmtes Bankett für die *Légion d'Honneur* kreiert hatte. Die hatte er schon immer einmal kosten wollen. Er blätterte weiter zu den *poissons*. Bocuse hatte damals noch andere Meisterköche gebeten, ihm beim Zusammenstellen des Menüs zu helfen. Und wirklich, dort fand sich, ebenfalls mit einem Sternchen davor, das *escalope de saumon à l'oseille* der Gebrüder Troisgros – eine Kreation, die auf einem genialen Einfall der Schwiegermutter von Pierre Troisgros beruhte. Monsieur Pamplemousse verspürte eine wachsende Erregung. Auch die nächste Köstlichkeit war hier verzeichnet: *canard Claude Jolly*. Ihm fiel ein, daß in der Original-Speisefolge nach der Ente Käse gereicht worden war, und dann die ersten Walderdbeeren des Jahres. Jean-Claudes *Soufflé Surprise* hatte wohl damals noch nicht das Licht der Welt erblickt – aber er konnte sich durchaus zu einer weiteren Portion *framboises* durchringen.

Der *maître d'hôtel* nickte anerkennend. »Monsieur ist nicht in Eile, wie ich hoffe?«

»Ich habe sonst nichts weiter vor«, sagte Monsieur Pamplemousse schlicht. »Ich habe jede Menge Zeit.« Das stimmte natürlich nicht ganz. Aber morgen war immerhin auch wieder ein Tag.

Er nahm den *Hund von Baskerville* zur Hand und wollte ihn gerade dort aufschlagen, wo er zu lesen aufgehört hatte, als Albert Parfait auf seinen Tisch zugehinkt kam.

Monsieur Pamplemousse blickte der sich langsam nä-

Paul Bocuse

Soupe de truffes
Trüffelsuppe »Elysée«

Zutaten für 4 Personen

8 EL fein gewürfelte, in Butter gedünstete Gemüse
(zu gleichen Teilen Möhren, Zwiebeln, Sellerie und Champignons)
200 g frische, schwarze rohe Trüffeln, in Scheiben geschnitten
80 g rohe Gänsestopfleber
1 l Geflügelconsommée
240 g Blätterteig
2 Eigelb

Zubereitung:
Die vorbereiteten, gedünsteten Gemüse zu gleichen Teilen in 4 Portionssuppenschüsseln (Bocuse verwendet die für Lyon typischen mit Löwenköpfen als Griffen) geben. Darauf die in Scheiben geschnittenen Trüffel und die ebenfalls in Scheiben geschnittene Gänsestoffleber legen. Mit der Geflügelconsommée aufgießen. Die Suppenschüsseln mit je einer dünnen Blätterteigplatte hermetisch verschließen, den Teig mit gequirltem Eigelb bestreichen.
Die Suppenschüsseln in den auf 220 Grad vorgeheizten Ofen schieben und garen bis der Blätterteig goldbraun ist.

Jean und Pierre Troisgrois

Escalope de saumon à l'oseille
Lachsschnitzel in Sauerampfer

Zutaten für 4 Personen

900 g frischer Lachs aus der Mitte des Fisches (4 gleichgroße Schnitzel)
40 cl Crème double
4 cl trockenen Wermut
8 cl Fischfond
8 cl Sancerre
80 g frischer Sauerampfer
2 gewürfelte Schalotten
40 g Butter
1 EL Erdnußöl
Saft von einer halben Zitrone
Salz und Pfeffer

hernden Gestalt mit aufrichtiger Betroffenheit entgegen. Innerhalb weniger Tage schien der *patron* von Les Cinq Parfaits um zehn Jahre gealtert zu sein. Er hatte jetzt eine gebeugte Haltung, die ihm vorher nicht so aufgefallen war, und das Hinken war sichtlich ausgeprägter. Doch als er näherkam, fiel Monsieur Pamplemousse vor allem der Ausdruck in seinen Augen auf. Es war der Ausdruck eines Mannes, der mit einem Mal des Lebens müde geworden war.

»Neuigkeiten?«

»Ihr Sohn ist in Sicherheit.« Monsieur Pamplemousse fühlte das Zittern in der Hand des anderen, als er sie schüttelte, dann festigte sich der Griff.

»*Merci*. Ich hatte fast schon die Hoffnung aufgegeben.«

»Es tut mir leid, daß ich es Ihnen nicht sofort sagen konnte. Meine Zeit hat es nicht erlaubt.«

Während er diese Worte aussprach, spürte Monsieur Pamplemousse genau, daß sie ein wenig hohl klangen. Es war eher eine Ausrede als eine Begründung. Eine Ausrede für eine unverzeihliche Unterlassung. Tief in seinem Innern hatte er diesen Moment zu vermeiden gesucht, und er fragte sich nun, warum das so war. Es war ein ganz eigenartiges Gefühl, das er nicht vollständig definieren konnte.

»Ich verstehe.« Albert Parfait entspannte sich einen Moment lang und gestattete sich ein kurzes Lächeln, dann kehrte die Mattigkeit in seine Züge zurück. Es war fast, als hätte er eine Art inneren Kampf durchgestanden, dessen Ausgang schon längst entschieden war. »Wann kann ich ihn sehen?«

»Er ist jetzt für einige Tage in Paris. Sie hatten ihn unter schwere Schlafmittel gesetzt, aber er ist ja ein gesunder junger Mann – die Nachwirkungen werden bald abklin-

Vorbereitung:
Beim Fisch eventuell verbliebene Gräten mit einer Pinzette entfernen. Die Schnitzel zwischen eingeöltes Butterbrotpapier legen und mit einem Fleischklopfer vorsichtig so flach klopfen, daß sie gleichmäßig dick sind.
Beim Sauerampfer die Stiele entfernen. Von unten nach oben ziehen, damit die Rippen beseitigt werden. Waschen und dabei die größeren Blätter in zwei oder drei Stücke teilen.
Fischfond, Weißwein, Wermut und Schalotten in einen Topf geben und solange einkochen, bis die verbleibende Flüssigkeit von sirupartiger, glänzender Konsistenz ist. Die Crème double hinzufügen und kurz aufkochen lassen. Die Sauce muß leicht sämig sein. Sauerampfer für 30 Sekunden in der Sauce dünsten, vom Herd nehmen und vorsichtig die in Flöckchen geschnittene Butter unterheben. Einen Holzlöffel und keinen Schneebesen verwenden, damit die Sauerampferblätter nicht zerreissen.
Mit einigen Tropfen Zitrone, Salz und Pfeffer abschmecken.

Zubereitung:
Eine große Pfanne mit wenig Öl erhitzen. Die Lachsschnitzel mit Salz und Pfeffer auf der rosa Seite würzen und mit der gewürzten Seite nach oben in die Pfanne legen. 25 Sekunden garen, dann wenden und auf der zweiten Seite weitere 15 Sekunden braten. Der Lachs muß halbgar sein, dann ist er besonders zart.

Anrichten:
Die Sauce auf 4 vorgewärmten Tellern verteilen, die Lachsschnitzel darauf legen, nachdem das überschüssige Fett mit einem Tuch abgetupft wurde. Auf der nicht gewürzten Seite leicht mit Salz bestreuen.
Das Gericht muß in letzter Minute zubereitet werden und darf nicht stehen.

Michel Guérard

Canard Claude Jolly
Ente Claude Jolly

Zutaten für 4 Personen

2 geschmorte junge Enten à 2,4 kg
Salz und Pfeffer
1 Entenleber à 500 g

Für die Würzmischung

8 g Salz
2 g weißer Pfeffer
1 cl Portwein
1 cl Sherry
1 Messerspitze geriebene Muskatnuß
1 cl Armagnac
1/2 TL Zucker

Für den Fond

1 l kräftiger Entenfond
1/2 l roter Portwein
1 gestrichener TL Kartoffelmehl
4 Blatt Gelatine
5 g grob gemahlener Pfeffer

gen. Er wird recht bald wieder zurückkommen, aber einstweilen ist es ganz gut, wenn er nicht hier ist.«

»Und das Mädchen?«

»Das Mädchen ist mit ihm gefahren. Sie kann bei meiner Frau wohnen. Pommes Frites begleitet sie auf der Reise. Sie sind völlig sicher.«

Fräulein Brünnhilde erwähnte er nicht. Das war auch nicht nötig. Den Eltern des Mädchens mußte er es auch noch sagen. Ihm wurde ganz unwohl bei dem Gedanken.

»Ich bin Ihnen sehr dankbar. Wir werden später noch ein Glas darauf trinken.« Wieder begann seine Hand merklich zu zittern. »Bis dahin genießen Sie bitte Ihre Lektüre und das Essen. *Bon appétit.*«

Solcherart sich selbst überlassen, griff Monsieur Pamplemousse wieder nach seinem Buch, starrte aber nur blind hinein, denn er konzentrierte sich nicht auf das Gedruckte, sondern auf die Szenerie rings herum, besonders auf Albert Parfait. Er hatte eine seltsame Vorahnung. Monsieur Parfait machte einen nicht eben glücklichen Eindruck. Die Nachricht, daß sein Sohn in Sicherheit war, hatte seine Laune kurzfristig gebessert, doch hatte dies nicht allzu lange angehalten. Vielleicht litt er unter der Last der Verantwortung von Erfolg und Reichtum. Es mußte eine schwierige Woche für ihn gewesen sein. Zuerst das Verschwinden von Jean-Claude, dann die Ankunft des V.I.P., dessen Anwesenheit ihm in einem solchen Moment wohl kaum willkommen war. Jedenfalls war das alles meilenweit entfernt von den vergleichsweise bescheidenen Hoffnungen und Ambitionen, die er gehegt haben dürfte, als er seinerzeit in der Küche seiner Großmutter ausgeholfen hatte. In jenen längst vergangenen Tagen konnte er nicht einmal davon geträumt haben, daß er irgendwann mit Königen auf du und du wäre, daß er für Präsidenten

Vorbereitung:
Die Entenleber säubern, mit der Gewürzmischung vorsichtig einreiben und 2 Tage zum Marinieren in den Kühlschrank legen.
In einem Küchentuch wie einen Rollbraten einwickeln und 10 Minuten in köchelndem Entenfond und Portwein pochieren. Im Tuch belassen und im Fond für eine Nacht zum Abkühlen in den Kühlschrank geben.
Am nächsten Tag das Fett vom Fond abschöpfen, erneut zum Kochen bringen und die gesalzenen und gepfefferten jungen Enten 30 Minuten darin garen. Die Enten herausnehmen und über Nacht abkühlen lassen. Am nächsten Tag vom Fond erneut das Fett abschöpfen.
Den Fond auf 75 cl einkochen lassen, mit der aufgelösten Gelatine und dem in wenig Flüssigkeit angerührten Kartoffelmehl binden. Auf gestoßenem Eis abkühlen.
Aus den Enten die 4 Filets herauslösen und die Haut abziehen (die Keulen anderweitig verwenden). Die Entenleber aus dem Tuch nehmen.

Zubereitung:
Nachdem der Fond während des Abkühlens eine ölige Konsistenz bekommen hat, vom Eis nehmen.
Entenfilets und die Leber auf einen Rost legen und mit dem geleeartigen Fond glacieren. Nach dem ersten Überziehen die Entenleber mit dem grob gemahlenen Pfeffer bestreuen und ein zweites Mal glacieren.
Über Nacht in den Kühlschrank stellen.

Anrichten:
Die Entenfilets auf einer großen ovalen Platte anrichten und mit der in gleichmäßige Scheiben geschnittenen Entenleber umrahmen.
Den Rest des Gelées in einer Sauciere dazu reichen.

Roger Verge

Les petits salads du Moulin
Die kleinen Salate des »Moulin«

Zutaten für 4 Personen

250 g wilder Spargel (oder grüner Spargel)
200 g Keniabohnen
200 g reife Tomaten
1 Kopfsalat
3 Eier
1 EL kaltgepreßtes Olivenöl
40 g gehobelter weißer Trüffel
4 kleine lila Artischoken, in Olivenöl eingelegt

kochen und die V.I.P.s der ganzen Welt bei sich zu Gast haben würde. Dennoch erklärte selbst das seine gramzerfurchte Miene nicht so recht.

Wieder wurde sein Gedankengang unterbrochen, diesmal vom Weinkellner. Er öffnete die *carte des vins* und entschied sich für einen Hermitage – eine Flasche aus dem Keller von Gérard Chave, einem der gewisssenhaftesten aller Winzer, dessen Weingut so steil lag, daß die schweren, mit Trauben gefüllten Bütten bei der Lese mit einer Seilwinde bergauf gezogen werden mußten.

Wieder fand seine Bestellung offensichtlichen Beifall. Nachdem der *sommelier* sie notiert hatte, blieb er etwas unsicher am Tisch stehen und spielte nervös mit dem *tastevin* an seiner Halskette. Er hatte eindeutig etwas auf dem Herzen. Monsieur Pamplemousse runzelte fragend die Stirn.

»Es tut mir sehr leid wegen des Château d'Yquem, Monsieur.«

»Bitte?« Monsieur Pamplemousse fixierte den Mann erstaunt. »Aber er war doch ganz herrlich. Ein unvergeßliches Erlebnis. Ein vollkommener Genuß. Ich kann es gar nicht erwarten, ihn zu wiederholen.«

»Ah!« Eine kummervolle Miene legte sich auf die üblicherweise ausdruckslosen Züge des *sommelier.* Es war genau die Miene, die er für jene seltenen Momente reserviert haben mochte, wenn er an einem Korken roch und Anzeichen für die schändliche Arbeit des gefürchteten Korkwurms wahrnahm. »Dann haben Monsieur heute den Zimmerkühlschrank noch nicht geöffnet?«

Monsieur Pamplemousse dachte kurz nach. »Doch, aber nur ganz kurz. Ich war den ganzen Tag über unterwegs.« Das stimmte ja auch. Er war so spät zurückgekehrt, daß er selbst der Verlockung widerstanden hatte, ein Glas Wein in die Badewanne mitzunehmen. »Warum fragen Sie?«

Für die Sauce

2 cl kaltgepreßtes Olivenöl
1 TL Nußöl
1 EL Balsamessig
Salz und Pfeffer
1 EL gehackter Kerbel

Zubereitung:
Den Spargel auf 4 cm (nur die Köpfe) kürzen und in sprudelndem Salzwasser bißfest garen. Die Keniabohnen ebenfalls bißfest garen. Tomaten blanchieren, schälen, Kerne entfernen und würfeln.
Kopfsalat waschen und das Herz auseinanderzupfen. Nur die inneren Blätter verwenden. Aus den Eiern und den gehobelten Trüffeln ein weiches Rührei herstellen.
Aus den Saucenzutaten eine Salatsauce aufschlagen.

Anrichten:
Spargel, Bohnen, Tomaten, Artischocken und Kopfsalat separat auf 4 Tellern anrichten. Mit der Salatsauce übergießen und mit Kerbel bestreuen. Das Rührei dazugeben und sofort servieren.

Fromages

Fraises des bois
Frische Walderdbeeren

* Dieser Gang wird von Pamplemousse nicht erwähnt, gehört aber zum Original-Menü.

»Es tut mir sehr leid, Monsieur. Das Zimmermädchen hätte es Ihnen sagen sollen. Auf Anweisung von Monsieur Parfait wurde die zweite Flasche aus Ihrem Zimmer entfernt. Der Wein hätte den Keller nämlich gar nicht verlassen dürfen.« Er nahm die *carte des vins* an sich und schlug sie ganz am Ende auf. Dort war eine der Eintragungen mit einer sauberen roten Linie durchgestrichen. »Wie Monsieur sehen können, ist der 45er Jahrgang nicht mehr aufgeführt.«

Monsieur Pamplemousse nahm diese Tatsache mit wachsender Empörung auf.

»Darf ich Ihnen eine ganz einfache Frage stellen?«

»Ja, Monsieur?«

»Wenn der 45er nicht mehr auf der Karte steht, wie kommt es dann, daß ich vorgestern abend auf meine Bestellung hin ohne weiteres zwei Flaschen davon bekommen konnte? Außerdem gab man mir dabei zu verstehen, dies seien nicht die allerletzten.«

»Wir hatten noch drei, Monsieur. Jetzt haben wir nur noch zwei. Sie waren für einen besonderen Gast reserviert. Selbstverständlich werden wir Ihre zweite Flasche durch einen anderen Jahrgang ersetzen. Dürfte ich Ihnen hier den 62er empfehlen? Und wollen Sie diesen Wein bitte auf Einladung des Hauses genießen?«

Monsieur Pamplemousse fixierte den Mann entrüstet. Es gab Augenblicke, da hätte er schrecklich gern seine wahre Identität preisgegeben. Am liebsten hätte er dem Kellner schlicht seine Karte überreicht, auf der das Symbol von *Le Guide* prangte: die sich aufbäumende Weinbergschnecke. »Ich hätte noch eine zweite Frage an Sie. Sollte man nicht meinen, daß in einem Restaurant wie Les Cinq Parfaits, einem Restaurant, dessen *cuisine* auf der ganzen Welt einen hervorragenden Ruf hat, jeder einzelne Gast als etwas ganz Besonderes behandelt wird?«

»Da pflichte ich Ihnen bei, Monsieur, nur halten sich leider manche unserer Gäste für noch besonderer als andere. So ist nun einmal der Lauf der Welt.« Er gestattete sich einen flüchtigen Seitenblick zu dem Extratisch weiter hinten im Speisesaal. »Wir müssen sie bei Laune halten.«

»Ach so!« Der Groschen war gefallen.

»Er ist ein Leckermäulchen, Monsieur. Die Entscheidung lag keineswegs in unserem Ermessen.«

»*D'accord.* Ich verstehe.« Schon zum zweiten Male sprach man ihm gegenüber nun vom »Leckermäulchen«. Der Ausdruck ging ihm allmählich auf die Nerven.

»*Merci*, Monsieur.« Der *sommelier* wandte sich zum Gehen. »Wenn Monsieur mich entschuldigen wollen?«

»Selbstverständlich.«

Monsieur Pamplemousse leerte seinen Kir, genoß die letzten Happen der *friandises* und lehnte sich dann in Erwartung des ersten Ganges in seinem Stuhl zurück. Schon möglich, daß es der Lauf der Welt sein mochte, aber es gab Momente, da gefiel ihm der Lauf der Welt ganz und gar nicht, und dies war gewiß einer davon. Im Grunde war die Gelegenheit, den 62er Château d'Yquem mit seinem berühmten Vorläufer zu vergleichen, ja keineswegs ohne Reiz – er konnte sich eigentlich überhaupt nicht beklagen. Es war eher das Prinzip, oder vielmehr dessen Nichtbeachtung, was ihn irritierte.

An dem fraglichen Tisch brandete erneut Gelächter auf, was seine Laune nicht im mindesten verbesserte. Wenigstens näherte man sich dort dem Ende der Mahlzeit. Der Käsewagen war herangerollt und wieder entfernt, der Tisch für den letzten Gang abgeräumt worden. Er fragte sich, welchen Empfang man dem *Soufflé Surprise* wohl bereiten würde. Jedenfalls – und hier verstärkte sich das Gefühl von Ungerechtigkeit – würden sie es zweifellos mit »seinem« Wein hinunterspülen. Er beschloß, einfach nicht mehr hinzusehen.

Als er die herannahende Flottille von Kellnern bemerkte, deren Anführer ein silbernes Tablett trug, auf dem die unvermeidliche Servierglocke ruhte, goß er sich ein Glas Evian ein und spülte damit rasch den Gaumen für kommende Genüsse. Im selben Moment trat durch eine andere Tür der *sommelier* mit dem Wein und erreichte seinen Tisch knapp vor den anderen. Die Flasche wurde ihm präsentiert und dann zum Öffnen und Eingießen diskret auf einem Seitentisch abgestellt. Er reckte sich ein wenig und bereitete sich auf den Augenblick der Wahrheit vor: alle Geschmacksknospen auf seiner Zunge richteten sich neugierig auf.

Die Juniorkellner traten mit einer Miene angemessener Ehrerbietung zurück, als der Servierteller vor ihn gestellt und die Glocke abgehoben wurde. Darunter erschien eine tiefe Steingutschüssel, die mit einer Kruste aus goldgelbem, wie ein riesiger Pilz aufwärtsgewölbtem Pastetenteig bedeckt war.

Er nahm einen Löffel und durchbrach damit die Kruste, was einzelne Flocken des mürben Gebäcks in die Suppenschüssel fallen und den köstlichen Duft nach oben steigen ließ. Es roch saftig und nach Holz – ein Duft, wie er ihn noch nie zuvor gerochen hatte. Eine komplexe Mischung: das Resultat der Kombination einer *matignon* aus Karotten, Sellerie, Zwiebeln, Pilzen und ungesalzener Butter mit einer *consommé* vom Huhn, *foie gras* und frischen Trüffeln. Eine einzigartige Kreation. Kein Wunder, daß man Bocuse den Orden der *Légion d'Honneur* verliehen hatte. Kein Wunder, daß Monsieur Parfait jedes Jahr so viel Geld für Trüffeln ausgab. Beides war vollauf gerechtfertigt.

Er kostete den Wein. Wie die Suppe war er mit Liebe hergestellt worden. Es war eine vollkommene Verbindung. Automatisch griff er nach seinem Notizblock, den er immer in einer Falte des rechten Hosenbeins verborgen hielt, und legte ihn, vom Tischtuch vor neugierigen Blicken geschützt, auf seinen Schoß. Dies war ein Anlaß, den festzuhalten sich lohnte; auch Pommes Frites hätte sicherlich aus vollem Herzen beigepflichtet. Monsieur Pamplemousse verspürte ein kurzes stechendes Schuldgefühl, als er auf die Uhr sah. Kurz nach zehn. Jetzt mußte Pommes Frites gerade die *autoroute* erreicht haben, auf der er – ohne Abendessen – Paris entgegensausen würde. Er nahm sich vor, gleich nach dem letzten Gang Doucette anzurufen und sie zu bitten, ihm zur Ankunft etwas bereitzustellen.

Er beugte sich wieder über die Suppenschüssel. Wer immer es war, der gesagt hatte, oft sei das *bouquet* besser als der Geschmack, der mußte diese Bemerkung hier zurücknehmen, durfte er doch eines der himmlischsten Gerichte kosten, das man sich vorstellen konnte. Den Löffel halb zum Munde geführt, hielt er nochmals inne, um den herrlichen Duft zu genießen, doch mitten im Genuß trat ein Runzeln auf seine Stirn. Ein zweites Mal sah er einen der Pagen mit einem Silbertablett auf sich zukommen. Rasch bahnte sich der Junge den Weg durch die Tische. Was war denn nun schon wieder?

Mürrisch musterte er den kleinen Papierstapel auf dem Tablett, unterdrückte seine Empfindungen jedoch und bedeutete dem Pagen, sie auf dem Tisch liegen zu lassen. Der Junge konnte schließlich nichts dafür; er tat nur, was man ihm aufgetragen hatte. Eher war es seine eigene Schuld: er hatte schon sehr lange nicht mehr an der Rezeption vorgesprochen.

Noch einen Löffel der Suppe, dann gab er der Versuchung nach. Ganz oben lag eine Karte von Doucette – eine Zeichnung von Sacré-Cœur –, die ihn an irgend jemandes Geburtstag erinnern sollte. In dem gedämpften Licht konnte er den Namen nicht entziffern. Egal, das hatte auch bis später Zeit.

Ihm kam der Gedanke, daß Pommes Frites möglicherweise Talent zur Trüffelsuche habe. Eine hervorragende Spürnase besaß er jedenfalls. Trüffeln wären möglicherweise genau sein Fall, diese »enormen Knollengewächse«, wie Brillat-Savarin sie genannt hatte, »ein Luxus der Geliebten reicher Herren«. Vielleicht, wenn sie eines Tages zufällig im Périgord waren…

Unter der Postkarte lag das Fernschreiben des Direktors, das dieser bereits am Telephon erwähnt hatte. Kurz und bündig hieß es darin: *BESTELLUNG FÜR SOUFFLÉ SURPRISE SOFORT STORNIEREN*. Die Dame am Fernschreiber von Les Cinq Parfaits hatte sich bestimmt sehr über die Bedeutung der Nachricht gewundert. Er hoffte nur, daß sie sie nicht versehentlich zunächst an die Küche weitergeleitet hatte.

Dann griff er nach dem Kuvert und öffnete es. Der Brief war von Durelle. Er überflog ihn rasch, hielt aber in der Mitte inne und begann ihn noch einmal von vorn zu lesen, diesmal wesentlich langsamer.

Merde! Das war ja nicht möglich.

Sogar die *soupe aux truffes noires* vergaß Monsieur Pamplemousse einen Moment lang und las den Brief noch ein drittes Mal, wobei er immer noch kaum seinen Augen trauen wollte.

»Aristide, du alter *maquereau*!« fing er an. »Woher hast

Du gewußt, daß ich gerade fünfzig geworden bin? Diesmal ist Dir Deine kleine Überraschung wirklich gelungen. Als Deine Flasche ankam und ich das Etikett sah, da dachte ich sofort: Aha, Aristide versucht's mal wieder mit einem Streich. Sieht ihm ähnlich, daß er Pommes Frites' Urinprobe in eine Flasche abfüllt, auf der Château d'Yquem 1945 steht. Ich habe sie sogar extra zur Analyse ins Labor genommen. Aber als ich sie dann aufmachte und die Wahrheit herausfand, konnte ich es zuerst gar nicht glauben. Was für ein Wein! Der war nicht von dieser Welt! Hätte ich *das* gewußt, wäre ich natürlich nicht so egoistisch gewesen, sondern hätte gewartet, bis Du wieder in Paris bist, um ihn gemeinsam mit Dir zu verkosten. Ich weiß zwar nicht, womit ich ein so großzügiges Geschenk verdient habe, geschweige denn, wie ich Dir jemals dafür danken kann, aber es wird mir schon etwas einfallen. Dein Freund Raymonde.«

Sapristi! Es war unfaßbar. Es mußte einfach irgendein Scherz sein.

Er nahm noch einmal die Karte von Doucette zur Hand, hielt sie ins Kerzenlicht und las den Text diesmal genau. Er bestätigte Durelles Worte: dieser hatte tatsächlich gerade seinen fünfzigsten Geburtstag gefeiert.

Er lehnte sich zurück, um seine wirren Gedanken zu ordnen. Er war sich ganz sicher, daß er die richtige Flasche aus dem Kühlschrank genommen hatte. Beziehungsweise, um es pedantisch (um nicht zu sagen: sherlockholmesisch) zu formulieren, er war sicher, jene Flasche herausgenommen zu haben, von der er *geglaubt* hatte, daß es die richtige sei – ganz einfach deshalb, weil sie dort stand, wo er sie am Abend zuvor deponiert hatte. In seiner Hast hatte er sie nicht mehr genauer angesehen. Des Rätsels Lösung konnte nichts anderes sein, als daß das Zimmermädchen –

bei der routinemäßigen Überprüfung des Kühlschrankinhalts zum Notieren der vom Gast konsumierten Getränke – unabsichtlich die beiden Flaschen vertauscht hatte.

Dann kam ihm ein zweiter, ernüchternder Gedanke: während ihm die Konsequenzen dieses Sachverhalts allmählich klar wurden, breitete sich dennoch ein Lächeln auf seinem Gesicht aus. Wenn Durelle den echten 1945er bekommen hatte, dann mußte die Urinprobe seines Partners zurück in den Weinkeller gegangen sein, als man ihm die Flasche weggenommen hatte. Und wenn außer ihr nur noch eine einzige weitere Flasche dieses Jahrgangs im Weinkeller übrig war, standen die Chancen *fifty-fifty*, daß man sie in Kürze in den Speisesaal bringen würde.

Monsieur Pamplemousses Lächeln wurde noch etwas breiter. Falls das geschah, so wäre es hart, aber immerhin gerecht. Er konnte sich keinen geeigneteren Empfänger denken, als die unselige Figur, die da drüben an ihrem Tische Hof hielt. Bedauerlich fand er nur, daß Pommes Frites nicht persönlich zugegen sein konnte.

Er putzte den Rest seiner Trüffelsuppe weg, tupfte sich den Mund mit einer Serviette ab und lehnte sich auf dem Stuhl zurück; keinen Moment dieser Vorstellung wollte er verpassen. Mathematisch gesehen passierte ja vielleicht gar nichts, aber falls es auf der Welt noch so etwas wie Gerechtigkeit gab, flog die Wahrscheinlichkeit heute zum Fenster hinaus.

Und nun war es auch so weit. Kaum hatte er es sich bequem gemacht, da erschien der *sommelier.* Er trug eine Flasche im Dekantierkorb ehrfürchtig mit beiden Händen vor sich her und durchquerte den Speisesaal in Richtung V.I.P.-Tisch. Nach den Formalitäten, bei denen die Flasche präsentiert und inspiziert und das Etikett überprüft wurde, trat der *sommelier* zurück und nahm einen Korkenzieher aus der Schürzentasche, während die anderen Tischgäste ihrer Anerkennung über den erlesenen Geschmack des Gastgebers Ausdruck verliehen.

Monsieur Pamplemousse verlor gerade wieder ein wenig den Spaß an der Sache. Nun wünschte er, er hätte seiner Suppe mehr Aufmerksamkeit gewidmet, statt sie ohne nachzudenken in sich hineinzulöffeln. Er war ein Träumer: Selbst wenn es die Flasche war, die Pommes Frites' edlen Tropfen enthielt, so würde der Spaß ja kaum weiter als bis zum Öffnen gehen. Ein einziges Schnuppern am Korken, und die Sache würde auffliegen: man würde sofort und sehr diskret die zweite Flasche holen lassen. Bei näherem Hinsehen war es wohl auch besser so. Falls es sich herumspräche, daß man in Les Cinq Parfaits einem der Gäste anstelle eines Château d'Yquem *pipi de chien* kredenzt hatte, würde dieser Skandal der französischen Gastronomie wohl noch jahrelang zu schaffen machen.

Gelassen beobachtete er den Ablauf jener festgefügten und unveränderlichen Prozedur, der er schon unzählige Male beigewohnt hatte: das Ansetzen und das geschickte Eindrehen des Korkenziehers, die rasche, aber sichere Hebelbewegung, mit der der Korken garantiert auf einen Zug herauskam, das Vorbeiführen des Korkens unter der Nase...

Plötzlich fuhr er hoch und beugte sich über den Tisch, so gefesselt war er von dem Schauspiel, das sich ihm dort drüben bot. Ehe der *sommelier* seine Verrichtungen noch zu Ende bringen konnte – genau in dem Moment, als er den Korken herauszog –, erschien Albert Parfait an seiner Seite. Ein paar knappe Worte wurden gewechselt, dann trat Monsieur Parfait persönlich an die Stelle des Weinkellners. Er drehte den Korken vom Korkenzieher und steckte ihn blitzschnell in die Schürzentasche, ohne auch nur einen Blick darauf zu verschwenden.

Monsieur Pamplemousse kniff die Augen zusammen, als ihm ein Gedanke durch den Kopf schoß und sich dort fast umgehend zu einer unausweichlichen Folgerung formte. Es konnte nur eines von zwei Dingen bedeuten: entweder traute der *patron* seinem *sommelier* nicht zu, so wichtige Gäste zu betreuen, oder aber es war etwas an dieser Flasche Wein, das den V.I.P. dazu veranlassen könnte, sie zurückzuweisen. Ersteres war so unwahrscheinlich, daß er die Idee gleich verwarf, daher rasten seine Gedanken weiter, während er zusah, wie der Wein zum Kosten in das bereitstehende Glas gegossen wurde.

Weil er es einfach nicht länger aushielt, klappte er seinen Notizblock zu und sprang auf. Scherz hin, Scherz her, aber das konnte er nun doch nicht zulassen. Das *durfte* er nicht zulassen. Mehr als das: das Beweisstück mußte vernichtet werden. Albert Parfait war ein Dummkopf. Auf dem Spiel stand ja nicht nur die Ehre von Les Cinq Parfaits, sondern auch die von *Le Guide* und seinen Mitbewerbern, ja womöglich gar die Ehre Frankreichs.

Monsieur Pamplemousse ignorierte alles rings herum, seine steifen Glieder waren vergessen, er scheuchte die Kellner aus dem Weg, und in wenigen Minuten hatte er den Tisch erreicht. Er entriß Albert Parfaits Hand das anstoßerregende Glas und stellte es auf ein Tischchen außer Reichweite der Gäste.

Ihre Blicke begegneten sich kurz. Albert Parfaits Gesichtsausdruck war ganz der eines Gescheiterten; da war das Eingeständnis der Niederlage – und noch etwas anderes. Verzweiflung? Ein stummer Hilfeschrei? Was es auch war, jetzt blieb keine Zeit zum Spekulieren.

Ehe noch irgend jemand etwas dagegen unternehmen

konnte, zog Monsieur Pamplemousse die Weinflasche aus dem Dekantierkorb und leerte sie gewandt in einen Blumentopf. Die Wirkung war ebenso prompt wie eindrucksvoll: staunend sah er zu, wie die Blätter der Grünpflanze sich vor seinen Augen gelb färbten und verwelkten.

Etwas verblüfft über die chemische Potenz von Pommes Frites' Harn drehte sich Monsieur Pamplemousse zu *Grosse Légume* um und wappnete sich gegen den unvermeidlichen Wutanfall. Doch ehe dieser losbrechen konnte, geschah noch etwas anders. Hinter sich nahm er eine Bewegung wahr, auf die – nahezu im selben Moment – ein ersticktes Keuchen folgte; er wirbelte sofort wieder herum und sah gerade noch, wie eine Hand, die sich um ein leeres Weinglas krampfte, hinter dem Tischchen verschwand.

Die Aufmerksamkeit aller, die sich eben noch brennpunktartig auf ihn konzentriert hatte, wandte sich nun dem klirrend und scheppernd zu Boden fallenden Glas, Tafelsilber und Porzellan zu. Das dumpfe Krachen kurz davor hatten nicht alle Gäste gehört.

Während die Umsitzenden noch erschrocken die Köpfe reckten, sprang ein älterer Herr auf und eilte zu Hilfe. Er machte einen professionellen Eindruck, als er sich über die am Boden liegende Gestalt beugte.

Im Nu stand Monsieur Pamplemousse neben ihm. »Monsieur«, raunte er, während er sich herabbückte, »Sie werden sicher gleich merken, daß es sich lediglich um eine leichte Unpäßlichkeit handelt. Allenfalls wäre es wohl nötig, ihm den Magen auszupumpen.«

Der Mann sah ihn an. »Im Gegenteil, Monsieur. Ich bin Arzt, aber bei näherem Hinsehen würden wohl auch Sie feststellen, daß Monsieur Parfait bereits jenseits solcher Maßnahmen ist. Monsieur Parfait befindet sich leider bereits *en route* zur *grande cuisine* im Himmel.«

Apéritif mit Madame Grante

»Pamplemousse.« Der Direktor packte einen Stoß Papier auf seinem Schreibtisch und hob ihn hoch; schweres, handgeschöpftes Büttenpapier, rosa Telexbögen, gelbe Durchschlagblätter, abgerissene Zettel von Notizblöcken. »Sie werden mit Glückwünschen nur so überschüttet. Es kommen stündlich mehr. Ich nehme an, ich darf den meinigen dazugesellen?« Er öffnete die Faust, so daß die Blätter unterschiedlich rasch herabfielen, wie buntes Laub im Herbstwind.

Monsieur Pamplemousse neigte unverbindlich, aber wachsam den Kopf.

Der Direktor wählte eines der Schreiben aus, das ein schweres Siegel trug. »Das hier ist vom Minister persönlich. Er würde Sie gerne heute noch sprechen – wenn es Ihnen paßt. Auch aus dem Elysée-Palast kam eine Nachricht: Ihr Name wurde vom Präsidenten vermerkt. Sogar *Grosse Légume* läßt Ihnen mitteilen, daß er Ihnen eine Auszeichnung zu verleihen wünscht – den Großen Orden des Sterns von Sowieso. Begleitet ist diese Ehrung übrigens von der Einladung, sein ›Oberster Vorkoster‹ zu werden.«

Monsieur Pamplemousse schauderte.

»Das fürstliche Gehalt ist angemessen für dieses hohe Amt. Die Weinvorräte wären praktisch grenzenlos; und die Auswahl läge bei Ihnen. Zweifellos gäbe es auch noch ganz andere Freuden, die sich Ihnen dort böten.«

»Meine Antwort ist trotzdem nein, *monsieur le directeur.*«

Der Direktor stieß einen deutlich erleichterten Seufzer

aus. »Wir hätten Sie auch sehr vermißt, Aristide. Der Posten ist mit einer Pension dotiert, wenngleich ich bezweifelt hätte, daß Sie diese erlebt hätten. Zudem wäre Ihnen wohl auch ein gewisser Widerspruch von ganz hoch oben zuteil geworden. Die Beziehungen zwischen unseren beiden Länden sind derzeit leicht gespannt.«

»Er hat Frankreich also wieder verlassen?«

»So schnell er nur irgend konnte. Er und seine gesamte Entourage sind noch gestern abend in einer extra gecharterten Maschine abgeflogen. Sein Besuch in *Les Beaux Arbres* wurde auf unbestimmte Zeit verschoben. Diplomatisch ließ er verlauten, er habe Anstoß wegen des Attentats genommen, aber in Wirklichkeit ist ihm die nackte Angst in die Glieder gefahren. Wie alle Tyrannen ist er im tiefsten Herzen ein Feigling.

Die Erde aus dem Blumentopf von Les Cinq Parfaits wird derzeit noch untersucht. Erste Ergebnisse besagen aber, daß genügend Gift in der Flasche war, um ein ganzes Regiment umzubringen. Wer immer es dort hineinpraktiziert hat, der wollte ganze Arbeit leisten.«

Monsieur Pamplemousse beugte sich herab und zwickte Pommes Frites liebevoll ins Ohr. Wenigstens seine schlimmste Befürchtung hatte sich nicht bewahrheitet. Die Verantwortung für den Inhalt der Flasche Château d'Yquem lag anderswo. Nur mit Mühe konnte er ein weiteres Schaudern unterdrücken, als ihm der Gedanke kam, daß er den Wein um ein Haar selbst gekostet hätte, wenn er nicht so in Eile gewesen wäre.

»Daß Sie just in diesem Moment eingegriffen haben, ist eigentlich sogar zu bedauern, Pamplemousse. Es ist mir schon klar, daß Sie es in bester Absicht taten, aber wenn das Gift die Person ereilt hätte, für die es bestimmt war, wären bestimmt nicht allzu viele Tränen geflossen. Statt dessen hat nun die Welt der *haute cuisine* einen ihrer hochgeschätztesten Vertreter verloren. Die Lücke wird kaum zu füllen sein. Es war ein höchst bedauerlicher Unfall.«

»Unfall?« Monsieur Pamplemousse schloß ganz kurz die Augen, während er sich die Szene im Restaurant vorstellte. Albert Parfaits Erscheinung an jenem Abend – der gehetzte Blick in seinen Augen, diese Miene unwiderruflicher Ausweglosigkeit... »Ich glaube nicht, daß es ein Unfall war, *monsieur le directeur.*«

»Was wollen Sie damit andeuten, Pamplemousse? Wenn es kein Unfall war, dann...«

»Ich bin fest davon überzeugt, daß er wußte, was in der Flasche war. Deshalb übernahm er das Einschenken auch selbst, und wenn dies so war, dann muß man auch voraussetzen, daß sein Entschluß, das Gift zu trinken, ein willentlicher und endgültiger war.«

»Aber nein, das ist ganz unmöglich. Zu dieser Zeit, wie Sie selbst sagten, wußte er doch schon, daß sein Sohn in Sicherheit war. *Grosse Légume* wäre bald wieder abgereist. Er hatte jeden Grund zum Weiterleben.«

»Vielleicht ist ›hatte‹ hier genau das richtige Wort, Monsieur.«

»Etwas deutlicher bitte, Pamplemousse.«

Indem er der durchaus ernsten Verlockung widerstand, darauf zu antworten: »*Elementary, my dear Watson*«, zermarterte sich Monsieur Pamplemousse das Hirn nach den rechten Worten. Entehrung? Scham? Schimpf und Schande? Gescheiterte Hoffnungen? Vermutlich hatte Albert Parfait besser als die meisten anderen Bescheid gewußt, was da vor sich ging. Wenn er von dem Gift in der Flasche wußte, dann mußte er auch an seiner Zubereitung Anteil gehabt haben, wenn auch vielleicht nur aus gewisser Distanz. Man hatte ihn fraglos unter Druck gesetzt:

dieser Druck war von Menschen ohne Gesicht, aber in hoher Stellung gekommen, deren Namen nie in die Öffentlichkeit gelangt wären, während er im Scheinwerferlicht gestanden hätte. Er hatte wohl gewußt, was ihm die Stunde geschlagen hatte. Er war schließlich kein Dummkopf.

»Ich glaube, er konnte geradezu sehen, wie ihm der Ruin entgegenstarrte. Nicht etwa der finanzielle Ruin; was auch passiert wäre, Les Cinq Parfaits hätte weiterhin scharenweise Gäste gehabt. Was er nicht ertragen konnte, das war, alles zu verlieren, wofür er sein ganzes Leben hindurch so hart gearbeitet hatte; all die Dinge, auf die seine Mutter und seine Großmutter sehr stolz gewesen wären, das wußte er. Er konnte den Gedanken nicht ertragen, gerade dort das Gesicht zu verlieren, wo es am meisten schmerzte. Seine Kasserollen in *Le Guide*, die Sterne im Michelin, die Mützen von Gault-Millau.«

»Glauben Sie denn, daß es so weit gekommen wäre?«

»Michelin verleiht einem Restaurant den dritten Stern nie nur wegen des Essens allein«, sagte Monsieur Pamplemousse. »Und ebensowenig, Monsieur, verfahren wir mit unseren Kasserollen. Der Entzug dieser Auszeichnungen wäre vielleicht nur zeitweilig gewesen, aber sie wären entzogen worden, und diesen Gedanken konnte er nicht ertragen.«

Nun schwieg der Direktor. Natürlich war so etwas schon passiert. Da war dieser bekannte Vorfall gewesen, als ein Chefkoch Selbstmord begangen hatte, weil ihm der eine Michelin-Stern aberkannt worden war.

»Ja, wir haben schon eine schwere Verantwortung, Aristide«, sagte er schließlich. »Die Ironie des Schicksals ist nur, daß Les Cinq Parfaits sie wohl so oder so einbüßen wird – gerade weil Albert so gehandelt hat.«

»Nur wenn diese Handlung in der Öffentlichkeit bekannt wird, *monsieur le directeur.*«

Der Direktor zuckte zusammen. »Was wollen Sie damit andeuten, Pamplemousse?«

»Ich deute damit folgendes an: Wenn Albert Parfaits Tod mit Herzversagen erklärt würde – was durchaus eine Vielzahl von Sünden abdeckt –, dann würde alles so weitergehen wie bisher.«

»Ich fürchte nur, das ist unmöglich. Dem kann ich nicht zustimmen. Nach allem, was ich weiß, würde mir das mein Gewissen nicht erlauben.«

»In diesem Fall...« Monsieur Pamplemousse griff in die Tasche seines Jacketts und zog ein gefaltetes Blatt Papier heraus. »Es tut mir leid, Monsieur, aber dann muß ich Ihnen meine Kündigung überreichen. Mein Gewissen würde mir nämlich nicht erlauben, einfach weiterzumachen, als wäre nichts gewesen.« Es war das mindeste, was er tun konnte. Das Bild von Albert Parfaits letztem flehentlichem Blick stand ihm immer noch höchst lebendig vor Augen. Ein Hilfeschrei, wie er im Buche stand. Und ein Schrei, den er ungewollt ignoriert hatte.

Der Direktor nahm das Blatt entgegen und starrte es ungläubig an. »Was ist, wenn ich mich weigere, sie zu akzeptieren?«

»Das liegt ganz bei Ihnen, Monsieur. Ich gehe jedenfalls meiner Wege.«

»Ist Ihnen klar, was Sie da von mir verlangen, Aristide?«

»Wenn sich die Sache mit dem *Institut de Beaux Arbres* vertuschen läßt«, sagte Monsieur Pamplemousse, »und sie *wird* sich vertuschen lassen, da bin ich bin ganz sicher, dann wird es ohne Zweifel genauso möglich sein, die Todesursache von Albert Parfait zu vertuschen. Die Wahrheit auszuposaunen, würde ja doch niemandem nützen. Gewährsleute an den richtigen Stellen... ein Wort in das richtige Ohr... ich bin sicher, daß Sie über genügend Verbindungen verfügen, *monsieur le directeur.*«

Es entstand eine lange Pause. »Und wenn ich es tue? Gestatten Sie mir dann, diese lächerliche Kündigung zu zerreißen?«

»Vielleicht«, sagte Monsieur Pamplemousse trotzig. »Das wird sich noch zeigen. Jean-Claude wird das Restaurant übernehmen.«

»Weiß er das mit seinem Vater?«

Monsieur Pamplemousse nickte. »Ich habe es ihm heute früh erzählt.«

»Und wie hat er es aufgenommen?«

»Es war ein Schock für ihn, obwohl er schon damit gerechnet hatte, daß irgend etwas Schlimmes passieren würde. Am meisten machte ihm zu schaffen, wie es passiert ist.«

»Glauben Sie, daß er in der Lage ist, der *patron* zu werden?«

»Da bin ich ganz sicher, Monsieur. Es war der Wunsch seines Vaters. Und er wird sich der Herausforderung bestimmt stellen. Außerdem ist er ja nicht allein. Seine Brüder werden ihn tatkräftig unterstützen.« Er zog seine Brieftasche heraus und entnahm ihr das Photo des Mädchens. »Und dann gibt es noch eine Person, für die er sich anstrengt, und die ihm – wenn alles gut geht – auch dabei helfen wird. Die beiden haben schon eine Menge gemeinsam durchgemacht.«

Der Direktor nahm das Photo und betrachtete es genau.

»Für sie hat Jean-Claude immerhin diesen ganzen Plan ausgeheckt«, fuhr Monsieur Pamplemousse fort.

»Zugegeben, sie ist sehr attraktiv. Aber warum gerade sie? Es muß doch viele solcher Mädchen an diesem Internat geben.«

»Wenn man verliebt ist, Monsieur, dann ist man immer in die schönste Frau der Welt verliebt, und man fürchtet dauernd das Interesse anderer Männer für sie. Jean-Claude wußte, daß der jährliche Besuch von *Grosse Légume* näher rückte, und er war mehr und mehr davon überzeugt, daß sie diesmal unter seinen Opfern sein würde. Doch außer einer vorgetäuschten Entführung fiel ihm einfach kein Weg ein, wie er sie in Sicherheit bringen konnte, ohne gleichzeitig Schwierigkeiten für Les Cinq Parfaits heraufzubeschwören. Er wollte ihre Eltern dazu veranlassen, ihr zu Hilfe zu eilen, durfte sie aber nicht in die ganzen Hintergründe der Affäre einweihen. Deshalb fabrizierte er diese Botschaft von angeblichen Entführern, und deshalb mußte sie auch auf englisch sein. Der Zeitplan war von entscheidender Bedeutung – es mußte direkt vor dem ›Einkaufsbummel‹ geschehen. Leider ging etwas schief, als er seinen Plan gerade in die Tat umsetzen wollte. Irgendwie hatte jemand Wind davon bekommen, und es entstand eine gewisse Panik. Ihn tatsächlich aus dem Weg zu räumen, kam nicht in Frage – dafür war er zu bekannt. Ihn für eine Weile in der Krankenstation aus dem Verkehr zu ziehen, war bestenfalls eine vorübergehende Maßnahme, mit der sie Zeit gewannen, während sie überlegten, wie es weitergehen sollte.«

»Ich wüßte schrecklich gern, wie Sie so rasch auf das *Institut* gekommen sind«, unterbrach ihn der Direktor. »Vor Ort hatte es wohl schon seit längerem Gerüchte über dieses Internat gegeben, wie ich jetzt höre, aber hier in Paris wäre nie jemand darauf gekommen, das mit Jean-Claudes Verschwinden in Zusammenhang zu bringen. Statt dessen vermutete man alles mögliche. Es gab sogar eine Theorie, nach der es das Werk einer fremden Macht sei. Als Sie dann auf Anweisung bestimmter Personen von Rang mit

Ihren Nachforschungen begannen, da gerieten andere Personen in Panik. Es ist ja so oft so, daß die rechte Hand nicht weiß, was die linke tut. Erst erteilt man Befehle, und dann, wenn neue Fakten ans Licht kommen, werden sie prompt widerrufen.«

Ungeduldig packte Monsieur Pamplemousse die Armlehnen seines Sessels. »*Ich* wüßte schrecklich gern, wie man eine derart verfahrene Situation überhaupt entstehen lassen konnte. Ich finde das einfach unmöglich.«

»Schh! Aristide!« Der Direktor legte den Finger auf die Lippen, stand von seinem Schreibtisch auf und ging zur Tür. Er öffnete sie, und nachdem er sich vergewissert hatte, daß die Luft rein war, wies er seine Sekretärin an, er wünsche nicht gestört zu werden.

Dann setzte er sich wieder hinter seinen Schreibtisch und spielte nervös mit einem Objekt aus Stahlkugeln, die in einem trapezförmigen Gestell aufgehängt waren. In der Stille des Büros klang es wie die Eröffnung der Landesmeisterschaft im Boulespielen.

»Die Politik, Aristide«, sagte er schließlich, »ist ein schmutziges Spiel. In diesem Falle begann es vermutlich als kleiner Gefallen, den der eine dem anderen irgendwann einmal tat: als Erwiderung einer Nettigkeit wurden ein paar Räder geölt, und mit der Zeit nahm die Sache Ausmaße an, die niemand hätte erahnen können. Habgier ist eine sehr starke Motivation, ebenso stark wie die Sicherheit. Haben sich die Menschen erst einmal an gewisse Annehmlichkeiten gewöhnt, tun sie oft alles, was in ihrer Macht steht, um darauf nicht mehr verzichten zu müssen. Es fängt ja schon in der Wiege an: Versuchen Sie nur, einem Baby die Rassel wegzunehmen, dann merken Sie es gleich. Es packt ganz instinktiv fester zu.

Vor einigen Jahren, als Europa – und der gesamte Westen – auf einmal nicht mehr genügend Öl hatte, war die Situation ganz anders als heute. Wir waren damals gewohnt, ganz einfach die Heizung aufzudrehen, wenn uns kalt war. Heißes Wasser strömte im Überfluß aus unseren Hähnen. Techniker entwarfen immer größere und bessere Autos, und der Treibstoff, mit dem sie fuhren, sprudelte nur so aus den Zapfsäulen. Er war einfach da. Er würde immer da sein.

Als all das plötzlich für kurze Zeit anders wurde, waren die Menschen entsetzt. An den Tankstellen bildeten sich lange Schlangen. In Amerika brachte man einander wegen einer Gallone Benzin um. Die Leute horteten Kohlen und Öl. Und von oben wurden Befehle für sofortige Maßnahmen erteilt. Gestalten, mit denen wir uns früher nicht einmal im Dunkeln hätten sehen lassen wollen, wurden nun auf einmal als Freunde umworben. Kein Aufwand war zuviel für diese Freundschaften.

Und als *Grosse Légume* das erste Mal die Szene betrat, hat zweifellos irgend jemand irgendwo die Parole ausgegeben, es möge ihm nur die allerbeste Behandlung widerfahren. Türen öffneten sich ihm, jeden Wunsch las man ihm von den Augen ab. Als seine Vorliebe für gutes Essen offenbar wurde, hätte man ihn da an einen besseren Ort schicken können als Les Cinq Parfaits? Wenn es den Parfaits nicht paßte, dann war das ihr Pech. Die Bürokratie sitzt an einem langen Hebel, wenn es ans Verlängern von Lizenzen geht. Außerdem bewegt sie sich sehr langsam und ist gegen Veränderungen praktisch immun. Jene ursprünglichen Befehle sind nie zurückgenommen worden.«

»Und dann äußerte *Grosse Légume* irgendwann einmal Interesse an den Schülerinnen im *Institut des Beaux Arbres*?« Monsieur Pamplemousse blieb kühl und half dem Direktor nicht im geringsten. »Da war die Bürokratie wohl auch wieder blind?«

Der Direktor seufzte. »Andere Menschen, andere Moralvorstellungen, Aristide.«

Er stand auf und trat ans Fenster, wo er auf die schiefergrauen Dächer des VII. *arrondissement* hinabsah. Zu seiner Rechten lag das Hôtel des Invalides, zur Linken die mächtige Konstruktion des Eiffelturms; auf dem Hügel weiter hinten blinkte die weiße Marmorkirche von Sacré-Cœur wie ein Zuckerhäuschen im Sonnenlicht.

»Zweieinhalb Millionen Menschen sind dort unten und arbeiten. Sie arbeiten und sie spielen, sind einfach mit den Aktivitäten des Lebens beschäftigt. Im Pariser Becken sind es zehn Millionen. In ganz Frankreich über dreiundfünfzig Millionen. Männer, Frauen, Alte, Kinder, Säuglinge; Franzosen, Marokkaner, Algerier, Portugiesen; Katholiken, Juden, Protestanten, Moslems. Vielleicht hatten diejenigen, die damals damit befaßt waren – denen man aufgetragen hatte, die Launen von *Grosse Légume* zu befriedigen –, auch gar keine andere Wahl. Vielleicht schlug das Pendel ganz einfach zu stark zu seinen Gunsten aus: dreiundfünfzig Millionen Menschen gegen einen. Vielleicht war es auch ein schlichter Fall von Kleinkorruption. Wir werden es wohl nie erfahren.«

»Damit ist es nicht entschuldigt, *monsieur le directeur*«, beharrte Monsieur Pamplemousse.

»Nein, Aristide.« Der Direktor wandte sich vom Fenster ab. »Entschuldigt ist es damit nicht. Nur erklärt. Ich stimme dem weder zu, noch lehne ich es rundheraus ab. Von mir wurde nicht verlangt, das zu entscheiden. Das ist, als fragte man jemanden, ob er dafür oder dagegen ist, daß man einem kleinen Kind das Herz eines Pavians einsetzt. Wenn es ein fremdes Kind ist, dann werden sich die meisten Menschen bei dem Gedanken fürchterlich aufregen und nein sagen. Ist es aber das eigene Kind, wird man vermutlich eher ja dazu sagen. Es war wohl eine *ad hoc* getroffene Entscheidung, und als sie dann erst einmal getroffen war, ließ sie sich kaum noch rückgängig machen.«

»Unrecht wird nur schwer zu Recht, Monsieur. Doppeltes Unrecht noch weniger. Und es folgten noch viele weitere Fälle von Unrecht. Neun, nach letzten Zählungen.«

Der Direktor zuckte die Achseln. »Beim zweiten Mal war es schon viel einfacher, das dritte Mal fiel wahrscheinlich kaum noch ins Gewicht. Inzwischen war es sicherlich schon eine Art Spiel geworden, eine Frage der Technik. Die »Abteilung für schmutzige Tricks« wurde zu Hilfe gerufen, und für die war das Ganze nur Training: eine Gelegenheit, ihre Muskeln spielen zu lassen und ihre Intelligenz an einem Gegner zu messen – wer der Gegner jeweils ist, macht diesen Leuten eigentlich nichts aus. Sie haben ihren Spitznamen nicht umsonst. Sie übernahmen die ganze Schule: die Skilehrer wurden durch eigene Leute ersetzt, *Grosse Légume* wurde zum ›Förderer‹ ernannt. Sein Besuch in Les Cinq Parfaits und im *Institut des Beaux Arbres* wurde zum jährlich wiederkehrenden Ereignis: sozusagen eine Gelegenheit zum Auffüllen der Speisekammer. Wie Sie sicher bemerkt haben, ist er ein Leckermäulchen; und außerdem findet er Geschmack an Blondinen, die vorzugsweise jung und angelsächsisch sind. Er mag ihren hellen Teint, und sie sind gefügiger als Angehörige der südeuropäischen Völker. Am *Institut* bot man ihm da eine unerschöpfliche Auswahl.«

»Warum ist er nicht gleich nach Großbritannien gegangen?«

»Haben Sie je versucht, ein Schulmädchen durch den britischen Zoll zu schmuggeln, Pamplemousse? Die Beamten dort sind nicht eben bekannt dafür, daß sie so etwas freundlich aufnehmen. Zudem ist Großbritannien eine Insel. Es fehlen dort einige Dinge, mit denen wir in Frankreich aufwarten können: viel Platz, Berge, Grenzen... Es war jedenfalls einfacher, sie zunächst hierherzubringen, und allein die Tatsache, daß sie weit weg von zu Hause waren, wies vielerlei weitere Vorteile auf.«

Monsieur Pamplemousse schwieg eine kurze Weile. Er führte seine Hand nach unten und suchte Trost in der weichen Wärme von Pommes Frites' linkem Ohr. Auf einmal fühlte er sich sehr müde und mutlos; ohne besonderen Anlaß mußte er wieder an Albert Parfait denken. Das machte ihn noch trübsinniger.

»Und die Heizanlagen Frankreichs, Monsieur? Was ist mit denen?«

Der Direktor starrte Monsieur Pamplemousse an. Seinem Tonfall war zu entnehmen, daß diese Frage eine der heikleren Art war. »Es ist nicht an mir, das zu kommentieren, Aristide. Bestimmt wird der verantwortliche Minister mehr über die Situation zu sagen haben, wenn er Sie empfängt. Auf jeden Fall ist es eine rasch sich ändernde Situation. Wie ich höre, werden wir schon bald achtzig Prozent unseres Energiebedarfs aus der Kernkraft abdecken. Wir haben noch reiche Wasserenergiequellen. Bei Pau in den Pyrenäen liegt das größte Erdgasfeld des ganzen Kontinents und wartet darauf, daß man es anzapft. Schon heute wird die Sonnenenergie gebändigt und in unsere Stromversorgung eingespeist. Und so besteht von Jahr zu Jahr immer weniger Notwendigkeit, den *Grosses Légumes* dieser Welt entgegenzukommen.«

»Und in der Zwischenzeit, *monsieur le directeur*?«

»In der Zwischenzeit, Monsieur Pamplemousse, müssen wir auf milde Winter hoffen. Was geschehen ist, ist geschehen, das ist eben so. Das Leben geht schließlich weiter. Die Probleme von morgen warten schon in ihren Startlöchern. *Grosse Légume* wird seine ›Einkaufsbummel‹ in Zukunft anderswo unternehmen müssen. In Frankreich jedenfalls ist er *persona non grata*. Wir werden so etwas nicht wieder zulassen.«

»Und was ist mit den Mitbringseln von seinen früheren Einkaufsbummeln?«

»Da werden bereits diplomatische Schritte unternommen; hinter den Kulissen übt man Druck auf ihn aus. Die Regierung wird nicht untätig bleiben.«

»Und was wird mit dem *Institut des Beaux Arbres* geschehen?«

»Fragen, Pamplemousse, so viele Fragen. Sie werden feststellen, daß das *Institut* seit heute ›unter neuer Leitung‹ steht. Die ›Skilehrer‹ wurden durch echte Vertreter ihres Berufsstandes ersetzt. Und die Schülerinnen werden unangetastet bleiben – jedenfalls so lange, bis sie in die Welt hinausgehen.«

Der Direktor wischte die Probleme beiseite. Mochten andere sie lösen. »Aber Sie haben *meine* Frage noch nicht beantwortet. Wie sind Sie denn nun auf das *Institut* gekommen?«

Monsieur Pamplemousse überdachte die Sache genau, ehe er antwortete. Es sei wohl Glück gewesen, meinte er dann. Glück plus ein gewisses Quantum mühseliger Kleinarbeit. Augenmerk auf Details. Gerne hätte er noch eine Portion sherlockholmesischer Schlußfolgerungsgabe hinzugefügt, doch wie so oft, sei es eher so, daß er zur rechten Zeit am rechten Ort gewesen sei. Dazu sei natürlich noch die zeitweilige Unpäßlichkeit von Pommes Frites gekommen.

Der Direktor sah hinunter zu der riesigen Fellmasse neben dem Stuhl seines Mitarbeiters. »Er hat sich doch mittlerweile ganz erholt, wie ich hoffe.«

»*Absolument,* Monsieur.« Das Frühstück, das Pommes Frites an diesem Morgen verzehrt hatte, war von gargantuesken Dimensionen gewesen. Er mußte ja auch noch einiges nachholen. »Hätte ich mich damals nicht auf die Suche nach ihm gemacht, wäre ich wohl nie auf die *doudounes* gestoßen.«

»Ja ja, die *doudounes.*« Der Direktor wurde hellwach. »Ich muß schon sagen, diese falsche Fährte – eine analphabetische Schriftsetzerin mit großen *doudounes,* nach der Sie angeblich suchten –, das war ein Meisterstück, Pamplemousse. Wir alle sind darauf hereingefallen. Um die Aufmerksamkeit von Ihren eigentlichen Aktivitäten abzulenken, war das wirklich ein genialer Schachzug. Dabei sind wir hier in der Zentrale schon ganz dicht auf der Spur gewesen. Es wurden Listen zusammengestellt, Beschreibungen losgeschickt, Druckergewerkschaften befragt, Interpol alarmiert. Wir ließen sogar ein Phantombild anfertigen, aus den knappen Einzelheiten, die wir von Ihnen hatten.« Er zog eine der Schreibtischschubladen auf. »Was halten Sie davon?«

Monsieur Pamplemousse nahm die 20 x 25 cm große Zeichnung entgegen und hielt sie ins Licht. Das Gesicht auf dem Bild hatte nur wenig Ähnlichkeit mit Fräulein Brünnhilde. Sie wäre gewiß nicht eben erfreut gewesen, wenn sie es gesehen hätte. Was den Rest anging – da hatte jemand seiner Phantasie freien Lauf gelassen.

»Dieser Person würde ich nur ungern im Dunkeln begegnen, Monsieur«, sagte er.

Der Direktor streckte die Hand aus. »Aufgeblasen bis ins Unermeßliche, was, Pamplemousse?« Über seinen eigenen Witz schmunzelnd, legte er das Bild in die Schublade zurück.

Eigentlich wollte Monsieur Pamplemousse noch etwas erklären, aber dann überlegte er es sich anders. Versprochen war versprochen. Aber abgesehen davon ahnte er, daß die Preisgabe von Einzelheiten nur anzügliche Bemerkungen über frühere Fälle herausfordern würde: insbesondere über die *affaire* von *La Langoustine*, bei der Madame Sophie und besonders gewisse *gonflables* eine so große Rolle gespielt hatten. Er konnte den Kommentar des Direktors schon hören: »So manch einer würde sagen, daß Sie eine beunruhigende Neigung für Aufblasbares an den Tag legen, Pamplemousse. Wurden Sie in Ihrer Kindheit etwa irgendwann einmal von Luftballons erschreckt?«

Draußen begann eine Uhr zu schlagen. Beide blickten mechanisch auf ihre Armbanduhr. Es war Mittag.

»Es gibt eine Menge zu verdauen, Aristide.« Der Direktor griff nach seinem Telephon. »Sie haben hoffentlich nichts dagegen, wenn ich Madame Grante bitte, uns vor dem *déjeuner* bei einem *apéritif* Gesellschaft zu leisten.«

Monsieur Pamplemousse wurde plötzlich sehr unwohl. »Ist das unbedingt nötig, *monsieur le directeur*? Ich kann die Beule in dem anderen Kotflügel auch erklären. Und was das Picknick angeht, so gebe ich ja zu, daß es recht reichhaltig war, aber ich hatte dafür meine Gründe...«

»*Noch* ein Kotflügel, Pamplemousse?« Der Direktor legte die Hand über den Hörer. »Das muß aber ein sehr großes Verkehrszeichen gewesen sein.«

»Ich hatte einen zweiten Zusammenstoß, Monsieur. Mit einem Baum. Wenn Pommes Frites sprechen könnte, würde er bestimmt bezeugen, daß ich keine Schuld daran trug.«

»Ah!« Dem Stimmfall des Direktors war nur schwer zu entnehmen, ob er Verständnis oder Resignation ausdrükken sollte. Ein schmerzlicher Ausdruck legte sich auf sein

Gesicht. »Nein, nein, Madame Grante«, sagte er ins Telephon. »Sie brauchen keine Formulare mitzubringen. Das können wir ein andernmal erledigen. Es handelt sich um eine rein gesellschaftliche Zusammenkunft.«

»Es schien mir eine ganz gute Idee zu sein«, sagte er mit einem Seufzer, nachdem er aufgelegt hatte. »Sie ist kein schlechter Mensch und sie hat eine schwere Aufgabe. Manchmal habe ich das Gefühl, Aristide, ihr macht das Gefühl schwer zu schaffen, daß sie immer nur an ihrem Schreibtisch sitzt und schuftet, während andere – wie etwa Sie – im Außendienst ein Schlemmerleben führen.«

»Eine krasse Fehleinschätzung, Monsieur.«

Der Direktor erhob sich, ging durch das Zimmer und trat an einen Schrank unter dem Porträt von Hippolyte Duval, dem Gründer des *Guide*. »Das weiß ich. Und Sie wissen, daß ich es weiß. Aber in Anbetracht Ihrer gegenwärtigen Spesenforderungen, die sich, da bin ich ganz sicher, bei ausreichender Redezeit voll und ganz begründen lassen, glaube ich dennoch, daß ein wenig *public relations* nicht fehl am Platze wäre.« Dabei öffnete er die Tür eines versteckten Kühlschranks und entnahm ihm eine Flasche.

Monsieur Pamplemousse starrte sie voller Ehrfurcht an. Selbst von der anderen Seite des Zimmers war ihm sofort klar, was in dieser Flasche war.

»Ihr Kennerblick ist auch aus der Ferne hervorragend, Aristide!« Der Direktor wirkte vergnügt. »Ich habe mein Versprechen nicht vergessen. Hier ist Ihr Château d'Yquem, Jahrgang 1945.« Behutsam stellte er die Flasche auf das Schränkchen, entfaltete eine weiße Serviette und holte einen Korkenzieher und drei Tulpengläser hervor. »Es ist schon lange her, daß ich ihn gekostet habe.« Er hielt die Gläser einzeln gegen das Licht, um sicherzugehen, daß sie makellos sauber waren, dann befühlte er die Flasche nochmals. »Ich hoffe, er ist nicht zu kalt.«

Ein Klopfen an der Tür kündete vom Nahen der Madame Grante. Auf ein Wort des Direktors trat sie ein und sah sich im ganzen Raum um, wobei sie mit einem kurzen, alles umfassenden Blick sowohl die beiden Männer wie auch die Anordnung der Trinkutensilien auf dem Schränkchen registrierte. Erstere bedachte sie mit einem schmallippigen, frostigen Lächeln. Es war nicht eben ein Lächeln, so sinnierte Monsieur Pamplemousse, das die Temperatur des Weins gesteigert hätte, wäre es auf die Flasche gerichtet gewesen. Pommes Frites öffnete ein Auge, als er jedoch bemerkte, welch ein mißbilligender Blick ihn da fixierte, schloß er es umgehend wieder.

»Ach, Madame Grante! Wie schön, Sie zu sehen.« Der Versuch des Direktors, der Atmosphäre eine Note von Leutseligkeit zu verleihen, war nicht eben von Erfolg gekrönt. In seiner Stimme schwang Nervosität mit. »Bitte nehmen Sie doch Platz und machen Sie es sich bequem. Gerade sagte ich noch zu Aristide, es werde Zeit, daß wir einander öfter treffen.«

Madame Grante setzte sich auf eine lange Couch aus schwarzem Leder gleich neben der Tür, wobei sie sich automatisch den Rock glattstrich. »Ich stehe Ihnen immer zur Verfügung, *monsieur le directeur.*«

Sie sah zu, wie der Direktor den Korken aus der Flasche zog und die Gläser einschenkte. »Mir nur einen ganz kleinen Schluck, Monsieur. Einige von uns müssen ja nachher noch etwas arbeiten, nicht wahr?« Diese Spitze, die auf Monsieur Pamplemousse gemünzt war, traf auf taube Ohren. Indem sie sich wieder dem Direktor zuwandte, taute sie ein wenig auf. »Im Gegensatz zu hartgesottenen Trinkern wie Ihnen muß ich mich vorsehen. Ein Glas, und ich bin nicht mehr ganz zurechnungsfähig.« Diesen Scherz hob sie sich offenbar für festliche Gelegenheiten auf – vermutlich für Geburtstags- und Weihnachtsfeiern im Büro –, und wenn auch keiner der beiden Männer eine Bemerkung dazu machte, wurden ihre Worte durchaus registriert.

Der Direktor wirkte noch nervöser, als er sich ihr nun näherte und dabei eines der zarten Gläser vorsichtig am Stiel hielt. Sein Blick, der dem von Monsieur Pamplemousse begegnete, gab dem anderen deutlich grünes Licht dafür, den Gang der Unterhaltung selbst zu bestimmen. Doch ebenso wie der Pfeil Madame Grantes prallte auch dieser Wunsch wirkungslos an Monsieur Pamplemousse ab.

Nachdem er das zweite Glas Wein auf einem Tisch hinter dem Stuhl von Monsieur Pamplemousse abgestellt hatte, nahm der Direktor wieder hinter seinem Schreibtisch Platz. Er hielt das eigene Glas in die Höhe und stieß einen zutiefst befriedigten Seufzer aus.

»Ah! Was für eine Farbe, was für ein Glück… ich bin richtig glücklich, dies erleben zu dürfen.«

»Er sieht sehr teuer aus«, sagte Madame Grante mißbilligend.

»Meine liebe Dame« – der Direktor klang etwas ratlos, – »natürlich ist er teuer. Ein solcher Wein kann einfach nicht billig sein. Um ihn herzustellen, läßt man Trauben, die von der ›Edelfäule‹ befallen wurden, so lange an der Rebe schrumpfen, bis sie nur noch ihr halbes Gewicht haben und kaum mehr zu erkennen sind. Oft müssen sie mühselig einzeln gepflückt werden; doch ihr Saft ist üppig und konzentriert, reich an Fruchtzucker und Glyzerin. Aber damit ist die Arbeit noch keineswegs beendet. Der Wein wird dreieinhalb Jahre lang im Faß belassen und zweimal wöchentlich abgezogen... das Ergebnis raubt einem die Sinne – man schmeckt die Schwere geradezu.«

Da Madame Grante davon unbeeindruckt blieb, schwenkte er den Inhalt seines Glases. »Sehen Sie nur. Beachten Sie die satte, tiefbraune Bernsteinfarbe. Ein wahrhaft köstlicher Wein. Es ist, als tränke man eine Mischung aus Honig und *crème brûlée*. Würden Sie auch *crème brûlée* sagen, Aristide?«

»Ein sehr treffender Vergleich, Monsieur.«

»Und was nun das Bouquet angeht... das ist noch eine ganz andere Sache...«

Der Direktor hob das Glas langsam zur Nase und hielt es dort einen kurzen Moment lang, während er tief einatmete. »*Sacré bleu!*« Das Glas fiel aus seiner plötzlich starr gewordenen Hand, und er fuhr in die Höhe. »*Mon Dieu! Nom d'un nom!* Haben Sie das gerochen, Pamplemousse?«

Monsieur Pamplemousse griff nach seinem Glas, doch ehe er es noch einer Prüfung unterziehen konnte, hörte er ein würgendes Geräusch, das von der Couch her kam. Im Umdrehen sah er gerade noch Madame Grante, die sich bereits ein Taschentuch vor den Mund preßte, durch die Tür verschwinden. Dem Krachen des zufallenden Türflügels folgte nur Sekunden später ein weiteres Geräusch.

Pommes Frites war von dem Lärm aufgewacht und kam jetzt auf die Beine. Er beäugte das halbleere Glas auf dem Tisch, beschnüffelte es besitzergreifend und starrte dann überrascht seinen Herrn an.

Monsieur Pamplemousse wich seinem Blick aus und fixierte dafür den Direktor. »Sagten Sie, daß Sie diesen Wein *gekauft* haben, Monsieur?«

»Nein, Pamplemousse, das habe ich nicht gesagt. Ich habe überhaupt nichts darüber gesagt, woher er stammt.« Der Direktor klang irritiert. Seine Stimme hatte einen defensiven Unterton. »Vielmehr handelt es sich dabei um ein Geschenk von Les Cinq Parfaits. Der Wein kam heute morgen an, und man schrieb mir dazu, es sei die letzte Flasche. Mir schien es nur recht und billig, daß Sie sie mit mir teilen sollten.« Er ergriff nochmals sein Glas und betrachtete ratlos den Inhalt. »Was, glauben Sie wohl, ist damit geschehen? Sie haben doch eine Nase für so etwas.«

»Ich glaube, er ist ein bißchen umgekippt, Monsieur.«

»Ein bißchen umgekippt? Das ist ja *incroyable*. Noch nie habe ich etwas derartiges gerochen. Es erinnert mich an dieses alte *pissoir* an der Métro-Station.«

»Ein noch treffenderer Vergleich, Monsieur.« Monsieur Pamplemousse ging zu dem Schränkchen hinüber und nahm die Flasche an sich. »Vielleicht hat ihm die Reise nicht gut getan.«

»Sie meinen, wir sollten ihn sich setzen lassen?«

Monsieur Pamplemousse sah sich im Zimmer um. »Nein, Monsieur. Auch diese Flasche gehört wohl in den Blumentopf.«

Der Direktor sah unglücklich zu, wie Monsieur Pamplemousse diese Aufgabe erledigte. »Das wird bei Ihnen ja langsam zur Gewohnheit, Pamplemousse.«

»Wenigstens hat Madame Grante so einmal am eigenen Leibe erfahren, daß der Außendienst kein Zuckerlecken ist.«

Der Direktor kicherte. »In nächster Zeit wird sie Ihre P39er bestimmt nicht beanstanden. Glauben Sie, sie könnte gesundheitlichen Schaden davontragen?«

»Sie wird sich bestimmt bald wieder erholen.« Monsieur Pamplemousse entschied sich gegen nähere Erläuterungen. Er hatte für diesen Tag eigentlich schon genug.

Der Direktor kam zu ihm an den Kühlschrank. »Soll ich eine andere Flasche aufmachen? Ich habe noch einen

Beaumes de Venise da. Jemand erzählte mir, daß man ihn in der Gegend als *apéritif* trinkt.«

Monsieur Pamplemousse schüttelte den Kopf. »Wenn Sie mich entschuldigen, *monsieur le directeur*, dann gehe ich jetzt lieber. Ich muß nach Montmartre zurück. Auf dem Weg werde ich vielleicht noch im Park beim *boules* zusehen, während Pommes Frites seinen Auslauf hat. Aber ich darf nicht zu spät kommen. Jean-Claude hat nämlich trotz seines Zustandes versprochen, uns ein *Soufflé Surprise* zuzubereiten. Madame Pamplemousse bringt ihn in der Küche auf andere Gedanken.«

»Bewundernswert, Ihr Stehvermögen, Pamplemousse. Ich muß sagen, mir hat es den Appetit aufs *déjeuner* ziemlich verdorben. Außerdem...« Der Direktor zögerte. »Ich habe da noch etwas anderes zu bereinigen. Eine sehr heikle Angelegenheit, die mit einer gewissen Behutsamkeit gehandhabt werden muß. Es wurde eine Beschwerde eingebracht.«

»Eine Beschwerde, Monsieur?«

»Ja, Pamplemousse, eine Beschwerde. Ihnen machen die Vorfälle im *Institut des Beaux Arbres* zu schaffen. Mir dagegen macht ein Vorfall in Les Cinq Parfaits zu schaffen, der am Abend Ihrer Ankunft dort passiert ist. Offenbar wurde dabei ein Mitglied der Vorhut von *Grosse Légume* – eine seiner Nebenfrauen, die aber immerhin Mutter von Zwillingen ist – von einem Fetischisten der übelsten Sorte attackiert. Von einem Fetischisten, dessen bizarrer Geschmack jeder Klassifizierung spottet.

Stellen Sie sich die Szenerie vor, Pamplemousse. Finstere Nacht in einem fremden Erdteil. Diese arme, wehrlose Frau, die kein einziges Wort der Landessprache beherrscht, möchte noch einen kleinen Spaziergang durch den Wald machen und gibt dabei ihren beiden Kindern die

Brust. Auf einmal, sie hat soeben den düstersten Teil des Waldes erreicht, stürzt sich ein Perverser auf sie. Ein Perverser, Pamplemousse, dem es nicht genug damit ist, sie in Angst und Schrecken zu versetzen – nein, er macht sich auch noch über die flaumbedeckten Köpfe ihrer unschuldigen Sprößlinge her und begrabscht sie wie ein Besessener. Es ist kaum zu glauben, wie weit manche Menschen zu gehen imstande sind, nur um ihre niederen Triebe zu stillen.«

»Konnte die Dame eine Beschreibung dieses Mannes liefern, Monsieur?«

»Nein, Pamplemousse. Es war, wie gesagt, sehr dunkel im Wald.« Der Direktor starrte ihn an. »Allerdings war angeblich ein Hund mit im Spiel. Ein sehr großer Hund.«

Monsieur Pamplemousse erwiderte den Blick, ohne mit der Wimper zu zucken. Pommes Frites tat es ihm nach. »Vielleicht handelte es sich um einen Irrtum, Monsieur. Wie Sie vorhin so richtig bemerkten, werden manche Dinge bis ins Unermeßliche aufgeblasen.«

Als er aus dem Bürogebäude von *Le Guide* kam, schien die Sonne. Dennoch lag mehr als ein Anflug vom Herbst in der Luft. Pommes Frites blieb stehen, um einen Baum für sich zu markieren. Ganz ohne Frage war er wieder ganz er selbst. Eher ein Muscadet als ein Château d'Yquem.

Bei einer *charcuterie* machte Monsieur Pamplemousse Halt. Es war schön, wieder auf vertrautem Terrain zu sein. Genau wie Holmes am Ende des *Hundes von Baskerville* konnte er seine Gedanken nun auf viel angenehmere Dinge richten. Er ließ sich eine gemischte kalte Platte zusammenstellen: die eine oder andere *saucisson* als ersten Gang, vor der *blanquette de veau*, die Doucette vorbereiten wollte. Und dann wäre Jean-Claude an der Reihe. Später, wenn die anderen einen Spaziergang machten, würde er ihm vielleicht seine Schallplattensammlung vorführen.

Ein Stück weiter unten auf der Rue de Babylone betrat er einen *fleuriste* und kaufte einen Strauß Freesien für das Mädchen, wobei ihm plötzlich auffiel, daß er noch nicht einmal ihren Namen kannte. Im Geiste würde sie für ihn immer Diana heißen. Er nahm auch ein kleines Sträußchen für Fräulein Brünnhilde und einen großen Bund roter Rosen für Doucette mit; das würde beim Abstecken der Demarkationslinien helfen.

Pommes Frites harrte eine Weile draußen vor dem Geschäft aus, dann lief er voraus und wartete beim Wagen. Auch er war froh, wieder zu Hause zu sein. Für ihn bedeutete es eine Rückkehr zum normalen Leben: endlich wieder der eigene Schlafkorb und Spaziergänge zu festen Tageszeiten. Und wenn sein Herr sich ein oder zwei Tage lang entspannt hatte, würde er vielleicht sogar damit aufhören, ihn andauernd Watson zu nennen.

Inhalt

Nachtrag

Es ist nicht gewiß, ob Jean-Claude Parfait das »Soufflé Surprise« tatsächlich in der Wohnung von Madame und Monsieur Pamplemousse hergestellt hat. Sie finden deshalb hier die Version von Vincent Klink:

Soufflé Surprise

Zutaten für 4–6 Personen

Zutaten für den Biskuit

4 Eier
125 g Zucker
125 g feingesiebtes Mehl
1/2 TL Vanillezucker
1/2 TL zerlassene Butter

Zutaten für die Füllung

3 EL Grand Marnier
6 Kugeln Vanille-Sahneeis
200 g Walderdbeeren

Zutaten für die Soufflémasse

30 g Puderzucker
3 Eigelb
Mark von einer Vanilleschote
Schale einer abgeriebenen Limone
5 Eiweiß
80 g Zucker
1 TL Kartoffelmehl

Zum Garnieren einige Walderdbeeren und Zitronenmelisseblättchen

Zubereitung:
Für den Teig die Eier trennen. Zucker und Eigelb in eine Schüssel geben und langsam und gleichmäßig mit einem Schneebesen aufschlagen. Die Masse muß cremig und dick sein.
In einer weiteren Schüssel das Eiweiß ganz steif schlagen. Das Mehl auf die Zukker-Eigelb-Masse sieben und vorsichtig unterheben.
Den Vanillezucker und ein Viertel des Eischnees zugeben und unterziehen, dann den restlichen Eischnee.
Ein Backblech mit Pergamentpapier auslegen und das Papier mit flüssiger Butter bestreichen. Die Schaummasse daraufgießen und glattstreichen.
Im vorgeheizten Ofen bei 180 Grad backen, bis der Teig aufgegangen und goldbraun ist. 5 Minuten nach dem Backen auf ein Kuchengitter stürzen, Pergamentpapier abziehen und auskühlen lassen.
Ein ovales Stück Biskuit von ca. 20 cm Länge ausschneiden und auf eine Platte legen. Mit Grand Marnier beträufeln. Erst die Walderdbeeren und dann das Vanilleeis daraufhäufen und von allen Seiten mit dem restlichen, in Streifen geschnittenen und ebenfalls mit Grand Marnier beträufelten Biskuit verpacken. In das Gefriergerät geben.
Die 3 Eigelb mit dem Puderzucker, dem Mark der Vanilleschote und der abgeriebenen Limonenschale schaumig rühren.
Die 5 Eiweiß mit dem Zucker steifschlagen. Das Kartoffelmehl sieben und vorsichtig unterheben. Eigelb und Eiweißmasse mit einem Gummispachtel behutsam vermengen.
In einen Spritzbeutel füllen.

Den Biskuit aus dem Gefriergerät nehmen und die Schaummasse mit dem Spritzbeutel rund um den Biskuit dressieren. Sie isoliert das in der Mitte plazierte Eis. Im Ofen bei mittlerer Hitze 15 Minuten backen. Beginnt das Soufflé vor Ablauf der 15 Minuten braun zu werden, mit Alufolie abdecken.

Anrichten:
Mit einigen Walderdbeeren und Zitronenmelisseblättchen garnieren und sofort servieren.

Der Verlag dankt den Köchen und Verlagen dafür, daß die folgenden Rezepte zur Verfügung gestellt wurden:

Trüffelsuppe Elysée von PAUL BOCUSE (Seite 198). © 1976 by Flammarion, Paris. © der deutschen Ausgabe 1977 Econ Verlag GmbH. Originaltitel: »La Cuisine du Marché«.

Ente Claude Jolly von MICHAEL GUÉRARD (Seite 200). © Création de Michel Guérard Hotel Restaurant »Les Prés d'Eugénie«, Eugénie les Bains, Landes – France.

Die kleinen Salate des »Moulin« von ROGER VERGE (Seite 202). © Roger Vergé, Restaurant du Moulin de Mougins, Mougins – France.

Lachsschnitzel in Sauerampfer von PIERRE UND JEAN TROISGROIS (Seite 198). © Editions Robert Lafont, Paris.

Alle anderen Rezepte des Buches stammen von Vincent Klink aus dem »Postillion« in Schwäbisch Gmünd; ab Herbst 1991 Restaurant »Wielandshöhe« in Stuttgart (Seiten 6, 8, 10, 12, 134, 136, 138, 239/40).